OLIVER VON SCHAEWEN
Räuberblut

RÄUBERSCHARMÜTZEL Eine Leiche treibt auf dem See des Schlosses Monrepos in Ludwigsburg. Ist Altverleger Hermann Moosburger Opfer eines Gewaltverbrechens geworden? Eine klaffende Kopfwunde deutet darauf hin. Verdächtig sind die beiden Söhne des Unternehmers. Frank Moosburger sollte das Zeitschriftenimperium des 76-Jährigen übernehmen, war aber möglicherweise in Ungnade gefallen. Kai Moosburger ist ein jung gebliebener Idealist, der den Absprung aus der Yellow-Press-Welt geschafft hat und fernab des Familienclans im Wald lebt, wo er Survival Camps anbietet. Seinem Ideal hat er seine große Liebe Emily geopfert, die beim Moosburger-Verlag als Sekretärin arbeitet.

Kommissar Peter Struve fischt im Trüben. Seine Midlife-Krise hat sich verschärft. Er will raus aus dem biederen Ehe-Alltag und mietet sich im Marstall-Center hoch über Ludwigsburgs Dächern in der City ein, leiht sich einen Porsche aus und bandelt mit einer jungen Immobilienmaklerin an. Der Verdacht fällt zunächst auf Kai Moosburger, doch dann wendet sich das Blatt …

Oliver von Schaewen, Jahrgang 1965, lebt in Freiberg bei Ludwigsburg. Er ist Redakteur der Marbacher Zeitung, einer Lokalausgabe der Stuttgarter Nachrichten und der Stuttgarter Zeitung. In einem seiner früheren Leben hat der Journalist katholische Theologie in Münster studiert. »Menschenkenntnis, Sprachgefühl und den Blick für das Historische« habe er dabei gewonnen. Westfale ist von Schaewen trotz seiner 14 Jahre im Schwabenland tief im Herzen aber geblieben. »Sonst würde mein Struve nicht so gerne jede Gelegenheit nutzen, Kartoffeln statt Spätzle zu essen.« Mit dem Kriminalroman »Räuberblut« setzt er seine Serie um den Stuttgarter Kommissar Peter Struve fort.

Bisherige Veröffentlichungen im Gmeiner-Verlag:
Schillerhöhe (2009)

OLIVER VON SCHAEWEN
Räuberblut
Kriminalroman

GMEINER *Original*

Personen und Handlung sind frei erfunden.
Ähnlichkeiten mit lebenden oder toten Personen
sind rein zufällig und nicht beabsichtigt.

Besuchen Sie uns im Internet:
www.gmeiner-verlag.de

© 2010 – Gmeiner-Verlag GmbH
Im Ehnried 5, 88605 Meßkirch
Telefon 07575/2095-0
info@gmeiner-verlag.de
Alle Rechte vorbehalten
2. Auflage 2010

Lektorat: Claudia Senghaas, Kirchardt
Herstellung/Korrekturen: Julia Franze / Claudia Senghaas
Umschlaggestaltung: U.O.R.G. Lutz Eberle, Stuttgart
unter Verwendung eines Fotos von: Oliver von Schaewen
Druck: Fuldaer Verlagsanstalt, Fulda
Printed in Germany
ISBN 978-3-8392-1081-9

Gewidmet den Opfern des Nationalsozialismus

»Ich bin zutiefst davon überzeugt: Nur wenn sich Deutschland zu seiner immerwährenden Verantwortung für die moralische Katastrophe in der deutschen Geschichte bekennt, können wir die Zukunft menschlich gestalten. Oder anders gesagt: Menschlichkeit erwächst aus der Verantwortung für die Vergangenheit.«

Bundeskanzlerin Angela Merkel am 18. März 2008 vor der Knesset in Jerusalem

»Was sind überhaupt Reiche, wenn die Gerechtigkeit fehlt, anderes als große Räuberbanden? Sind doch auch Räuberbanden nichts anderes als kleine Reiche. Sie sind eine Schar von Menschen, werden geleitet durch das Regiment eines Anführers, zusammengehalten durch Gesellschaftsvertrag und teilen ihre Beute nach Maßgabe ihrer Übereinkunft. Wenn eine solche schlimme Gesellschaft durch den Beitritt verworfener Menschen so ins Große wächst, dass sie Gebiete besetzt, Niederlassungen gründet, Staaten erobert und Völker unterwirft, so kann sie mit Fug und Recht den Namen ›Reich‹ annehmen, den ihr nunmehr die Öffentlichkeit beilegt, nicht als wäre die Habgier erloschen, sondern weil Straflosigkeit dafür eingetreten ist.«

Augustinus, De Civitate Dei, Liber IV, IV

1.

Neugierig öffnete Peter Struve die Balkontür im 17. Stock. Er atmete tief durch, als er auf die Stadt schaute. Hier oben im Marstall-Center hörte er wenig vom Ludwigsburger Verkehrslärm. Er blickte auf den schönsten Teil der Stadt und erkannte das Barockschloss mit seinen weitläufigen Gärten. Auch den Favoritepark und das Großklinikum entdeckte er sofort. Bis ins Remstal reichte die Sicht an diesem milden, sonnigen Septembermorgen. Ein Tag, wie geschaffen für einen Neubeginn. Ein Tag ohne Marie.

»Von hier oben sieht die Welt anders aus«, bemerkte Corinne Lennert fast so, als ob sie seine Gedanken lesen könnte. Die Maklerin musste Anfang 30 sein, sie trug ihr langes rotbraunes Haar hochgesteckt. Struve fand, nicht viele Frauengesichter eigneten sich für improvisierte Strenge, vor allem nicht so ein entzückendes wie dieses mit den großen blauen Augen, die ihn an die Klarheit entlegener Gebirgsseen erinnerten. Er gestand sich ein, ihr Haar lieber offen sehen zu wollen und stellte sich vor, darin zu wühlen, es zu riechen. Und doch ging es darum, die Sache hier möglichst unaufgeregt hinter sich zu bringen. Ihr dunkelbrauner Nadelstreifenanzug war ihm drei Spuren zu businesslike, trotzdem regte das Outfit seine Fantasie an, denn er stellte sich vor, was sie darunter trug. Nein, dieses Gesicht passte nicht zu biederem Stoff und Marketinggetue, darauf würde er seine Beamtenpension verwetten.

Corinne Lennerts kontrollierter Gesichtsausdruck entspannte sich, als sie zu dem Interessenten auf den Balkon hinaustrat. Die Maklerin hatte den Anflug von Struves Begeisterung für die Immobilie und sie selbst längst bemerkt. Allerdings schien die Wohnung irgendwie nicht zu ihm zu passen. Er hatte sich ihr als Polizist vorgestellt, was wollte er hier oben – den Adler spielen? Diese Glashütte war doch eher was für Leute aus dem Kreativmilieu, dachte sie. Erst vor einem Jahr hatte sich hier der Regisseur einer Fernsehsoap eingemietet. Aber die Serie war inzwischen aus dem Vorabendprogramm wieder abgesetzt worden. Mein Gott war der Filmfuzzi damals anstrengend. Wollte Vollverpflegung, fast jeden Abend Shrimps oder irgendein Meeresgetier auf die Pizza. Es gab Momente, in denen sie bereute, neben der Hausverwaltung noch verschiedene andere Dienste übernommen zu haben. Doch sie brauchte das Geld, sie studierte nebenher. Vor allem hoffte sie, dass der Gebäudekomplex nicht etwa abgerissen würde. Die Gerüchte mehrten sich, seitdem der Auszug von Karstadt im Erdgeschoss als beschlossene Sache galt. Im Gespräch war unter anderem ein großes Seniorenzentrum. Schon jetzt wohnten viele ältere Menschen in den Hochhäusern. Na, dieser Struve könnte wenigstens ein bisschen frischen Wind ins Obergeschoss bringen. Schließlich hatte sie selbst hier ein Appartement – direkt unsympathisch wirkte dieser große, wortkarge Mann jedenfalls nicht.

Struve starrte sekundenlang in die Ferne.

Corinne Lennert schwieg mit ihm und versuchte zu ergründen, was in ihm vorging. Mögliche Mieter brachten die unterschiedlichsten Vorgeschichten mit.

Eigentlich könnte ihr das völlig egal sein, sie war eingestellt worden, um Wohnobjekte an den Mann zu bringen. Nur Vertragsabschlüsse brachten Provisionen. Blieben diese Prämien aus, könnte sie bei dem mickrigen Grundgehalt gleich Sozialhilfe beantragen. Ein Scheißspiel, sagte sie sich in ruhigen Minuten, aber sie fand da nicht raus. Manchmal genoss sie ihren Erfolg und hielt sich geradezu für verkaufssüchtig. Mit ihrer Vermittlungsquote lag sie bei Geercke und Partner nicht gerade im hinteren Drittel. Das trieb sie voran.

Der Kommissar wendete sich ihr zu: »Stimmt, es ist schön hier oben. Prima Aussicht.« Struve brauchte sich nicht zu verstellen. Ihm gefiel die Wohnung. Er fühlte sich gut wie schon lange nicht mehr. Er lächelte ihr zu. Sein Blick rutschte in ihr Dekolletee, was ihm peinlich war, ihr jedoch offenbar nichts ausmachte.

»Ich dachte mir schon, dass Sie es mögen.« Corinne Lennert war sich ihrer Wirkung auf Männer bewusst. Sexuelle Anziehung förderte den Geschäftsabschluss. Das lernten bei Geercke und Partner bereits die Azubinen. Dieser Struve roch gut, er benutzte ein Aftershave mit Zwischentönen. Der Herbstwind frischte auf und wehte ihnen durchs Haar. Sie blickte ihn gleichfalls lächelnd an, es schien ihr ganz natürlich, er gefiel ihr mit seiner herben und zugleich sensiblen Art.

Struve waren ihre Reflexe wohl nicht entgangen. »Ach, tatsächlich? Wirke ich so kosmopolitisch?« Er sprach dieses Wort mit ironischem Unterton aus. Bei Verhören setzte er diesen Tonfall regelmäßig ein. Er prüfte damit den Humor, aber auch die Schlagfertigkeit seines Gegenübers.

»Nein, kosmopolitisch trifft's nicht«, antwortete die geschäftstüchtige Maklerin. »Aber welcher Mann steht nicht gern oben?« Sie schmunzelte. Hatte auf seine Karriere angespielt, um bei ihm einen Nerv zu treffen. Jetzt würde sich zeigen, wie viel dieser seltsame Einzelgänger aushielt. »Vielleicht behagt Ihnen das gediegene Ambiente hier oben auf den ersten Blick nicht«, warf sie ein, um ihn noch mehr zu provozieren, »aber Sie schauen so aus, als ob Sie in diesem Punkt – na sagen wir – ein bisschen Nachholbedarf hätten.«

Struve schaute sie überrascht an. Wie kam diese Frau zu einer solchen Einschätzung? Vielleicht hatte Melanie Förster aus dem Nähkästchen geplaudert. Die junge Kollegin hatte ihm den Tipp gegeben, sich hier oben, mitten in der Ludwigsburger City, einzuquartieren. Da es zwischen Marie und ihm nicht so gut lief, hatte er beschlossen, sich für einige Monate eine Unterkunft zu suchen. Melanie war ja keine Plaudertasche, aber man konnte bei ihr nie wissen. Struve kratzte sich am Kopf.

Sein Handy klingelte. Es war seine Frau.

»Marie? Was gibt's?«

»Ich habe deine Sachen zusammengepackt. Du kannst sie holen.«

Peter Struve verzog entschuldigend das Gesicht und wendete sich von Corinne Lennert ab. Marie wollte ihn also möglichst schnell loswerden. Verübeln konnte er es ihr nicht. Gestern hatte es ziemlich gekracht. Wieder einmal war er tagelang unterwegs gewesen. Ein Entführungsfall, er musste bei der Familie bleiben. Dann diese Gardinenpredigt: Eheleute müssten bedingungslos füreinander da sein. Er dagegen treibe sich rum, nutze das

›Schaffa‹ als Ausrede. Oh, er hasste es, wenn sich der harte Dialekt ihrer Großmutter von der Trochtelfinger Alb in ihre Streitgespräche mischte. In der Theorie klang das, was Marie vorbrachte, ganz nett, doch es strengte ihn an. Er war explodiert – und das nicht zum ersten Mal. Gerade hatten sie den Punkt erreicht, an dem sie beide eine Pause brauchten.

»Gut, ich hole sie später.« Struve schluckte. Marie nach zehn Jahren zu verlassen, wenn auch nur für eine befristete Zeit, kostete ihn Überwindung.

»Am besten, du kommst gleich, die Sachen stehen im Flur. Ich gehe jetzt auch, es ist besser, wir sehen uns nicht.«

Wieder schluckte der Kommissar. Das klang endgültig, er rang nach Worten. Kapierte er erst in diesem Augenblick, wie viel sie ihm bedeutete? Aber noch war sein Stolz größer als sein Schmerz.

»Komm runter, Marie, du bist zu hart zu mir.«

»Hart? Ich? Dass ich nicht lache«, antwortete seine Frau. »Du hast jetzt viel Zeit, über dich nachzudenken, nutze sie, Peter!«

Es klickte. Marie hatte aufgelegt. Sie hatten sich nichts mehr zu sagen. Drei Monate Trennung, das hatten sie gestern vereinbart. Das sind klare Bedingungen, daran gab es nichts zu rütteln. Peter Struve steckte das Handy weg und blickte Corinne Lennert entschlossen an.

»Sieht so aus, als ob ich die Wohnung nehme.«

Die Maklerin hielt ihm die Schlüssel vor die Nase. »Ich wünsche Ihnen viel Glück. Sie können sofort hier einziehen. Den Vertrag bringe ich Ihnen später vorbei – ach, und übrigens, ich wohne auf der anderen Seite dieses Stockwerks. Wenn Sie möchten, können Sie gern mal auf eine Tasse Kaffee vorbeischauen.« Wieder lächelte sie, und Peter Struve fühlte sich gleich ein wenig zu Hause.

Der Kommissar schaute auf seine Armbanduhr. Sie zeigte halb zehn. Die Minuten verstrichen quälend langsam. Er wartete bereits seit einer halben Stunde am Eingang des Klärwerks in Hoheneck. Der Nebel wollte sich hier unten im Neckartal nicht lichten. Gern säße er noch oben auf der Terrasse und würde mit seiner neuen Bekanntschaft ein Tässchen Cappuccino schlürfen. Struve schlug den Kragen seiner Lederjacke hoch. Dummerweise hatte er den Schal in seiner Wohnung liegen lassen. Auch wenn sich der Herbst hier unten im Neckartal oft von seiner milden Seite zeigte, pfiff doch manchmal ein rauer, unangenehmer Wind durchs Tal. Struve wurde bewusst, die Tage des Spätsommers waren gezählt, die kühleren Monate standen vor der Tür. Der 48-Jährige witterte den Herbstblues, die bevorstehende Farbenpracht der Bäume konnte ihn nicht trösten, er wusste, die Blätter würden fallen. In dieser Zeit deckte er sich auf dem Ludwigsburger Krämermarkt meistens mit Wollsocken ein. Neulich kaufte er sich gleich ein Dutzend, als ob er die heranziehende Kälte gerochen hätte. Marie blickte ihn belustigt an. Sie fand es offenbar etwas peinlich, als Komplizin seines Hamsterkaufes dazustehen.

»Deine Schränke sind doch voll«, hielt sie ihm entgegen. »Was willst du mit so vielen Socken? Du hast doch genug.«

»Sind das deine oder meine Füße, die auf dem Jakobsweg abfrieren?«, war es ihm unwirsch entfahren. Er liebte es, auf deutschen Wanderwegen des spanischen Heiligen unterwegs zu sein, eine Leidenschaft, die Marie nicht teilte und deshalb mit mühsam erarbeiteter Toleranz billigte. Natürlich tat es ihm leid, mal wieder aus der Haut gefahren zu sein, und deshalb gelobte er wenig später, seinen Kleiderschrank bis zum Jahreswechsel auszumisten, da er im Laufe der vergangenen Jahre zwar tatsächlich wenig gekauft hatte, sich jedoch von keinem einzigen Wäschestück trennen konnte.

Na, im Moment sah es so aus, als ob er sein Sortiment an Unterhosen, Socken und Hemden gleich auf einen Schlag reduzieren könnte. Wieder kroch der alte Ärger in ihm wie Herbstnebel hoch und verwandelte seine gute Laune in eine trübe Waschküche verschiedenster Gefühlslagen. Ach, soll Marie doch warten, bis er irgendwann seine Kleider abholte. Der Dienst ging jetzt vor. Schließlich hatte er nach dem Anruf eines Kollegen schnell zum Klärwerk fahren müssen.

Erneut klingelte Struves Handy und riss ihn aus seinen Gedanken. Er schaute auf das Display, das musste sein Kollege Littmann vom Stuttgarter Morddezernat sein. Früher sein Lieblingsfeind, inzwischen konnten sie ganz gut miteinander, was auch daran lag, dass sie neuerdings ein gemeinsames Hobby pflegten, Schach spielen. Fast zufällig hatte es sich ergeben. Ein Buch lag auf Littmanns Schreibtisch: ›Meine 60 denkwürdigen Partien‹, von Bobby Fischer. Struve kannte es, weil er es in seiner Jugend durchgearbeitet hatte. Einige Tage später trafen sie sich zu einem Schachabend, spielten einige Themenpartien zur Sizilianischen Verteidigung und schlossen bei einem Glas Trollinger Frieden.

»Hallo Littmann, hier Vorpostenspringer d5«, meldete sich Struve schmunzelnd.

»Ahhhh, sehr gut«, tönte Littmann und hustete amüsiert in den Hörer. Es dauerte, bis Struves Kollege antwortete. Er schien sich eine Pointe zu überlegen, was eine gewisse Zeit beanspruchte, da er nicht gerade schlagfertig war.

»Was macht der Springer denn, ich hoffe, er steht nicht am Rand, denn Springer am Rand, das wär wahrlich eine Schand'!« Littmann, froh einen Spruch der Marke Phrasendrescher anwenden zu können, freute sich, seine laute Lache dröhnte. Struve nahm das Handy noch weiter weg vom Ohr.

»Na, mit dieser alten Schachweisheit haben Sie nicht ganz unrecht, mein Bester«, antwortete der Kommissar. »Hier ist tote Hose, schätze mal, da hat uns jemand ins Leere laufen lassen.«

»Hab's beinahe vermutet. Unser Informant hat wohl kalte Füße bekommen.«

»Vielleicht. Jedenfalls habe ich mittlerweile auch welche. Ich fahre zurück ins Dezernat nach Bietigheim-Bissingen.«

Struve beendete das Telefonat und setzte sich ans Steuer seines schwarzen VW Passats. Wenig später legte er eine CD mit Jazz-Klassikern von Charly Parker ein. Der ruhige Klang des Saxofons tröstete ihn über die verlorene Zeit hinweg. Außer einigen Radfahrern, die aus Richtung Marbach nach Ludwigsburg unterwegs waren, hatte sich dort nichts abgespielt. Wer auch immer ihn dahin gelotst hatte, es gab bessere, wärmere Orte. Stätten, an denen man sich einen Kaffee bestellen konnte. Struve fuhr zur Jet-Tankstelle an der Marbacher Straße und bestellte sich das Getränk, das ihm in einem Pappbecher gereicht wurde. So trank er den Kaffee am liebsten. Ungesüßt und ohne anbiederndem Italo-Milchschaum.

»Möchten Sie noch eine Butterbrezel?«, fragte ihn die Kassiererin, die Struve offenbar anmerkte, dass er mies drauf war.

»Ja, mit dick Butter. Und noch ein Laugenweckle dazu«, antwortete der Kommissar, der gierig den ersten Schluck Kaffee herunterkippte. Weckle, dieses komische Wort, wo es wohl herkam? Brötchen sagte man bei ihm daheim im Westfälischen. Auch nach 15 Jahren im Raum Stuttgart fühlte er sich manchmal noch fremd.

Ein Kollege vom Drogendezernat in Stuttgart hatte ihm das Treffen mit dem Junkie an der Hohenecker Kläranlage vermittelt. Struve sollte einen alten Fall nach 20 Jahren wieder aufrollen. Ein Mord, der im Klärwerk begangen, aber niemals aufgeklärt wurde. Er war einigermaßen motiviert hingefahren und hoffte, dass der Drogenabhängige Genaueres wusste. Schließlich war damals ein Industrieller ermordet worden: Edwin Schaller, Nestor des Schaller-Clans, der sich mit mehreren Stuhlfabriken ein kleines Imperium aufgebaut hatte, sein Firmensitz lag im Stadtteil Poppenweiler. Schallers Wagen war damals im Klärbecken untergegangen, mitsamt dem Besitzer. Zwar hatten die Spezialisten der Polizei seinerzeit herausgefunden, dass der Opel Admiral an den Bremsen manipuliert worden war, doch wer dahintersteckte, war niemals herausgekommen. Die Ursachen von Schallers Herzstillstand blieben ebenfalls im Dunkeln. Den Opel hatte später ein Museumsbetreiber in Horrheim, einem kleinen Weindorf am Fuße der Stromberge westlich von Bietigheim-Bissingen, günstig gekauft. Die Kiste stand dort immer noch im Keller seines Heimatmuseums. Die Staatsanwaltschaft ließ zwischenzeitlich DNA-Spuren im Innenraum sichern. Dabei kam wenig heraus, aber der Fall war wieder auf dem Markt – und Struve sollte sich darum kümmern. Es gab Spannenderes als solche ollen Kamellen, fand der Kommissar und biss in die Butterbrezel.

Wieder klingelte das Handy. Es war Melanie Förster, seine junge Kollegin, mit der er seit etwa einem Jahr zusammenarbeitete.

»Na, wie sieht's aus, Peter, hat der Vogel gezwitschert?«

»Von wegen: Der einzige Vogel dort war eine fette Krähe – und die hat nur dumm gekrächzt.«

»Verstehe, du hast also einen rabenschwarzen Tag erwischt.«

»Das zwar noch nicht, aber wenn du weiter auf die Tränendüse drückst, glaube ich noch daran und fang wirklich an zu flennen.«

»Na, das muss ja nicht sein. Wann kommst du nach Bietigheim zurück?«

»Bin schon auf dem Weg. Hab noch einen kleinen Boxenstopp eingelegt. Wie weit bist du?«

»Och … die Statistik für die Direktion in Ludwigsburg steht so weit.«

»Na, bestens. Das wird Kottsieper freuen. Wenn der Tabellen sieht, steht er doch immer kurz vor einem Orgasmus.«

Melanie Förster kicherte. »Wusste nicht, dass du Kottsieper so aufmerksam beobachtest.«

»Der Mann braucht Aufmerksamkeit, das kannste mir glauben.« Struve erinnerte sich an sein 25-Jahr-Dienstjubiläum vor nicht allzu langer Zeit. Kottsieper hatte die örtliche Presse eingeladen – und keine Gelegenheit ausgelassen, seine eigenen Verdienste herauszustellen.

»Schlage vor, wir fahren gemeinsam nach Horrheim, damit du ein bisschen besser in den Tag findest«, schlug die junge Kommissarin vor.

»Super Idee, du darfst auch fahren.«

»Kein Problem.«

Unscheinbar reihten sich die Häuser an der Horrheimer Hauptstraße aneinander. Der Nebel hatte sich noch immer nicht gelichtet. ›Horr‹ stand für Sumpf, das mochte die trübe Stimmung in dem kleinen Ort erklären.

Wenig später standen sie an der Eingangstür des Museums, in dem hauptsächlich Gegenstände der 50er und 60er Jahre ausgestellt waren. Die Tür öffnete sich.

»Oh, Polizei, ist wieder etwas passiert?«, fragte ein etwa 40-jähriger Mann. Seine wuscheligen Haare standen in alle Himmelsrichtungen ab, sodass sein fleckiger weinroter Schlabberpulli und seine löchrige Jeans nicht weiter auffielen. Manfred Klostermann, ein Berufsschullehrer, der das Museum nebenbei betrieb, starrte verwundert auf den Ausweis, den Struve ihm unter die Nase hielt. Klostermanns Birkenstock-Schlappen merkte man die vielen Kilometer an, die sie zurückgelegt haben mochten. Der Kommissar konnte sich schwer vorstellen, dass die Sandalen im Museum verschlissen wurden. Große Menschenmassen strömten in dieses kleine Landmuseum wohl kaum. Doch vermutlich musste der Museumsbetreiber weite Wege gehen, um den Staub zu wischen, der sich hier ansammelte.

Sie betraten die Garage, in der einige Fahrzeuge eng nebeneinander geparkt waren. Ein weißer Audi Quattro stand neben einem hellbraunen Ford Capri mit Fuchsschwänzchen und einem giftgrünen NSU Prinz.

Fehlt nur noch ein Manta, überlegte Struve, kurz bevor er plötzlich vor dem Opel Admiral des Mordopfers stand.

»Wo haben Sie den eigentlich her?«, fragte der Kommissar.

»Ach, den hat damals mein Vater bekommen, als er das Museum hier eröffnet hatte. Das war 1989, als wir anfingen, die Dinge auszustellen.«

»Lebt Ihr Vater noch?«

»Nein, er ist vor zwei Jahren gestorben. Herzattacke ...«

»Können Sie sich noch daran erinnern, warum er ausgerechnet diesen Wagen in seinem Museum ausstellen wollte?«

»Er hatte die Berichte in der Zeitung gelesen, ich war damals so um die 20, und er hat mir erklärt, dass solche Fahrzeuge meistens preiswert zu bekommen sind – er stank ja entsetzlich, als sie ihn aus der Kläranlage in Hoheneck geholt hatten.«

Peter Struve nickte und stellte sich seine Schwimmversuche in einer Kloake vor. Das ebenfalls in Hoheneck gelegene Freibad schien ihm die bessere Wahl zu sein.

»Dann haben Sie ihn selbst sauber gemacht?«

»Ja, das haben wir. Mein Gott, hat mein Vater geflucht. Diese Schallers in Poppenweiler wollten nichts mehr mit der Karre zu tun haben. Dann sind wir hingefahren. Wir hatten ja damals noch das Abschleppunternehmen.«

Melanie Förster öffnete eine Tür. »Und die Polizei hat den Wagen nicht mehr untersucht?«

»Doch, doch, da waren Leute von der Spurensicherung in Hoheneck. Die haben dann auch das mit den Bremsen herausgefunden. Es stand ja alles in der Zeitung.«

Peter Struve blickte auf einen Artikel, der hinter dem Auto eingerahmt hing: ›Klärwerk wird zur tödlichen Falle‹, stand da in fetten Lettern. Der Journalist des Bietigheimer Kuriers hatte bereits damals den Verdacht geäußert, dass es kein Unfall gewesen sein konnte. ›Da wollte jemand nicht nur das Auto entsorgen‹, stand im Vorspann. Die Ermittlungen verliefen dann aber im Sande. Schaller war offenbar bewusstlos gewesen, anschließend musste jemand den Admiral bis zum Rand des Klärbeckens gefahren und reingeschoben haben.

»So einen Opel Admiral bewegt man nicht mit dem Zeigefinger«, stellte Struve fest.

»Nee«, meinte kopfschüttelnd der Museumsbesitzer, »der hat schon seine 1600 Kilo.« Manfred Klostermann tätschelte mit der flachen Hand anerkennend das Dach. Er erzählte von einer A-Version des Wagens, die von 1964 bis 1968 hergestellt wurde. Danach sei die B-Version auf den Markt gekommen, »und die ist zehn Jahre später durch den Opel Senator abgelöst worden.«

»Ist ja alles hochinteressant«, murmelte Struve, der sich darüber ärgerte, diesen alten Fall nochmals aufrollen zu müssen. Aber Kottsieper hatte nicht lockergelassen und Struves Ausflüchte mit der gewohnten Ich-kann-auch-anders-Mimik schnell erstickt. In solchen Augenblicken wünschte sich der Kommissar, dass Morde im deutschen Strafrecht verjähren könnten, aber diesen Passus hatte der Bundestag 1979, wenn auch spät, so doch bis heute wirksam, gestrichen. Na, es wäre interessant zu wissen, warum Kottsieper den Fall nochmals aufs Tapet brachte. Vielleicht wollte er sich mit vielen gelösten Fällen durch die DNA-Methode für eine höhere Aufgabe empfehlen. Man munkelte im Präsidium, dass Kottsieper vor dem Sprung ins Innenministerium stünde. Vermutlich wollte er die Blamage seines Rivalen von der Stuttgarter Polizeidirektion ausnutzen, der erst kürzlich kleinlaut eingestehen musste, dass die heiße DNA-Spur des Heilbronner Phantoms durch unsaubere Wattestäbchen entstanden war. Wegen des Mordes an einer Polizistin musste nun neu ermittelt werden. Struve durfte also jetzt im Trüben fischen, um diese Scharte auszuwetzen. Er lachte bitter in sich hinein. Ich habe Besseres zu tun, als Steigbügelhalter zu spielen.

Melanie Förster meldete sich zu Wort. »Also, eine zierlich gebaute Frau scheidet als Täterin aus – so weit waren die Kollegen vor 20 Jahren auch schon«, sagte sie mit schnippischem Unterton. An die langsame Art von Struve musste sie sich noch gewöhnen. Wie umständlich er den Fall anpackte. Sie hatte sich in der Zwischenzeit altes Porzellan auf einem Regal angeschaut, dabei aber genau zugehört. Sie vergötterte alte Kaffeekannen und würde am liebsten fragen, ob sie einige der ausgestellten Exemplare mitnehmen konnte. Ihre Freundin Katja, mit der sie in Winzerhausen in einer Land-

Kommune lebte, teilte ihre Leidenschaft und schleppte immer wieder altes Geschirr von irgendwelchen Flohmärkten an.

»Stimmt, hast die Akte gut im Griff«, lobte Struve sie, der sich vorgenommen hatte, seine Kollegin öfter mal mit netten Worten zu motivieren, nachdem er die 26-Jährige anfangs als hektisch und wenig belastbar erlebt hatte.

»Dannnkeee, Herr Scheffe.« Melanie Förster verzog ihr Gesicht säuerlich, ihr war die Schleimerei ihres Kollegen bereits vor einigen Tagen aufgefallen. Was er sich dabei dachte? Na, sie würde mit ihm darüber gelegentlich reden.

»Leider gab's damals überhaupt keinen Tatverdächtigen«, erklärte sie, »was mich wundert, Schaller hatte jede Menge Geld im Sparschwein.«

»Kann schon sein«, meinte Struve, »aber alle Nutznießer hatten lupenreine Alibis, da kam man nicht weiter.«

»Mein Vater hat immer gemeint, der Bruder vom Schaller war's«, erzählte Manfred Klostermann.

Peter Struves Mundwinkel zeigten nach unten. »Naheliegend wäre es, doch der war ja zur Tatzeit in Baden-Baden und hat Roulette gespielt.«

»Das hat er zumindest allen erzählt«, meinte Klostermann mit süffisanter Miene.

»Es wurde auch bezeugt«, wendete Struve ein.

»Ha, glauben Sie doch nicht, dass jemand wie Helmut Schaller sich selbst die Finger schmutzig macht«, hielt Klostermann dem Polizisten entgegen.

Melanie Förster pustete eine dicke Staubschicht von einer Kaffeekanne. »Schön, dass Sie uns einen Verdächtigen nennen, aber verraten Sie uns, wie wir da weiterkommen – damals konnte man ihm nichts nachweisen.«

»Vielleicht ist Schaller nach 20 Jahren etwas gesprächiger«, hoffte Struve und bewegte seinen Kopf in Richtung Tür. Als sie hinausgingen, fiel sein Blick sofort auf einen weißen Wagen, der im Hof stand. »Das ist ja ein Porsche 911 Targa.« Struve war entzückt. Er bekam seine Augen gar nicht mehr von dem schnittigen Oldtimer weg.

»Soll's ja sogar in den besten Haushalten geben«, scherzte Melanie Förster.

»Lass nur, Melanie – dieser hier ist etwas Besonderes, der hat noch das alte Stoffverdeck, der ist vielleicht sogar aus dem Jahr 1965. Herrlich!«

»Ich wusste gar nicht, dass du ein Auto-Fetischist bist.«

»Bin ich auch nicht, aber Porsche fahren, das ist nicht irgendetwas, das ist Kult!«

Melanie Förster schüttelte den Kopf und verdrehte die Augen.

Verständnisvoller reagierte Manfred Klostermann. »Mögen Sie etwa solche Oldtimer?«

»Eigentlich nicht, aber ein Porsche 911 wäre schon ein Traum.«

»Ich möchte ihn verkaufen.«

»Was? Das ist nicht Ihr Ernst, damit berauben Sie sich des schönsten Stücks.« Struve zeigte in Richtung Museumsgarage. »Also wenn Sie Platz brauchen, dann sollten Sie zuerst den Stinke-Admiral in die Presse geben – für den kriegen Sie mindestens zwei solcher Schätzchen in Ihren Schuppen.«

Klostermann konnte sich ein Schmunzeln nicht verkneifen. »Sie haben recht, aber ich bekomme bald einen neuen Porsche, und ich hänge irgendwie am Admiral. Kann's mir selbst nicht genau erklären – aber unsere Kinder setzen sich manchmal in den Schlitten und hören Radio, vielleicht liegt's daran.«

»Kaum zu fassen«, antwortete Struve und reichte ihm zum Abschied die Hand.

»Möchten Sie ihn mitnehmen?«

Struve blickte ihn überrascht an. »Ich?« Er überlegte. »Wie teuer wäre denn der Spaß?«

»Ach, da werden wir uns schon einig. Wollen Sie ihn nicht erst einmal probehalber ein, zwei Wochen fahren? Dann merken Sie, ob das Feuer noch brennt.«

Für den Vorschlag erwärmte sich Struve. Für einen Moment vergaß er die Herbstkühle und die Aussicht auf blätterlose Bäume. Melanie Förster würde den Dienstwagen nehmen, er den Porsche. Eine günstigere Abholsituation konnte er sich nicht vorstellen. Und dieser Museumsmensch wirkte auf ihn wie das Gegenstück zu den lackierten Affen aus den teuren Autosalons. »Wissen Sie was, Herr Klostermann. Ich mach's!«

Struve setzte sich ans Steuer. Der Tag nahm endlich Fahrt auf.

Januar 1942

Silberstein liegt tot im Schnee. Seine Augen, weit geöffnet, starren himmelwärts. Ihn hatten sie herausgezogen, ihn – nicht mich. Warum ihn? Wieso nicht mich?

Ein Zufall, natürlich, was sonst. Ich blicke entsetzt auf Silberstein, Joshua Emmanuel Silberstein, meinen Freund. Ausdruckslose Augen, während seine Seele himmelwärts fährt und noch nicht angekommen sein kann. Für kurze Zeit vergesse ich, wo ich stehe. Blende die Todesangst aus. Werde eins mit seinen ungläubig dreinblickenden Augen. Ein absurder Moment, ich fühle den Schmerz. Fühle aber auch, wie sein Tod mir mein Leben schenkt. Wie beim Erwachen aus einer Narkose erreicht mich wieder die Realität. Appellplatz Buchenwald, Januar 1942. Bittere Kälte, tiefer Schnee, Hundegebell, laute Kommandos. Überall Uniformierte. Schwarze Kragen mit Totenköpfen. Scharfrichter, die dem blinden Zufall gehorchen. Jenem Würfelspiel, das über Leben und Tod entscheidet. Silberstein ist mit neun anderen wegen eines gescheiterten Fluchtversuchs einiger Häftlinge auf der Stelle erschossen worden. Hat neben mir gestanden. Die Luft angehalten. Wie ich. Wie alle. Blickte zu Boden, denn wer den Totenköpfen in die Augen schaute, provozierte sie. Und wenn sich die kalten Augen zu sehr für einen interessierten, konnten sie ihre Arme nach einem ausstrecken. Joshua hatte nichts verbrochen, das nur nebenbei bemerkt. Wir alle hatten nichts getan, was den Genickschuss gerechtfertigt hätte. Natürlich bin auch ich mit ihm in diesem Moment erschossen worden, so wie alle anderen der Hundertschaften von Häftlingen, die an diesem Abend auf dem Appellplatz standen, zuschauen mussten und froren. Entsetzlich froren. Weil der Offizier nicht kam. Nicht kommen wollte, um uns Verbliebene des Tages nach menschenfressendem Steinschleppen abzuzählen. Mein Gott Joshua.

Wo bist du hingegangen? Wo haben dich die Totenköpfe hingeschickt? Wohin gehen wir, wenn unsere letzte Reise beginnt?

Einen Tag später melde ich mich für den nächsten Transport. Irgendeine Zugfahrt. Ich kenne diese Viehwaggons. Vabanque. Sie werden mich ins Gas bringen – oder ins Leben. Ein Würfelspiel. Totenköpfe haben keinen Mund aus Fleisch. Sie spucken Flüche. Oder Kommandos. Peitschenhiebe. Tödliches Blei. »Saujude ...« Entkommen unmöglich. Vielleicht im Waggon, für den es keine Lebensversicherung gibt. Aber er fuhr nicht nach Auschwitz, sondern in ein Werk. Besser als zu sterben. Auch wenn ich es fast als Erlösung gesehen hätte. Hauptsache raus aus der Hölle. Jetzt nur nicht ausgebombt werden. Dann weiter als Sklave. Patronenhülsen herstellen. Der Untermensch sorgt für seine Unterdrückung, denn er kann sich nicht wehren, ohne daran zu sterben. Macht weiter. Plagt sich, lässt sich ausbeuten. Ist nicht Herr seiner Arbeit, denn Arbeit macht frei ...

2.

Ich fühle eine Armee in meiner Faust. (Karl Moor, II. Akt, 3. Szene)

Corinne Lennert las. Sie vertiefte sich in den ersten Akt von Schillers ›Räuber‹. Corinne begegnete dem gewieften Franz Moor. Der Intrigant trieb einen Keil zwischen Vater Maximilian und dem älteren Sohn Karl, der in Leipzig studierte. Corinne staunte über die Lügen, die Franz über seinen Bruder Karl verbreitete. Der Student führte in Leipzig angeblich ein Lotterleben, zitierte Franz aus einem fingierten Korrespondentenbericht. Corinne war von Karl Moor fasziniert, da er entschlossen und männlich agierte, auch wenn er mit seinen Freunden tatsächlich in eine Szene abrutschte, die man nicht gerade bürgerlich nennen konnte. Äußerst unsympathisch fand Corinne Amalia von Edelreich, hinter der Franz her war, die aber immer noch an ihrer Jugendliebe Karl festhielt, ohne freilich Kontakt zu ihm zu haben. Amalias unemanzipierte Rolle als Vögelchen im goldenen Käfig Schloss Moor gefiel Corinne überhaupt nicht, und sie fühlte sich darin bestätigt, als ökonomische Freelancerin durch die bizarren Unwegsamkeiten des hoffnungslos kapitalisierten, aber dafür ansatzweise frauenfreundlicheren 21. Jahrhunderts zu stiefeln.

Missmutig betrachtete Hermann Moosburger an diesem Morgen das Grau des Stuttgarter Himmels. Ein

Tiefausläufer verbreitete seit Tagen Tristesse. Höchste Zeit, den Talkessel gegen ein Gipfelerlebnis auszutauschen. Der Zeitschriftenverleger blickte auf das mächtige Abbild des Matterhorns an der Wand. Das zwei Meter hohe Foto hatte ihm sein Sohn Frank zum Abschied aus dem Geschäftsleben vor zehn Jahren geschenkt. Seitdem bereiste der passionierte Bergsteiger weltweit Gebirge und hielt sich damit fit. In seiner Firma ließ sich der immer noch drahtige 76-Jährige nur noch selten blicken. Er hatte Frank als Geschäftsführer eingesetzt. Mit ihm traf er sich nur für Entscheidungen von großer Tragweite.

Keine Frage, auf Frank konnte er sich verlassen, der würde das Familienimperium schon nicht untergehen lassen, dachte der Inhaber der größten deutschen Yellow-Press-Zeitschriftenflotte. Sein Blick schweifte über 30 verschiedene Illustrierte, die auf dem Konferenztisch penibel aneinandergereiht lagen. Moosburger ging nachdenklich auf sie zu, zupfte zunächst verspielt an ihnen herum.

»Ja, ihr habt meine grauen Zellen in Schwung gehalten«, murmelte er und beugte sich über die ›Neue Postille‹, das Flaggschiff des Hauses. Danach ramschte der alte Mann die Zeitschriften zusammen und warf sie in einen großen Papierkorb. Moosburger lachte laut und ließ sich in den Chefsessel fallen. »Ach Gesinchen, ich hab's so satt«, rief er und nahm das Bild vom Schreibtisch, das er nach ihrem Tod vor 20 Jahren aufgestellt hatte.

»Leben, liebste Gesine, leben! Viel zu spät habe ich's begriffen. Wir hätten die Tour nach Patagonien unbedingt machen sollen.«

Gesines Lieblingsbuch war ›Nachtflug‹ von Antoine de Saint-Exupéry, es lag immer noch auf ihrem Nachttisch in seinem Schlafzimmer. Der französische Literat war als Postflieger an die Spitze von Südamerika gereist. Gesine hatte oft von der Einsamkeit der nächtlichen Flüge geschwärmt. Bis sie ihn eines Tages allein zurückließ.

Ein Geräusch riss Hermann Moosburger aus seinen Gedanken. Jemand hatte an die Tür geklopft.

»Ja, bitte.«

Es fiel Moosburger leicht, das Lächeln von Emily Noller zu erwidern. Die 40-jährige Sekretärin wirkte stets elegant und verbreitete eine herzliche Aura um sich. Wenn Hermann Moosburger sein Unternehmen besuchte, brachte Emily Glanz in sein Witwerleben. An diesem Tag trug sie ein eng anliegendes, dunkles Kostüm. Es passte zu ihren langen schwarzen Haaren, die glatt auf den edlen Stoff fielen, der ihren gertenschlanken Körper betonte.

»Emily, wie schön, Sie zu sehen. Was gibt's heute Morgen Neues?«

»Nicht viel, Herr Moosburger, aber Wichtiges. Ihr Sohn Frank kommt nachher, um mit Ihnen die Geschäftsübergabe zu besprechen. Und morgen Nachmittag ist der Notartermin.« Sie lächelte ihm aufmunternd zu. Er hatte sie ins Vertrauen gezogen. In den vergangenen Tagen hatten die beiden oft über seinen endgültigen Abschied gesprochen. Er ging auf sie zu und nahm ihr die Morgenpost ab.

»Ach, Herr Moosburger, Sie meinen es so gut mit mir«, rief sie ihm mit töchterlicher Ergebenheit zu. Sie wusste, wie sie den Seniorchef behandeln musste, um ihn für sich zu gewinnen. Er hatte sich höchstpersönlich dafür eingesetzt, dass sie Chefsekretärin wird – und nicht die alte Schreckschraube Gisela Göllner vom Nachbarflur.

»Der Chef im Haus erspart den Briefkurier«, zitierte Moosburger etwas abgewandelt und dabei schmunzelnd seinen Lieblingsdichter Friedrich Schiller. Moosburger war es gewohnt, mit seinem vitalen Optimismus andere mitzureißen. Nicht zuletzt diese Fähigkeit hatte ihn zu einem der bedeutendsten Verleger in Baden-Württemberg und zum Träger des Bundesverdienstkreuzes am Bande werden lassen. Seit einigen Tagen lag jedoch ein dunkler Schatten auf Moosburgers Seele. Sein Arzt hatte ihm mitgeteilt, er habe nur noch maximal ein Jahr zu leben. Eine seltene Krebsart, unheilbar. Seitdem kam es ihm vor, als ob er sich in einem Film betrachtete und sich dabei zusah, wie er einen Zündschlüssel herumdrehte, den er Tausende Male auf gleiche Weise betätigt hatte – und der ihm langsam aus der Hand glitt.

Ich bin aus der Spur, dachte er immer öfter, hütete sich aber, sich anderen mitzuteilen. Wäre er doch nicht zum Arzt gegangen. Diese Weißkittel konnten einem aber auch jede Lebensfreude nehmen. Es war jedenfalls die Zeit gekommen, sich zu verabschieden. Mit der Übergabe seiner Geschäftsanteile würde er sein Testament vorwegnehmen, das war ihm bewusst. Er würde seine Macht verlieren, und wenn er ehrlich war, fürchtete er, von Frank aufs Abstellgleis geschoben zu werden. Und dann gab es ja noch Kai, seinen anderen Sohn, den er seit zwei Jahrzehnten nicht mehr gesehen hatte. Hermann Moosburger fühlte den starken Wunsch, sich endlich mit ihm auszusöhnen.

Es klopfte erneut. Beide blickten überrascht zur Tür.

»Wer ist da, bitte?«, rief Hermann Moosburger.

Ein etwa 60-jähriger Mann im Zweireiher und mit streng gescheitelten silbrig glänzenden Haaren trat ein.

»Ein alter Bekannter ist's«, rief Klaus Bulten mit einem breiten Lächeln seinem Senior-Chef entgegen. Als Betriebsratsvorsitzender begleitete er Moosburgers Herrschaft über das Firmenimperium jahrzehntelang kritisch, aber loyal. Bulten hatte früher in der Anzeigenabteilung des Zeitschriftenunternehmens gearbeitet. Er galt als einer von den Gewerkschaftern, die zu allen Mitarbeitern im Haus ein tadelloses Verhältnis pflegten.

»Na, das nenn ich eine Überraschung, mein lieber Bulten«, begrüßte ihn Moosburger. »Wie es aussieht, wollen Sie mir den Abschied mit einem kleinen Fläschle versüßen.«

»Das kann man wohl sagen«, antwortete Bulten, der ihm eine Trollinger-Auslese vom Mundelsheimer Käsberg in die Hand drückte. »Ich wollte nicht bis zum offiziellen Termin warten und habe mir gedacht, ich bedanke mich einfach bei Ihnen persönlich. Sie haben immer mit offenen Karten gespielt und uns auch in konjunkturschwachen Zeiten stets das Gefühl gegeben, möglichst vollzählig gebraucht zu werden.«

Hermann Moosburger lächelte gerührt. Er schüttelte kräftig Bultens Hand. »Ja, da sagen Sie etwas sehr Richtiges, darauf trinken wir gleich ein kleines Schnäpsle. Frau Noller, seien Sie doch bitte so lieb und holen Sie den Obstbrand. Sie wissen schon – den für die besonderen Gelegenheiten. Vielen Dank übrigens für den Trollinger, er ist mein Lieblingstropfen.«

Schnell standen die gefüllten Schnapsgläser vor ihnen. Sie prosteten sich zu, und nach einigen Minuten kam Klaus Bulten auf den eigentlichen Grund seines Besuchs zu sprechen.

»Herr Moosburger, ich muss Ihnen noch etwas Unerfreuliches mitteilen.«

»Was denn?« Der alte Chef stutzte. Seine Gesichtszüge verfinsterten sich schlagartig.

»Wir haben gehört, dass die Belegschaft unseres Verlages personell stark abgebaut werden soll. Rund 30 Mitarbeiter sind betroffen.« Er überreichte seinem Chef einige Schriftstücke.

Hermann Moosburger studierte ungläubig die Papiere. »Das kann nicht sein, das wüsste ich. Wir haben doch erst vor vier Jahren einen Schnitt gemacht und schweren Herzens reduziert. Wer behauptet so etwas?«

»Es sind wohl mehr als nur Gerüchte. Ich glaube, jemand aus dem Sekretariat Ihres Sohnes hat sie uns zugetragen.« Klaus Bulten schaute betreten zu Boden.

Hermann Moosburger stellte das Schnapsglas hart auf dem Sekretär aus dunklem Eichenholz ab. Er griff zum Telefon und wählte die Nummer seines Sohnes. »Ist der Junior zu sprechen?«, fragte er ungehalten – und nach einer kurzen Pause: »Das ist mir egal, er soll sofort in mein Büro kommen, wir müssen umgehend eine Sache klären.«

Wenig später betrat Frank Moosburger das Büro. Der 45-Jährige trug einen eleganten schwarzen Anzug von Armani, der allerdings sein deutliches Übergewicht ebenso wenig kaschieren, wie Moosburger seine halblangen fettigen blonden Haare in Form bringen konnte. Der Geschäftsführer blickte aus verquollenen Augenschlitzen durch seine Designerbrille kurz zu Bulten, dem er ausdruckslos zunickte. Emily Noller hingegen schenkte er ein freundliches »Hallo« und ein vergnügtes Grinsen. Lässig setzte er sich auf die freie Kante des väterlichen Schreibtischs.

»Hallo Vater, was gibt's?«

»Frank, unser Betriebsratsvorsitzender hat über Umwege Informationen aus deinem Büro erhalten: Man munkelt, wir wollten die Technikabteilung in großen Teilen wegrationalisieren. Was weißt du darüber?«

»Ach, diese Geschichte.« Frank Moosburger rang sich ein gequältes Lächeln ab. »Da sind wir schon seit Monaten dran. Du weißt doch, wir hatten diese Unternehmensberater im Haus. Da ging's um Synergieeffekte. Tja, und es hat leider einige Ergebnisse gegeben, an denen wir noch arbeiten müssen – die sind noch nicht ganz spruchreif.«

»Was heißt da noch nicht ganz spruchreif? Ich bin dabei, dir ein Unternehmen mit mehreren Hundert Angestellten anzuvertrauen, und du verschweigst mir die Ergebnisse einer Strukturuntersuchung, die du vorher offenbar ohne mein Wissen in Auftrag gegeben hast. Da schuldest du mir doch eine Erklärung.«

Irritiert schaute Hermann Moosburger zu Klaus Bulten und Emily Noller. »Wären Sie bitte so freundlich, uns für einen Augenblick allein zu lassen?«

Vater und Sohn blieben zurück, sie standen sich grimmig gegenüber.

»Komm an den Konferenztisch und setz dich bitte, Frank.«

»Ich ziehe es vor zu stehen, Vater.«

»Na gut, dann bleib stehen. Wie du willst. Ist mir

auch egal. Hauptsache, du hörst mir zu. Brauchst es ja nicht mehr lange zu tun, bald führst du das Regiment.«

Frank Moosburger lächelte. Von morgen an würde er endgültig das Steuer in der Hand halten. Darauf hatte er jahrelang hingearbeitet. Seinen Bruder Kai, diesen abenteuerlichen Schöngeist, hatte er bereits 1990 aus der Firma gemobbt. Nun brauchte er nur noch zu warten, bis dieser überkommene, alte Herr von der Bühne abgetreten war. Sollte er ruhig seine Standpauke halten, darauf war er vorbereitet.

Der alte Moosburger führte weiter das Wort. »Ich habe mich bemüht, dir meine Werte weiterzugeben. Du weißt, ich möchte meine Angestellten für unsere Firma begeistern. Dazu zählt, möglichst keine Arbeitsplätze abzubauen.«

Frank Moosburger schwieg. Er wollte sich nicht rechtfertigen. Bald brauchte er niemandem mehr Rechenschaft abzulegen. Noch fungierte sein Vater als Aufsichtsratsvorsitzender, aber sobald er von ihm die solide Dreiviertelmehrheit der Aktien überschrieben bekam, konnte ihm keiner im Aufsichtsrat mehr an den Karren fahren. Sollte sein Vater nur weiterreden.

»Wie du weißt, haben wir im vergangenen Jahr vom Exportboom der Industrie profitiert. Wir haben eine Rendite von 15 Prozent eingefahren. Das ist mehr als genug. Außerdem haben wir unsere Aktiengesellschaft vergrößert und mehrere kleine Zeitschriftenverlage aufgekauft, wodurch wir unsere Marktstellung entschieden verbessert haben. Warum in Herrgottsnamen willst du jetzt Arbeitsplätze in unserem Kernverlag abbauen?«

Mit dieser Frage hatte Frank Moosburger gerechnet.

»Vater, ich hätte dich noch um Rat gebeten, aber ich wusste nicht, dass in meinem Sekretariat eine undichte Stelle ist. Diesbezüglich hoffe ich, durch Frau Noller in Zukunft vor solchen Überraschungen gefeit zu sein – du hast eine sehr gute Sekretärin, ich danke dir, dass du sie eingestellt hast.«

Das Gesicht von Hermann Moosburger entspannte sich kaum. Er erwartete eine Antwort auf seine Frage. Dass Frank ein Auge auf die attraktive Emily geworfen hatte, war ihm nicht entgangen. Die aparte Sekretärin war vor etwa 20 Jahren mit seinem älteren Sohn Kai zusammen gewesen, aber als der Junge praktisch über Nacht aus der Firma ausbrach und fortan Survivalkurse in aller Welt veranstaltete, wollte er der jungen Frau etwas Gutes tun und verschaffte ihr eine sichere Anstellung bei ihm im Verlag. Dass Frank sie zur Marketingleiterin machte und sie umwarb, verfolgte Moosburger senior mit gewissen Sympathien. Bestimmt würde sie ihn zur Vernunft bringen. Allerdings wartete auf die gute Emily ein gehöriges Stück Arbeit. So, wie es aussah, hatte Frank ihn schlichtweg belogen.

»Hör zu, Junge. Du hast mir vor einigen Wochen erzählt, die Unternehmensberater bräuchten noch ein paar Monate – doch das, was du gerade erzählst, passt nicht dazu. Es sieht ja sogar schon so aus, als ob du konkrete Pläne entwickelt hast, dich von einem Teil der Belegschaft zu trennen. Davon hätte ich bitteschön gern etwas gewusst.«

»Ja, okay Paps, ich gebe zu, ich habe dich da ein bisschen außen vor gelassen. Du musst mir aber glauben:

Ich wollte dich einfach nicht auf die letzten Tage hier im Betrieb mit schwierigen Dingen belasten. Du sollst deinen Abschied genießen und nicht noch Rationalisierungen mitmachen müssen.«

Hermann Moosburger lachte auf. »Für dich steht tatsächlich fest, dass du Stellen abbaust. Sag mal, hast du keine Ahnung, wie wir damit in der Öffentlichkeit dastehen? Die Leute kaufen keine Zeitschriften von Renditehaien.«

Frank Moosburger lächelte gequält. »Vater, es handelt sich um reine Vorsorgemaßnahmen. Seitdem die Banken sich kein Geld mehr leihen, ist unsere Wirtschaft praktisch gelähmt. Die Leute geben nichts mehr aus. Du weißt, wie abhängig wir von der Konjunktur sind. Kein Konsum, keine Anzeigen. Und keine Anzeigen, keine Einnahmen bei uns. Was das bedeutet, kannst du dir an fünf Fingern abzählen: Wir müssen beim Personal einsparen.«

Hermann Moosburger verstummte, er kannte die Argumente. Der Junge hatte seine Lektionen gelernt. Er würde sämtliche Aufregungen der Belegschaft ruhig aussitzen. Und er würde die Rendite erhöhen, auch in Krisenzeiten, da war sich der alte Moosburger sicher. Er erinnerte sich an die Ölkrise im Jahr 1973, damals brachen ihm viele Leser weg. Jedoch holte er sie sich wieder, indem er das Personal in den Redaktionen sogar noch aufstockte. Qualitätsjournalismus – das war die Antwort auf die Krise von damals. Heute ein frommer Wunsch. Er hörte von dem Unwesen, das die Unternehmensberater in den Verlagshäusern trieben. Sie hatten bereits das Tarifsystem unterhöhlt. Wer heute von der Uni kam und nach seinem Volontariat bei Zeitschriften als Redakteur unterkommen wollte, musste sich als Pauschalist für einen Dumpinglohn durchschlagen. Wer würde das noch zu seinem Beruf machen wollen? Mit einigem Entsetzen hatte Hermann Moosburger die letzten Tarifrunden verfolgt. Es hätte ihn ja freuen können, dass die Abschlüsse sogar unter der Inflationsrate lagen. Doch innerlich fand er es erschreckend, wie wenig die Journalisten sich gegen das Lohndiktat der Verleger zu wehren vermochten. Das konnte für eine Demokratie nicht förderlich sein.

»Junge, ich möchte, dass du deine Sache möglichst gut machst. Hab keine Angst, ich red dir nicht rein, aber behalte das, was ich seit Jahrzehnten hier vorlebe, das Herz für die Mitarbeiter.«

Frank Moosburger nickte, weil er an diesem Tag noch nicken musste. »Ja, Paps. Okay, versprochen. Unsere Mitarbeiter sind unser wichtigstes Kapital. Gibt's sonst noch was?«

Sie verabschiedeten sich nicht, da sie sich sowieso in einer Stunde wieder trafen, um den Notartermin zu besprechen.

Inzwischen hatte Emily Noller Kaffee gekocht. Sie brachte ihrem Chef die Post. Die Sekretärin hatte sie geöffnet und nach Dringlichkeit vorsortiert. Ganz oben lag ein Schreiben, dessen Inhalt kaum zu glauben war.

»Legen Sie alles nur hin, meine Liebe«, wies Moosburger sie an, ohne die Augen vom Wirtschaftsteil des Stuttgarter Kuriers zu wenden. Der DAX war erneut gesunken und näherte sich im freien Fall der 4000er-Marke. Hermann Moosburger ließ das Gespräch mit seinem Sohn vor seinem geistigen Auge Revue passieren. Natürlich musste Frank die Entwicklungen kritischer sehen als er. Harmoniesüchtig war er nie gewesen, aber er gestand sich ein, eventuell besorgniserregende Tendenzen mit einer gewissen Altersmilde zu betrachten. Wie oft hatte er in ökonomischen Talsohlen schwarzgesehen, und jedes Mal war es doch wieder aufwärts gegangen. Derzeit ist an der Börse wieder einmal eine Blase geplatzt. Hermann Moosburger hoffte, die Krise würde bald vorübergehen.

Emily Noller ließ gewöhnlich die Tür zum Zimmer ihres Chefs geöffnet. Eine Gepflogenheit, die Hermann Moosburger nicht nur duldete, sondern ausdrücklich guthieß. Ach, diese Emily würde er vermissen. Die Sekretärin wiederum tat so, als ob sie am Computer arbeitete. Sie beobachtete aus den Augenwinkeln genau die Reaktionen des Alten. Die Nachrichten aus der Kanzlei seines Hausanwalts dürften ihm alles andere als gefallen.

»Unglaublich – das ist ja Enteignung!«

Hermann Moosburger schlug mit der Faust auf den Tisch. Emily Noller hatte den Wutausbruch erwartet. Mit Sorge hatte sie die wochenlange Korrespondenz mit der Kanzlei verfolgt. Nun das Ergebnis. Die Finanzbehörden legten dem Firmenimperium die Daumenschrauben an. Offenbar lag kein Segen auf der Übernahme durch den Sohn. Was dem Alten überhaupt nicht schmeckte, war der mögliche Verlust weiterer Teile seines Privatvermögens, das er aus dem laufenden Geschäft der Aktiengesellschaft herausgezogen hatte, um damit karitative Projekte zu unterstützen.

»Da macht man sich jahrzehntelang für diesen Staat krumm, und dann so etwas!« Hermann Moosburger war aufgestanden. Aufgebracht lief er hin und her, unschlüssig darüber, was er unternehmen sollte.

»Emily, seien Sie so lieb und bringen Sie mir ein Aspirin.«

Die Sekretärin hatte die Schublade schon längst geöffnet. Moosburger verlangte regelmäßig nach dem Medikament, wenn schlechte Nachrichten eintrafen. Heute würde eine Tablette nicht reichen. Sie stand auf und brachte ihm das Aspirin und ein Glas Wasser.

»Herr Moosburger, möchten Sie mir nicht sagen, was Sie bedrückt?«

Der Firmenchef rang nach Luft. »Ach Kind, es ist doch immer dasselbe. Der Staat greift nach allem, was er kriegen kann, und er holt es sich mit Vorliebe bei denen, die diese Gesellschaft durch ihren Fleiß überhaupt am Leben erhalten.«

»Ist es denn so schlimm, wenn Sie ein paar Steuern mehr zahlen müssen?«, fragte sie in der Hoffnung, seine schlechte Laune vertreiben zu können.

»Steuern? Wenn es nur das wäre«, seufzte Hermann Moosburger, der erschüttert Platz nahm. »Ich weiß nicht, wie das überhaupt möglich geworden ist, aber irgendjemand muss im Hintergrund die Strippen gezogen haben, damit ich mit meinem eigenen Geld den Staat und die AG gleichzeitig bedienen muss.«

Moosburger klang immer noch sehr gereizt, aber seine Stimme gewann langsam wieder an Kraft. Emily Noller schien es, als ob er sich erholte und die alte Kampfeslust erwachte. Wie es zu dem dramatischen Verlust von Moosburgers Privatvermögen kommen konnte, war ihr freilich genauso schleierhaft wie dem Firmenchef. Es hieß, dass sich nach der Übergabe der Geschäftsführung an den Sohn vor einigen Jahren nun auf einmal vertragliche Ungereimtheiten ergeben hätten.

»Es ist doch noch nichts verloren«, versuchte ihn Emily Noller zu trösten. Es stand ihr zwar nicht zu, ihren Chef zu beraten, aber erwähnten die Anwälte nicht die Möglichkeit, die kritischen Vertragsklauseln für nichtig zu erklären?

»Nein, noch ist nichts verloren«, antwortete Moosburger, »aber ich kann mein Geld natürlich auch den Rechtsverdrehern in den Rachen schmeißen.« Er lachte bitter: »Klar, die wollen prozessieren, aber ich spüre, da ist wenig drin. Irgendjemand hat mich in eine Falle gelockt.« Moosburger stand vor dem großformatigen Porträt, das die Familie vor 20 Jahren abbildete. Die beiden Brüder Frank und Kai legten ihre Hände auf die Lehne eines schwarzen Ledersofas, auf dem Gesine und Hermann Moosburger froh gelaunt saßen. Eigentlich kannte nur Frank die vertraglichen Strukturen so gut, dass er ihm schaden konnte, vermutete der Vater. Wollte der Sohn sein Vermögen dazu benutzen, um über fingierte Geschäftsausgaben seinen luxuriösen Lebenswandel zu finanzieren? Das konnte er sich nicht vorstellen, allerdings wollte er es nach den neuesten Erkenntnissen nicht mehr ausschließen. Was wusste er eigentlich von Frank? Nichts. Vater und Sohn hatten sich in all den Jahren entfremdet. Sie glichen zwei Zügen, die aneinander vorbeiratterten. Wie Nachtexpresse. Und die letzte Nacht, wie würde sie für ihn sein? Er verdrängte diesen Gedanken. Wie schon so oft. Wenn alles so einträte, wie es die Anwälte prophezeiten, käme das einem vorweggenommenen Erbe gleich, einer Schenkung des Vaters an das künftige Unternehmen des

Sohnes. Das wollte Hermann Moosburger trotz seiner tödlichen Krankheit nicht zulassen. Hier ging es ums Prinzip, um Ehrlichkeit und Anstand.

»Es tut mir so leid, dass ich Ihnen nicht helfen kann, Herr Moosburger«, stammelte Emily Noller, die seine verbitterte Mimik sorgenvoll beobachtet hatte.

»Ach, lassen Sie nur, meine Beste. Ich weiß mir schon zu helfen.« Grimmige Entschlossenheit funkelte aus seinen Augen. Er hatte die letzten Worte ganz ruhig gesprochen. Eine ungute, eine gefährliche Ruhe schlug Emily Noller entgegen. Sie ahnte, mit welcher Energie Hermann Moosburger sich bei seinen Geschäftspartnern in all den Jahren Respekt verschafft haben musste.

»Sagen Sie den Notartermin ab, Emily. Es sieht so aus, als ob wir hier noch einige Dinge zu klären haben, bevor ich abtrete. Ich werde in den nächsten Tagen die Bücher eigenhändig prüfen. Und Gnade Gott demjenigen, der hier seine Finger im Spiel hat.«

3.

Und nun muss ein Teil auf die Bäume klettern, oder sich ins Dickicht verstecken und Feuer auf sie geben im Hinterhalt – (Karl Moor, II. Akt, 3. Szene)

Bankrotte oder kriselnde Unternehmer fand Corinne Lennert in ihrer abendlichen ›Räuber‹-Lektüre nicht. Aber Friedrich Schiller setzte dem alten Gutsbesitzer Maximilian Moor im zweiten Akt mächtig zu. Sohn Franz schmiedete einen teuflischen Plan. Er ließ einen Hochstapler die frei erfundene Nachricht von Karls Tod auf dem Schlachtfeld überbringen. Ein Schock für den Vater Maximilian und die Geliebte Amalia. Für Franz schien der Weg zur Macht auf Schloss Moor nun frei. Corinne fand das spannend, sie konnte aber nicht glauben, dass Franz mit der Tour durchkommen würde. Dann las sie, was sich in der dritten Szene in den böhmischen Wäldern abspielte. »Eigentlich eine typische Männerlektüre«, urteilte Corinne, als sie mitbekam, wie der Räuberhauptmann Moor das Bandenmitglied Roller durch einen waghalsigen Überfall gerade noch vorm Galgen rettete, danach jedoch mit seiner Bande von den Verfolgern im Wald eingekreist wurde. Nur durch heroischen Kampf konnten die Räuber aus der tödlichen Umklammerung entfliehen, was Corinne trotz ihrer Abneigung gegen Gewaltszenen annehmbar fand, denn nur dadurch konnte die Handlung überhaupt weitergeführt werden. Zum Glück lebte sie in einer zivilisierten Welt, einer Gesellschaft, in der Schlägertypen aus dem Verkehr gezogen wurden. Und doch waren die Anzeichen einer neuen Welle der Gewaltverherrlichung unübersehbar. Allein die Flut brutaler Filme, die über Flachbildschirme allabendlich in die Wohnzimmer drangen. Und was wusste sie von den Ellenbogen, die Starke und Mächtige ausfuhren, um ihre Ziele zu erreichen? Viele Gewaltakte geschahen lautlos, nahmen ihren Ausgang vom Schreibtisch, diskreter Vollzug in irgendwelchen Besprechungszimmern. Corinne dachte an die juristisch unanfechtbar formulierten Anschreiben von Geercke und Partner. Zwänge, auferlegt durch kleingedruckte Vertragsklauseln. Mochte man nicht auch manchmal schreien und aufeinander losgehen, wenn nichts mehr ging? Seltsam, welche Gedankenkette eine Kampfszene aus längst vergangenen Zeiten bei ihr auslöste.

Luca Santos wachte an diesem Dienstagmorgen schweißgebadet auf. Er lag im Bett seines kleinen Zimmers in der Nähe der Friedenskirche in Ludwigsburg. Seine Hand suchte nach Julia. Aber sie war nicht da. Wie auch, sie studierte seit April in Bologna. Auslandssemester. Völliger Quatsch, sie hier zu suchen. Sie war bei Ralf, diesem soften Musiker, der in Bologna mit dem Geld seiner neureichen Eltern bunte Eisschirmchen herstellen ließ und Julia umgarnte. Sie hatte abgewiegelt. Nur ein Freund, nichts Ernstes. Er glaubte ihr. Dann auf einmal ihr Entschluss, nach Bologna zu gehen. Ausgerechnet dorthin, zu den Eisschirmchen. Warum nicht Timbuktu? Oder Zittau? Rom wäre auch noch gegangen. Aber nein, es musste die Manufaktur des Musikers sein. Vermutlich hatte er ihr das alles mit Gitarre und »Una fiesta sui prati« schmackhaft gemacht. Natürlich würde er gar nicht mehr in Deutschland musizieren, die Musik spielte ja in Italien bei Julia und den blöden Eisschirmchen. Luca biss wütend ins Kopfkissen. Aber was brachten Eifersuchtsszenen schon, außer dass sich Partner voneinander entfernten. So hatte er sie ziehen lassen und sich entschlossen, Ralf und alle möglichen Verwicklungen mit Ignoranz zu strafen.

Lucas Hand tastete weiter. Er fand den Schalter der Nachttischlampe. Endlich sah er, wie spät es war. 7.30 Uhr. Er musste geträumt haben, aber er erinnerte sich an nichts. Seitdem er als Volontär beim Stuttgarter Kurier arbeitete, stand er unter Dauerstrom. Vielleicht war es gut, zu träumen und nichts zu behalten. Er wollte sich nicht mit Traumdeutung oder irgendeinem Psychokram aufhalten. Das war in seinen Augen nur etwas für Schwächlinge. Er stand auf und duschte. An diesem Vormittag würde er wieder in die Redaktion in das acht Kilometer entfernte Marbach fahren. Dort durchlief er einen Ausbildungsabschnitt.

Santos hatte in der Geburtsstadt Schillers vor einem Jahr sein erstes Zeitungspraktikum absolviert und mit dem Kommissar Peter Struve einen spektakulären Fall gelöst. Das brachte ihm das Volontariat in Stuttgart ein. Der Kontakt zu dem Polizisten war eingeschlafen. Die Oberen der Polizeiverwaltung sahen es nicht gern, wenn Journalisten einen direkten Draht zu ihren Mitarbeitern aufbauten. Verwaltungsapparate mauern eben gern, das hatte Luca längst begriffen. Journalisten mit ihren Recherchen am Rande des Erlaubten waren der Gegenpol, das war bei den jungen Kollegen im Volontärskurs einhellige Meinung. Leider regierte in vielen Redaktionen inzwischen der Rotstift. Für längere Recherchen fehlte das Personal. Die Zeitungen mussten gefüllt werden. Das erforderte immer wieder kurzfristig angeleierte Geschichten mit wenig Substanz. Eine Maschinerie, aus der nur diejenigen ausbrechen konnten, die an ihren Grundsätzen festhielten und für ihre Überzeugungen kämpften. Luca war froh, dass er bei einer Zeitung arbeitete, die diesen Tendenzen trotzte.

Einige Stunden später betrat Santos das Wirtshaus Krone in Gronau, am Fuße der Löwensteiner Berge zwischen Stuttgart und Heilbronn. Meistens haderte der Volontär mit seinem Chef in Marbach, insbesondere wenn er eine unangenehme Aufgabe zu erledigen hatte. Erst kürzlich hatte ihn der Redaktionsleiter Gustav Zorn dazu verdonnert, die Liste der Jubilare für den Kurier zu erfassen – mit der süffisanten Begründung: Dem Volontär ist nichts zu schwer. Ein billiger Racheakt. Dummerweise hatte sich Santos beim Betriebsfest zu der scherzhaften Bemerkung hinreißen lassen, Zorns Chancen, in der Bürgermeistersportgruppe die Prüfung zum Sportabzeichen zu bestehen, wären in etwa so groß wie Santos' Aussichten, den Deutschen Journalistenpreis zu gewinnen. Das hatte sich der Alte gemerkt. Mein Gott, was hatten sie an dem Abend auch wieder gebechert – und gelacht. Tja, wer zuletzt lacht, lacht am besten. Zorn war ihm am nächsten Morgen reichlich komisch gekommen. Wär ich doch vor einem Jahr zum Fernsehen gegangen, hatte er an diesem verfluchten Morgen gedacht, als Zorn ihm die Liste mit den Altersjubilaren unter die Nase hielt und er nach einer Kotzattacke auf dem Klo des Kuriers den Namen einer 94-Jährigen einzutippen begann.

Das war im August gewesen. Santos hatte in den vergangenen Wochen mehrfach daran gedacht, seine Ausbildung zu schmeißen. Aber er hasste es aufzugeben. Er war zäh, und so sah er die Schikane von Zorn als Prüfung an. Und richtig, ihr Verhältnis hatte sich gebessert. Irgendwann hatte der Alte schließlich die meisten seiner Themenvorschläge angenommen. Auch gewagtere Geschichten wie diese, wegen der er jetzt in diesem Wirtshaus saß und darauf spekulierte, Rechtsradikale in kommerziellen Trainingscamps beobachten zu können. Santos ging es um Storys, die Zeit brauchten und nicht bereits am nächsten Tag im Blatt sein mussten.

Der Jungjournalist blickte in die Runde der sechs Männer, die sich an diesem Morgen eingefunden hatten. Wortkarg saßen sie seit einigen Minuten beieinander. Zwei von ihnen trugen olivgrüne Klamotten, die drei anderen Jeans und unifarbene Pullis, so wie Santos, der sich in der Wahl seiner einfachen Kleidung bestärkt sah. Sie bestellten Kaffee, doch das lockerte ihre Zungen nicht. Der Seminarleiter ließ auf sich warten. Das konnte ja heiter werden. Santos stellte sich vor, wie er mit diesen Leuten eine Woche Schweigeexerzitien im Wald verbrachte. Na, wenigstens würde er sich dann nicht verplappern. Er hatte sich unter einem Decknamen angemeldet, Luca Schmidt. Normalerweise machte er so etwas nicht, Journalisten sollten mit offenen Karten spielen. Aber im Volontärsseminar in Stuttgart hatten sie das Thema ›Investigative Recherche‹ behandelt

– und darauf hatte nicht nur er wie elektrisiert reagiert. Viel zu viele Informationen, die heutzutage in Zeitungen standen, waren vorher durch die Hände von Pressesprechern und sogenannten Spin-Doktoren gegangen – dreimal reflektiert und von Unternehmens- und Parteivorständen wasserdicht gemacht. Diesem sterilen Verlautbarungsjournalismus musste man mit lebendigen, sozialkritischen Reportagen vor Ort entgegenwirken. Darin waren sich die jungen Hüpfer im Volo-Kurs einig. Jeder hatte sich vorgenommen, in den kommenden Wochen einen Artikel im Stile Günter Wallraffs zu schreiben. Das setzte voraus, sich nicht als Journalist zu erkennen zu geben, sondern unter einer anderen Identität zu ermitteln.

»Grüß Gott, Männer. Na, alle fit?«

Santos blickte auf und sah einen braun gebrannten Mittvierziger mit Vollbart und Locken sympathisch lächelnd vor ihnen stehen. Der würde auch auf jeder Skipiste eine gute Figur abgeben, war sich Santos sicher. Der Mann stellte sich als Kai Moosburger vor, schüttelte jedem von ihnen mit festem Griff die Hand und hievte seinen dunkelgrünen Rucksack auf einen Stuhl. Der Sack mochte gut und gern 30 Kilo schwer sein. Luca fragte sich, ob der Inhalt auch aus den Beständen der Bundeswehr stammte wie die Uniform, die Kai Moosburger trug.

»Hört mal bitte her«, durchbrach Moosburger in freundlichem Ton das Schweigen am Tisch. »Gut, dass ihr alle gekommen seid. Ich weiß nicht, was ihr hier sucht, aber ich kann euch eins versprechen: Ihr werdet eure Grenzen kennenlernen.«

»Na klar, Mann. Wir wollen ja nicht so dumpfbackig verkommen wie die Spießer in den Büros und die Immer-Froh-Daddys in den Neubausiedlungen«, kommentierte einer der beiden Olivgrünen in schnodderigem Ton. Sein Dialekt klang berlinerisch. Luca fand ihn vorlaut und wünschte sich die Gesellschaft seiner netten Kollegen in der warmen Redaktionsstube zurück. Dort hatte er oft einen herrlichen Blick auf die Marbacher Stadtmauer genossen und manch schönen Sonnenuntergang erlebt. Doch weder mit Sonne noch mit Wärme war an diesem tristen, verregneten Septembertag zu rechnen. Das signalisierte auch der Gesichtsausdruck der drei Männer, die ihm gegenübersaßen. Aus ihren Augen blitzte Skepsis in Richtung des Berliners.

»Nur immer schön langsam«, hielt Kai Moosburger dem jungen Mann entgegen und fixierte ihn mit durchdringendem Blick. »Wir sollten uns vielleicht etwas vertraut miteinander machen, denn eins ist klar: Wir können da draußen nur etwas leisten, wenn wir zusammenhalten.«

Die anderen nickten.

»Also, ich bin der Stefan und komme von Schott in Schwieberdingen. Ich bereite mich auf einen Einsatz in Botswana vor und muss dafür einen Survivalkurs absolvieren, so will es jedenfalls die Firmenleitung«, erzählte der etwa 40-jährige blonde, schmal gebaute Typ in einem leicht überheblich klingenden Ton, der darauf schließen ließ, dass Stefan im Camp nicht mit übertriebenem Ehrgeiz zu Werke gehen würde. Wenigstens war er ehrlich, dachte Santos und beschloss, ihn nett zu finden.

»Ich heiße Micha, bin auch bei Schott und soll nach Japan«, berichtete der Jüngere neben ihm, der mit seinen schwarzen, glatten Haaren etwa Ende 20 sein mochte. Sein Kinnbart ähnelte dem des Fußballers Kevin Kurányi. Überhaupt wirkte seine ganze Erscheinung auf Luca Santos dermaßen dynamisch, dass er für einen Moment wirklich glaubte, den Fußballer vor sich zu haben. Ganz abwegig fand er den Gedanken nicht, hier einen Prominenten zu treffen. Nur wäre vermutlich die Versicherungssumme für einen noch aktiven Fußballstar für so etwas wie eine Dschungelcamp-Serie viel zu hoch. Schließlich hatte der Veranstalter im Prospekt mit einem »knallharten Programm in verschworener Gemeinschaft« geworben. Dass trotzdem Schott-Mitarbeiter hier anheuerten, fand Santos schwach. Er selbst war hauptsächlich wegen Typen aus der rechten Szene gekommen. Jemand hatte ihm den Tipp gegeben, dass es bei diesem Veranstalter eine Verbindung zwischen Abenteuerlust und braunem Terror gebe.

»Tja, und ich heiße Bert und stehe kurz vor dem Abflug nach Argentinien, wo ich in einem Entwicklungshilfe-Projekt mitarbeiten soll«, meinte schließlich der Dritte aus der Schott-Riege, dessen dicke, zur Seite gekämmten roten Haare und ein ebenso roter, wolliger Vollbart zur stämmigen Figur passten. Mit seinen ergiebigen Fettpolstern würde Bert wahrscheinlich am besten von ihnen mit etwaigen Hungerattacken während des Camps fertig werden, dachte Luca. Mit einem besorgten Blick durchs Fenster stellte er fest, dass es immer noch Bindfäden regnete. Aus einem der Bücher von Sutili Zwingli, dem schweizerischen Guru unter den Outdoor-Trainern, wusste Luca, dass sich der Körper bei Kälte und Hunger nach einer Woche an den Muskelreserven bediente, falls kein Fett mehr verbrannt werden konnte. Er selbst hatte daraufhin in der vergangenen Woche verzweifelt versucht, mit fetten Hähnchen vom Grillmaster in Stuttgart zuzulegen – allerdings hatte es wenig geholfen, er war offenbar ein leptosom gebauter Mensch, der so viel futtern konnte, wie er wollte, und dabei ein dürres Gerippe blieb. Wenn alle Stricke reißen, krabbele ich einfach unter Berts Bauch, nahm sich Luca vor und trank einen Schluck Kaffee.

In diesem Moment sprach ihn Kai Moosburger an. »Und wer bist du?«

Luca setzte die Tasse hastig ab, um sein vorbereitetes Statement abzugeben: »Ich bin der Luca aus Stuttgart, und ich leite öfter mal Pfadfinderlager bei uns in der Kirchengemeinde. Vielleicht hast du ja noch ein paar Tricks für mich, mit denen ich meine Sache besser machen kann. Hab mir ein paar Tage freigenommen. Bin sonst in einem Werbebüro.« Das war nicht alles gelogen, denn immerhin hatte er in seiner Jugend beim Pfadfinderbund Sankt Georg in Möhringen tatsächlich eine Pfadi-Gruppe geleitet. Er hatte auch eine Ersthelferausbildung beim Roten Kreuz hinter sich und kam sich in der freien Wildbahn nicht ganz so unbeholfen vor. Auch angeln konnte er, schließlich hatte er seinen Fischereischein bereits mit 16 Jahren gemacht.

»Okay, und ihr beide seid Profis, oder?«

Kai lächelte entspannt, es ist klar, dass er den Humor seiner Jungmiliz testen wollte.

»Nööh, net Profis, aber wer uns unterschätzt, hat schon sein blaues Wunder erlebt«, gab einer der beiden etwas trotzig von sich. Der dicke Bert blickte prüfend zu Luca. Er ließ ein nachsichtiges Lächeln über das Gesicht gleiten, das der andere aber nicht erwiderte.

»Wo kommt ihr her?«, fragte Kai Moosburger geschäftsmäßig.

»Wir leben in Kornwestheim«, antwortete der Junge.

»Und wie heißt ihr?«

»Ich bin der Mattse, das ist der Lars.«

»Schön, und was wollt ihr in der Woche hier lernen?«

»Möglichst viel, wir planen eine mehrwöchige Trekkingtour durch die Wälder nach Potsdam. Da sind wir zur Schule gegangen.«

»Na also, da habt ihr ja schon ein konkretes Projekt. Bei den anderen sehe ich auch Bedarf. Schott verlangt einiges von seinen Mitarbeitern im Ausland, aber ihr könnt sicher sein, hier gibt's nicht nur was für die Maloche, hier lernt ihr was fürs Leben. Es geht um Teamfähigkeit!« Kai öffnete seinen Rucksack und zog ein dickes Buch mit einem biegsamen hellbraunen Ledereinband hervor. Es wirkte vergilbt, als ob Kai es beim Wettschwimmen mit den Krokodilen im Amazonas in der Tasche gehabt und später mit einem Palmwedel getrocknet hätte.

»Ich hab hier mal stichpunktartig zusammengeschrieben, was uns diese Woche beschäftigen soll«, erklärte er. »Wir lernen ein Lager zu bauen, Feuer zu machen und uns selbst zu versorgen. Außerdem zeige ich euch, wie man Fallen baut, Werkzeuge schnitzt und sich ohne Kompass im Wald zurechtfindet. Dass es kalt und nass ist, muss euch nicht stören. Ich habe in meinem VW-Bus einiges dabei, was uns hilft, trocken zu bleiben.«

Santos schaute in mehr oder weniger entschlossene Mienen. Kai Moosburgers Blick blieb auf ihm ruhen.

Merkte er, dass er die anderen taxierte und nicht mit offenen Karten spielte? Luca musste sich erst daran gewöhnen, netten Menschen mit einer falschen Identität gegenüberzutreten. Er war ein Lügner, dessen wurde er sich in diesen Minuten bewusst. Aber seine Maske würde ihn eher zum Ziel führen, da war er sich sicher.

»So weit alles klar, Luca?«

»Ja, logo – könnte nur ein bisschen trockener sein.«

Kai Moosburger lächelte und strich sich durch seinen Vollbart. »Hmmm … vielleicht sollten wir heute Abend am Feuer eine kleine Wunschliste für morgen anfertigen. Vergiss nicht, Sonne zu bestellen, aber sei nicht zu traurig, wenn's damit nicht klappt. Das ist typisches Herbstwetter, und das hält noch ein paar Tage an.«

Luca hatte die Schlechtwetterfront gestern in den Fernsehnachrichten gesehen. »Ziehen wir das Ding trotzdem durch?«, fragte er pro forma.

Kai Moosburger lachte. »Ja, was dachtest du? Das ist ein Survivalcamp und kein Kindergarten.«

»Was machen wir gegen die Nässe?«, wollte ausgerechnet Stefan wissen, der im Schottwerk in Botswana vermutlich andere Probleme zu lösen haben würde.

»Berechtigter Einwand. Wir werden uns zunächst ein Lager bauen und eine Feuerstelle einrichten – für heute Abend habe ich noch einige Kartoffeln und Äpfel mitgebracht, sodass wir erst morgen mit der Nahrungssuche beginnen müssen.«

»Was, wir haben keine Verpflegung? Da mach ich nicht mit!«, rief plötzlich Bert dazwischen, der Kai Moosburger entsetzt anblickte und auf die verregnete Fensterscheibe zeigte. »Das ist doch ein Witz, draußen sind höchstens zwölf Grad, und nachts wird's richtig kalt. Wir brauchen auf jeden Fall genügend Nahrungsmittel, wenn wir körperlich arbeiten.«

Auch aus den anderen Gesichtern sprach Skepsis. Das Lager konnte lustig werden.

Kai Moosburger blickte überlegen in die Runde. »Ja, körperlich arbeiten wir, aber wir werden auch unsere Willensstärke trainieren. Das ist eine offene Schutzhütte aus Stangenholz«, erklärte Moosburger anhand einer Zeichnung ganz selbstverständlich. »Jeder von uns braucht eine solche Einmannschlafstelle, da wir keine Zelte haben.«

»Wir haben keine Zelte?« Wieder war es Bert, er blickte noch grimmiger drein als zuvor. Draußen prasselte der Regen gegen das Fenster, als ob er den Einwand bekräftigen wollte.

»Nein, so etwas haben wir und brauchen wir auch nicht«, antwortete Kai Moosburger. »Wir nehmen die Gerüche im Wald viel intensiver wahr, wenn wir in unseren selbst gebauten Hütten leben.« Moosburger zeigte auf die aufgestellten Stangen, die im 45-Grad-Winkel gegen einen quergelegten Ast zwischen zwei Baumstämmen lehnten. »Dieses Konstrukt müsst ihr nur noch mit Reisig belegen und abdichten – anschließend machen wir Feuer, ein Meter davon entfernt, das liefert Wärme.«

Sieht wahrscheinlich einfacher aus, als es ist, fand Luca.

»Und wo kriegen wir die Stangen her?«, fragte einer der beiden Jungen.

»Liegt alles im Wald rum«, antwortete Kai Moosburger. »Jetzt lasst uns Schluss machen mit der grauen Theorie – wir fahren ins Einsatzgebiet.«

Sie nahmen ihr Gepäck und stiegen ein. Der Regen

ließ etwas nach. Sie kamen an, und zwei Stunden später hatten sie es geschafft, einen kleinen Kreis aus Schutzhütten zu bauen.

»Komme mir vor wie in einer Wagenburg aus dem Wilden Westen«, meinte Botswana-Stefan, der stolz auf seine Hütte zeigte.

»Ganz große Klasse«, hielt der junge Mattse schlotternd entgegen. Er hatte sich eine viel zu dünne Jacke angezogen, die bereits durchnässt war. »Wenn ich nicht bald ins Trockene komme, nibbele ich ab.«

Kai Moosburger holte eine Wolldecke aus dem VW. »Komm, setz dich in den Transporter. Normalerweise geht es hier ums Durchhalten und um Selbstüberwindung, aber du siehst wirklich nicht gut aus. Ich mach den Motor an und schalte die Heizung an.«

»Ach nee«, rief der Kurányi-Doppelgänger Micha. »Ich denk, wir sind im Survivalcamp. Da können wir ja gleich alle im Transporter pennen und Lady Gaga hören.«

Der bissige Unterton versprach eine interessante Gruppendynamik, fand Luca. Er betrachtete sein Bauwerk. Er war mit seiner Hütte ganz zufrieden, konnte aber ein warmes Getränk gut vertragen.

»Was schlägst du vor?«, fragte Kai Moosburger den Kritiker.

»Na, der VW-Bus muss weg, das ist ein fauler Kompromiss. Wenn schon Survival, dann möglichst wirklichkeitsnah.«

Mattse hatte sich inzwischen in eine Wolldecke eingewickelt und saß schlotternd im Bus. Es wurde langsam dämmrig.

»Ich glaube, du spinnst, Micha«, rief der dicke Bert,

der zuvor Zelte vermisst hatte. »Wenn du es dir unbedingt geben willst, leg dich einfach ins nasse Gras. Lass uns aber mit deiner Hardcore-Nummer in Ruh.«

»Hört zu«, ging Moosburger dazwischen. »Wir haben hier keine Zeit, über unterschiedliche Ansichten zu diskutieren. Dem Jungen geht's mies, und wir haben eine Art Lazarett für Kranke. Vielleicht kennt ihr noch nicht die Grundregel Nummer eins jedes Survivaltrainings: Nutze vorhandene Chancen, wo immer sie sich dir bieten.« Moosburger stellte sich in die Mitte des Lagers. »Und eins muss euch klar sein: Wenn ich etwas anordne, gibt es kein Wenn und Aber. Wir brauchen jetzt Feuer: Micha und Stefan, ihr sucht Holz. Bert und Luca, euer Ding ist Anzündmaterial – schaut zu, dass ihr möglichst trockenes Zeug findet.«

»Wie sollen wir hier etwas finden? Es ist doch alles zippelnass«, protestierte Bert mit hochrotem Kopf.

»Berechtigter Einwand«, antwortete Kai Moosburger, wusste darauf jedoch auch keine Antwort: »Wenn ihr Holz sucht, nehmt abgestorbene Äste, die noch an den Bäumen hängen. Sie trocknen schneller. Ich habe fürs Erste noch ein bisschen Trockenholz im Wagen.«

Wieder wollte Micha zur Generalschelte am VW-Bulli ausholen, aber eine energische Handbewegung Moosburgers ließ ihn verstummen.

»Hey, Jungs. Bleibt locker. Wir sind am ersten Tag noch nicht so fit, dass wir es ohne Krücken schaffen«, erklärte der Campleiter. »Morgen sieht die Welt anders aus. Sie haben auch besseres Wetter vorhergesagt.«

Ohne deinen VW-Bus und das Radio wüsstest du das auch nicht, dachte Luca und lachte trocken in sich hinein.

Kai Moosburger widmete sich dem jungen Lars: »Wir zeigen den anderen nachher, wie man ein Feuer anzündet.« Sie gingen zum VW und unterhielten sich mit Mattse, dem es offenbar alles andere als gut ging. Er zitterte am ganzen Körper und blickte die anderen mit glasigen Augen an.

Am späten Abend saßen sie am Lagerfeuer. Sie erwärmten ihre Äpfel und Erdäpfel an langen Stöcken. Gierig fiel ein jeder über seine Portion her. So gut hatten auch Luca Kartoffeln noch nie geschmeckt.

»Morgen holen wir uns Wasserflöhe, die sind eine Delikatesse.« Kai Moosburger knabberte unverdrossen an seinem Apfel.

»Wie bitte?« Bert meinte, nicht richtig gehört zu haben. Auch die anderen schauten überrascht auf.

»Wasserflöhe gibt's in jedem Teich, und die prickeln so schön wie Sekt. Idealer Abschluss einer Naturalien-Mahlzeit.«

»Ach komm, du willst uns doch verarschen.« Bert lachte herzhaft, was bei seinem buddhaartig geformten Bauch richtig gut klang. Auch die anderen lachten. »Wasserflöhe, guter Scherz.« Stefan schlug sich auf die Schenkel.

»Nein, Jungs. Die Flöhe sind der Bringer, die sehen vergrößert aus wie Krabben. Und ihr alle ekelt euch doch auch nicht vor Austern und Muscheln. Noch wichtiger sind für uns aber Würmer – brauchbare Köder, und notfalls auch essbar.«

»Igitt, nicht mit mir, auf gar keinen Fall.« Wenn Bert sich etwas in den Kopf gesetzt hatte, war mit ihm nicht mehr zu verhandeln.

»Ich sage ja nicht, dass mir Würmer schmecken«,

erklärte Kai Moosburger, »aber sie sind nützlich, damit wir uns morgen eine Forelle aus dem Bach ziehen können. Vielleicht regnet es heute Nacht noch ein bisschen, dann können zwei von euch mit einer abgedeckten Taschenlampe auf Wurmfang gehen. Nachts stecken sie ihre Nase nämlich besonders gern an die frische Luft.«

Niemand antwortete auf den Vorschlag, die durchnässten Schutzhütten ließen keinen übertriebenen Aktionismus aufkommen. Das Schweigen gefiel Luca, der erneut in sich hineingrinste.

»Vielleicht hat diese Lektion noch bis morgen Zeit, ich denke, wir sind gerade erst angekommen«, schlug Stefan vor und erntete zustimmendes Nicken.

»Okay, hast recht, muss nicht sein. Schonen wir unsere Kräfte für morgen«, stimmte Kai Moosburger zu. »Alles Weitere besprechen wir beim Frühstück.«

Luca dachte an leckere Weißwürste, wie er sie neulich im Allgäu morgens verzehrt hatte. Dazu süßer Senf. Hm, herrlich. Stattdessen würde es morgen wahrscheinlich Hagebuttenmus geben. Irgend so etwas hatte Kai anklingen lassen. Hoffentlich jucken die Kerne nicht im Magen. Macht dann einfach Purzelbäume, dann geht's weg. So oder so ähnlich klang es, wenn der Survivaltrainer Moosburger seine Eleven motivieren wollte.

Müde legten sich alle in ihren Schlafsack, Lucas letzter Blick galt dem lodernden Feuer, danach fiel er in einen tiefen Schlaf.

Irgendwann schreckte Luca hoch. Verwirrt blickte er in die Nacht. Es dauerte einige Sekunden, bis er sich erinnerte, wo er war. Vor ihm kniete Kai Moosburger.

Er hatte einen Ast in der Hand, an dem eine kleine Flamme züngelte.

»Du hast im Schlaf geschrien, Luca. Hast du schlecht geträumt?«

»Schlecht wäre untertrieben.«

Kai Moosburger schaute ihn mitfühlend an. »Es ist normal, dass sich deine Seele hier von allen Anspannungen befreit.«

»Ach so, wusste nicht, dass wir hier in einem Psycho-Camp sind. Vielleicht zahlt mir meine Krankenkasse einen Teil des Honorars.« Luca flüchtete sich in Ironie, immer dann, wenn ihm jemand zu nahe kam.

Kai Moosburger atmete tief durch. »Was du mir am Ende gibst, ist dir freigestellt. Es ist überhaupt völlig deine Sache, was du aus der Zeit hier mitnimmst. Bedenke, dass wir hier vor allem unseren Geist trainieren und innerlich frei werden wollen.«

Luca senkte den Blick. Es war ja nicht so, dass er diesen Waldschrat mit seiner einfühlsamen Art ablehnte. Mein Gott, vielleicht hätte er Gustav Zorn mitnehmen sollen, damit er auf seine alten Tage noch lernte, wie man Menschen führte.

»Ich weiß, was du sagen willst«, antwortete Luca. »Ist es schon zwei Uhr?« Er war eingeteilt, um aufs Feuer aufzupassen.

»Ja, sogar schon halb drei, Bert hat sich hingelegt. Du solltest öfter Holz nachlegen, damit wir es hier im Kreis alle schön warm haben.«

Luca kroch aus seinem Schlafsack und streckte sich. Kai hatte ihm in einem Becher heißes Wasser auf einige Waldkräuter gegossen.

»Schmeckt ja widerlich«, entfuhr es Luca, der die Brühe ins Gebüsch spuckte.

»Vielleicht etwas bitter, aber wärmend. Hier im Wald wächst wilde Minze, das solltest du zu schätzen wissen«, hielt Moosburger im Flüsterton schmunzelnd dagegen.

Luca nahm widerwillig noch einen Schluck, um sich aufzuwärmen. »Ich stelle mir jetzt einfach einen Latte macchiato beim Olivieri an der Wilhelmstraße vor.«

»Ah, und gleich noch einen Fruchtbecher mit sechs Bällchen, aber bitte mit Sahne«, sagte Kai Moosburger, der sich neben ihn gesetzt hatte und weitaus weniger angewidert aus seinem Becher trank.

Luca blickte ihn prüfend an: »Sag mal, kann es sein, dass du deinen Öko-Trip ein bisschen zu ernst nimmst? Hombre, wenn du in Spanien, wo meine Mutter herkommt, morgens keinen Café con leche nimmst, hast du bis zur Siesta verloren, aber claro.«

Kai Moosburger grinste: »Was der Mensch so alles braucht. Wenn du jeden Morgen beim Aufstehen eine Krücke nimmst, wirst du am Ende auch glauben, dass du ohne sie nicht mehr hochkommst.«

»Also gut. Sag mal, das ist doch nicht der Grund, warum du diese Camps hier veranstaltest, oder?«

»Nein, nicht der Hauptgrund, aber ein sehr wichtiger. Es geht einfach um nicht mehr oder weniger als eure Freiheit.«

»Freiheit, Freiheit. Du quatschst hier von etwas absolut Philosophischem. Ich kann auch frei sein, wenn ich in einem Büro hocke und ganz einfach nicht nur meine acht Stunden runterreiße, sondern ein Auge für meine Mitmenschen habe und ihnen helfe.«

Kai Moosburger blickte ins Feuer, in das er zuvor ein neues Holzscheit gelegt hatte. Die Flammen loderten nun und tauchten sein Gesicht in ein warmes Licht.

»Wenn du so denkst, bist du schon sehr weit, Luca.« Moosburger trank seinen Tee aus und beendete das Gespräch. »Ich werde noch mal nach Mattse schauen, ihm geht es bereits besser. Ich denke, wir sollten ein Auge auf ihn und sein Fieber haben. Er braucht im Moment vor allem jemanden an seiner Seite, der ihm Kraft gibt.«

4.

Peter Struve zog die fingerlosen Lederhandschuhe fest und ließ den Porsche auf den Ludwigsburger Marktplatz rollen. Er könnte das Lenkrad küssen, aber vorerst genügten ihm die staunenden Blicke der Gäste in dem italienischen Restaurant an der Ecke. Natürlich durfte er hier nicht herumfahren, doch solange er nicht laut knatterte oder den Motor aufheulen ließ, drohte ihm kein Ungemach. Warum auch immer gleich an Konsequenzen denken? Himmel noch mal, dieses ewige Ermittler-Ja-Aber. Mit der Kiste unterm Arsch fühlte er sich gut 15 Jahre jünger. Struve kurvte am Marktbrunnen entlang, um den sich an diesem lichtdurchfluteten Tag Leute im T-Shirt scharten. Wie sie ihn anglotzten. Herrlich! Ja, davon träumt ihr, dachte er und rückte seine Sonnenbrille zurecht.

Plötzlich überkamen ihn Zweifel: Mein Gott, wie tief bist du gesunken, bist zum protzigen PS-Potenzler abgedriftet! Das Verdeck hatte er freilich abgenommen. Jeder sollte ihn sehen, er hatte unbändige Lust auf diese Spritztour. Marie fiel dafür aus. Sie hatte ihm einen Vogel gezeigt, als er am Dienstag seine Sachen aus ihrem gemeinsamen Haus in der Steinheimer John-Lennon-Straße holen wollte.

»Bist du jetzt unter die Popper gegangen?«, fragte sie ihn.

»Nee, dann würde ich einen VW-Beetle fahren, Schatz«, antwortete er ihr.

»Als ob es da einen großen Unterschied gibt – warum schraubst du nicht gleich einen Heckflügel dran, um allen zu zeigen, wie schnittig du bist?«, entgegnete sie ihm spöttisch.

»Ich weiß gar nicht, was du gegen diesen netten, kleinen Oldtimer hast. Er passt doch hervorragend zu mir.«

»Eben nicht. Sag mal, merkst du nicht, dass du darin wie ein affiger Playboy wirkst, der hofft, irgendwelche jungen Dinger abzuschleppen?«

»An die Möglichkeit habe ich noch gar nicht gedacht. Muss ich unbedingt mal ausprobieren.« Genervt stieg Struve wieder in den Wagen.

»Halt, du hast etwas vergessen.« Sie zeigte auf den Hauseingang.

»Ach ja, die Kisten mit den Sachen.« Der Kommissar suchte unter dem Lenkrad nach einem Schalter, um den Kofferraum zu öffnen. Bald darauf sprang er leicht scheppernd auf.

Marie lachte. »Na, was willst du denn mit dieser Sardinenbüchse? Da passt gerade mal die Tüte mit deinen Socken rein.«

Peter Struve war an jenem Tag nicht nach Lachen zumute gewesen. Natürlich war er gekommen, um ein paar Sachen mitzunehmen. Dass er nicht alles auf einmal in seine neue Wohnung transportieren konnte, war ihm durchaus klar. Er fand, dass Marie diesen Moment zu stark auskostete.

»Dann gib mir doch gefälligst die Sockentüte«, brummte er gereizt.

»Na, wer wird denn gleich in die Luft gehen?«, antwortete Marie Struve belustigt. »Steht alles hier vorn.« Sie zeigte wieder auf den Berg mit den Sachen.

Er schnappte sich das Nötigste, lud es in den 911er und versprach, den Rest im Laufe der Woche zu holen. Dass er sich nicht daran hielt, lag an Corinne Lennert, der adretten Maklerin. Bereits am ersten Abend hatte sie ihn eingeladen.

»Ihnen soll hier die Bude nicht auf den Kopf fallen«, sagte sie und lud ihn zu einer Runde Spaghetti mit Meeresfrüchten ein. Eigentlich hatte er sich an dem Abend ein paar Bratkartoffeln mit Kräuterquark zubereiten wollen, aber einer solchen Einladung konnte er nicht widerstehen.

Peter Struve drehte mit dem Porsche noch eine Runde über den Arsenalplatz, passierte die Myliusstraße, fuhr in die Alleenstraße, bog in die Solitudestraße ein, ließ das Cocobello beim Union-Kino links liegen, um dann die Lage am Blauen Engel bei der Filmakademie zu checken. Die kurze Runde lohnte sich, denn die Wärme in diesem September sorgte für eine Renaissance knapp geschnittener Sommerröcke. Er erinnerte sich an eine Tour an die Côte d'Azur, als er im Frühjahr im Cabrio eines Freundes über die Croisette von Cannes gebraust war und eigentlich nur noch der rote Teppich gefehlt hatte. Ja, da sind sie wieder, diese kurzen Röcke mit den Beinen, von denen er seine Blicke schwerlich abwenden konnte. Im Unterschied zu damals vermochte er diese Einblicke in hochhackige Bewegungsabläufe diesmal viel entspannter zu genießen. Das Verklemmte der Jugend war ebenso verschwunden wie sein ehelicher Loyalitätsreflex. Schön, so ein unverhoffter Sonnenschein, stellte er nach den beiden Regentagen zufrieden fest. Er dachte an Corinne und fragte sich, wo sie wohl steckte. Er hatte nach ihrer ersten gemeinsamen Nacht am frühen Morgen unbemerkt ihre Wohnung verlassen, auch um kein falsches Zeichen zu setzen. So schnell sollte ihn keine Frau mehr einfangen.

Die Runde auf dem Ludwigsburger Marktplatz tat gut. Mein Gott, Marie hatte recht. Mit dem Schlitten führte er sich wie ein Möchtegern-Playboy auf. Ihn beunruhigte selbst, wie wenig er sich gegen diese Nummer wehrte. Hatte er es wirklich nötig, hier auf vier Rädern wie ein Gockel herumzustolzieren? »Die Antwort lautet: Ja, ich habe es nötig«, murmelte Struve und strich sich mit der Hand über den Dreitagebart, den er sich hatte wachsen lassen, weil es laut einer Männerzeitschrift als trendy galt. Neulich hatte er sich das Hochglanzmagazin zum ersten Mal am Bahnhofskiosk geholt. Er stöberte sogar derart intensiv im Pulk dieser Zeitschriften, dass er vergaß, das Schachmagazin zu kaufen, das ihn üblicherweise zum Bahnhof trieb. Sollte Littmann ihn nur in ihrer Fernpartie mit einer vorbereiteten Variante überraschen, er würde das kleine Match mit improvisierter Schlagfertigkeit für sich entscheiden. Überhaupt, dieses Steif-Strategische, einfach entsetzlich. Struve kannte seinen Spielstil, den er seit der Jugend pflegte. Am Brett ging er Komplikationen und Scharmützeln stets aus dem Weg. Er versuchte, kleine Stellungsvorteile so umzumünzen, dass er seinen Gegner am Ende mit wenigen Figuren pythonartig erwürgen konnte. Man konnte das auch Feigheit nennen. Wenn er ehrlich war, löste er die meisten Kriminalfälle auf ähnliche Weise. Mit viel Fleiß, geduldig abwartend und ohne allzu viel zu riskieren. Unspektakulär eben. Seine Methode: Kleine Beobachtungen so lange anhäufen, bis sich die Schlussfolgerungen als tragfähig erwiesen. Im Schach würde man sagen, ihm fehlte die Leichtigkeit, um die Partie mit einer petite combination abzuschließen, wie es der geniale kubanische Schachweltmeister Capablanca mit demonstrativer Lässigkeit so gern tat. Bauernschlau, so kam er sich vor – und seine Fälle glichen schwerfälligen Schachtelstellungen, die erst nach tagelangem Lavieren im Graben der Spurensicherung entschieden wurden. Kriminalistische Hängepartien eben. Langweilig. Struve, der Archivar des Gewöhnlichen, so würde ihn früher oder später die Blitz-Zeitung nennen, wenn sie jemals eine seiner Ermittlungen für so bedeutungsvoll hielte, dass sie ihr eine Schlagzeile widmete.

Er wäre so gern anders. Na ja, vielleicht lieferten sich aus gutem Grund die anderen die Schusswechsel. Aber hatte er überhaupt einmal jemandem selbst die Handschellen angelegt? Das alles lag jedenfalls verdammt lange zurück. Struve beschloss, das Polizeitraining nicht mehr wie sonst zu schwänzen. Er hatte am Bauch etwas Fett angesetzt, das war Marie längst aufgefallen. Erst neulich hatte sie einige seiner Jeans in den Altkleidercontainer an der Steinheimer Riedhalle gebracht. Ob er nicht mal langsam etwas anderes als seine alten Fetzen anziehen wolle, fragte sie ihn mit ironischem Grinsen. Wie so oft schüttelte er bei diesem Thema einfach nur mürrisch den Kopf: »Ich ohne Jeans? Wie stellst du dir denn das vor?« Doch als er mit dem Porsche und seinem neuen Sakko vorgefahren kam, war's ihr auch nicht recht. »Na du Gigolo, gehste in die Disse?«, sagte sie zur Begrüßung, da hätte er am liebsten das Gaspedal durchgetreten und wäre über alle Berge verschwunden. Manchmal verfluchte er sich für seine Antriebslosigkeit.

Struve fuhr mit dem Porsche vor dem Blauen Engel vor. Er sah eine Parklücke am rechten Straßenrand. Umständlich manövrierte er, bis er im dritten Versuch die Lücke meisterte. Er stand in einer kostenpflichtigen Parkzone, für diesen Fall gab es den Dienstausweis, den er demonstrativ hinter die Windschutzscheibe legte, nachdem er das Verdeck hochgeklappt hatte. Struve studierte das Kinoprogramm im Caligari, fand jedoch nichts und setzte sich in den Blauen Engel. Er nippte gerade an einem Latte macchiato, als er sah, dass er bis auf die Stoßstangen zugeparkt worden war.

»Mist«, zischte er und wollte aufstehen.

»Na sag einmal, das ist doch der liebe Herr Kommissar«, hörte er hinter sich jemanden rufen. Struve drehte sich um und erkannte Bernd Meininger, der mit zwei jungen Frauen am größten Tisch des Raumes saß.

»Das ist also das Geheimnis Ihrer ewigen Jugend, Herr Staatsanwalt«, antwortete Struve, dem es gelegen kam, nicht sofort zum eingeparkten Wagen gehen zu müssen.

»Na, vielen Dank für die Blumen, setzen Sie sich zu uns, Struve, es gibt etwas zu feiern.«

»Ihre Beförderung?« Seltsam, dass er Meininger immer gleich mit Karrieresprüngen in Verbindung brachte. Aber der Kerl hatte eine Art, die nicht nur intelligent und souverän, sondern dabei auch ausgesprochen ausgeglichen und sympathisch rüberkam.

»Knapp daneben, Commissario. Gratulieren Sie meiner Tochter. Sie hat heute einen Filmpreis gewonnen. Sie steht praktisch auf dem Sprung nach Hollywood.«

»Na, bei den Genen!«, entfuhr es Struve, der sich schnell der Tochter zuwendete und ihr gratulierte. »Ich hoffe, der nächste große Blockbuster trägt Ihre Handschrift.«

»Iwo«, rief Natascha Meininger, die etwa Mitte 20 sein musste und die Schmeicheleien mit der Bemerkung entkräftete, sie arbeite hinter den Kulissen, der Preis sei ein Glückstreffer und die Reise in die Filmstudios von Hollywood eine Sache, die ihr als Bildtechnikerin relativ wenig bringe, da es ähnliche Apparate wie in den USA bereits an der Filmakademie in Ludwigsburg gebe.

Zufrieden damit, dass sich die vermeintliche Genialität Meiningers in den Augen seines eigen Fleisch und Blut als Blendergesülz erwies, bestellte sich Struve ein Pils. Er kannte diese Typen, die den Abiturschnitt ihrer Tochter als Vollendung ihres eigenen Potenzials verkauften. Nach einer Stunde blickte Struve auf seinen Porsche, der noch immer zugeparkt dastand. Aus den Augenwinkeln beobachtete er einige junge Kerle, die belustigt auf den eingeklemmten Wagen zeigten.

»Sie sind doch an der Geschichte im Klärwerk dran«, fragte Meininger, der damit geschickt die Gelegenheit nutzte, die sich durch den Toilettengang seiner Tochter und ihrer Freundin bot.

»Ja, allerdings gibt es nichts Neues«, antwortete Struve und beschloss, seinen Wagen über Nacht stehen zu lassen. Dann könnte er noch eines dieser hervorragenden naturtrüben Cluss-Pilsener trinken, ohne dass Meininger gleich ein Disziplinarverfahren einleitete.

»Würde mich auch stark wundern«, gab der Staatsanwalt trocken von sich. »Die DNA-Spuren taugen nämlich nichts. Die Verbindung, die Kottsieper herstellt, ist die Ausgeburt einer Profilneurose.«

Struve lehnte sich zufrieden zurück: »Könnten Sie ihm das bei Gelegenheit schonend beibringen?«

»Lassen Sie das ganz meine Sorge sein. Ich sehe ihn morgen im Golfklub.«

Wenig später verabschiedete sich Struve, er hatte genügend Zeit mit Meininger verbracht. Der Kommissar hakte es als teambildende Maßnahme ab und war erleichtert. Er brauchte nicht mehr in dem alten Fall herumzustochern. Seine gute Laune schwand allerdings schnell wieder. Die jungen Kerle von vorhin machten sich an seinem Porsche zu schaffen.

»Sagt mal, habt ihr sie noch alle?«

Angekratzt lief Struve auf die vier Kerle zu, die feixend vor dem 911er standen. Zwei von ihnen fummelten am Verdeck herum und wollten sich in das inzwischen offene Cabrio setzen. Ihm gelang es gerade noch, seinen Dienstausweis vom Armaturenbrett zu nehmen.

»Komm Alter, zieh Leine!«, brüllte der Längste und Breiteste der Halbstarken. Struve spürte, dass er hier allein mit Worten nicht weiterkam. Er packte sich den Anführer, drehte ihm den Arm rum und warf ihn auf die Motorhaube. Reaktionsschnell duckte er sich, als der andere ihm mit einem Rechtsschwinger im Gesicht treffen wollte, Struve schickte ihn mit einem Fußtritt auf den Asphalt.

»Jetzt aber sofort raus hier, sonst geht's euch nicht besser«, schrie der Kommissar und zog einen der beiden aus dem Wagen. Der Vierte stieg aus und lief mit gesenktem Kopf sofort auf ihn zu. Er erwischte Struve am Solarplexus, der Getroffene schnappte nach Luft, fiel nach hinten und landete an der Mauer des Blauen Engel. Diesen Moment nutzte der bullige Angreifer, um ihm eine Gerade ins Gesicht zu geben. Struve wich jedoch seitlich aus, sodass ihn die Faust nicht voll erwischte. Trotzdem durchzuckte ihn ein Schmerz, ihm wurde schwarz vor Augen.

Dann hörte er die Stimme Meiningers: »Staatsanwaltschaft Stuttgart, hier verlässt keiner den Tatort«. Nicht zu fassen, der Paragrafenhengst mischte sich ein. Struve blickte nach oben, wo nicht nur Meininger am Geländer stand, sondern auch die meisten anderen Gäste des Blauen Engel. Der Kommissar fasste sich an die Nase, aus der Blut rann.

Drei der vier Burschen näherten sich ihm bedrohlich. Struve bereute, mit seinen bescheidenen Karatekenntnissen handgreiflich geworden zu sein. Die Gäste des Blauen Engel gafften weiterhin, ohne sich einzumischen. Daraufhin geschah das Unfassbare, der Angriff stoppte. Der Junge, der im Auto sitzen geblieben war, zeigte auf Meiningers Dienstausweis, den der Beamte steif in die Höhe hielt.

»Ey Leute, der ist wirklich von der Polente, macht bloß, dass ihr fortkommt.«

Die Drei schauten sich kurz an, drehten sich unmittelbar um und liefen mit dem Vierten in Richtung Goethegymnasium. Aus der Ferne waren erste Sirenen zu vernehmen.

Über sich hörte Struve aufgeregte Stimmen. Die meisten Leute starrten ihn lediglich an, während er sich mit dem Handrücken das Blut aus dem Gesicht wischte.

»Na, jetzt geht schon euer Bier trinken«, herrschte Struve die Gaffer ärgerlich an. Er schaute zu Meininger hoch, der ihn besorgt musterte.

»Schon okay, es ist nicht schlimm, nur eine Schramme.«

Meininger nickte: »Gut – aber Kompliment, mein Lieber. Sie haben noch nicht alles verlernt.« Das Grinsen des Staatsanwalts passte Struve überhaupt nicht. Die Gäste hatten inzwischen wieder Platz genommen. Meininger beugte sich zu ihm herunter.

»Aber Ihre Nase – Sie bluten.«

»Wir sollten kein Drama daraus machen, finden Sie nicht auch?«, bemerkte Struve trocken.

Meininger nickte: »Am besten wär's, auch für Sie.«

Struve wusste, er hätte eine sanftere Gangart wählen müssen.

»Ich merk's mir fürs nächste Mal, Herr Staatsanwalt.«

»Gut.« Er klopfte ihm auf die Schulter. »Lassen Sie sich daheim pflegen und richten Sie einen lieben Gruß an die Dame des Hauses aus.«

Struve lächelte gequält. Sein Zuhause lag im 17. Stock, und die Dame des Hauses hieß Corinne. Und ob die Lust hatte, ihm mit seiner Bierfahne ein Pflaster anzulegen, ließ sich schwer vorhersagen.

Nach wie vor stand sein Porsche zwischen einem Pick-up und einem Polo eingeklemmt. Struve klappte das Verdeck hoch. Er würde in seine Wohnung zurückkehren und den Wagen am nächsten Morgen abholen – bis dahin sollten die anderen Blechkisten weg sein. Er stand im Halteverbot, aber das ignorierte er einfach. Den Strafzettel sollte das Präsidium übernehmen.

An seiner Wohnungstür fand der Kommissar einen Zettel: Wenn du willst, komm noch auf ein Glas Wein zu mir, Corinne.

Struve schmunzelte. »Nach dem Stress habe ich mir eine kleine Belohnung verdient«, sagte er sich und blickte auf die Uhr: halb zehn. Morgen im Revier lag außer der obsoleten Sache im Klärwerk nichts an. Er brauchte nicht viel Fantasie, um sich einen schönen Abend mit seiner Geliebten vorzustellen. Ihr geschmeidiges langes rotbraunes Haar zog ihn magisch an. Besonders dann, wenn sie es nicht in einem Businesskorsett aus Haarspangen versteckte, wie bei ihrem ersten Kennenlernen. Es gab Dinge, die ihm völlig unerklärlich schienen. Auf der Liste dieser metaphysischen Unwägbarkeiten notierte Struve die schnellen Entscheidungen, die zwei Liebende treffen, wenn sie, sich auf den reinen Geruchssinn und ihre Intuition verlassend, schnell übereinander herfielen. An ihrem Liebesspiel bemerkte er, welche Leidenschaft Corinne ihm entgegenbrachte. Gewiss, sie war schön, sie war intelligent und strahlte Lebensfreude aus. Er fragte sich dennoch, was aus ihm und Marie werden sollte. Schließlich hatten sie sich über all die Jahre trotz kleiner Krisen immer besser kennen und lieben gelernt. Der Kompromiss ihres alltäglichen Miteinanders war jedoch von der Supernova seiner neuen Verliebtheit überstrahlt worden. Zu wem gehörte er? Struve wollte die Frage an diesem Abend nicht beantworten, er wollte genießen. Und er brauchte eine verständnisvolle Hand: die von Corinne.

Struve nahm eine Dusche, danach versorgte er seine geschwollene Nase und den kleinen Bluterguss an seinem Jochbein mit einem Pflaster. Die erste große Bewährungsprobe der jungen Liebe, er lachte vor dem Spiegel so laut auf, dass von der Wunde ein jäher Schmerz ausging. Er zog sich an, putzte sich die Zähne und schnappte sich eine Flasche Bordeaux, an die er eine der roten Rosen heftete, die er vorsorglich gekauft hatte. Kurz darauf klingelte er an Corinnes Tür.

Ihr Anblick überraschte ihn. Sie trug einen weißen Frotteebademantel und darunter rein gar nichts, wie er feststellte, als sie sich zur Begrüßung umarmten. Sie starrte besorgt auf sein Pflaster, er küsste sie sanft auf den Mund.

»Was um Gottes willen ist das?«, fragte sie und richtete einen Zeigefinger auf sein Gesicht.

»Ach, nur eine kleine Schramme, bin heute Nacht aus dem Bett gefallen.«

Ungläubig musterte sie ihn. »Du erzählst mir doch keine Märchen?«

Er war ein schlechter Lügner, hatte sich jedoch fest vorgenommen, bei dieser Version zu bleiben. »Warum sollte ich? Es dauert eben ein bisschen, sich dort zurechtzufinden, wo der Himmel einem so nah ist.« Mit einem Lächeln zog er die Weinflasche mit der Rose hervor.

Ihre Augen leuchteten. »Das hast du aber nett gesagt.« Sie nahm ihm den Wein und die Blume ab und führte ihn ins Wohnzimmer.

»Mach's dir bequem, ich bin gleich wieder bei dir«, rief sie ihm zu, während sie für die Rose eine Vase suchte.

Er sah sich im Zimmer um, das er in der ersten Nacht nur flüchtig wahrgenommen hatte. Das durchgängige Weiß der Regale, Schränke und Türen wirkte auf ihn leicht und gemütlich. Einige kleinformatige Nachdrucke von Kandinsky, Miró und Matisse unterstrichen das Verspielte der Einrichtung, das insgesamt die Balance zur kargen Formstrenge der übrigen Möblierung hielt.

»Du hast dich sehr geschmackvoll eingerichtet«, bemerkte er, als sie mit der Rose in einer schmalen Glasvase zurückkam und sie vor ihm auf dem erhöhten Platz eines Regals abstellte.

»Danke, du verteilst heute echt viele Blumen.« Sie fuhr ihm durchs Haar und küsste ihn auf die Wange. Er zog sie an sich und küsste sie auf den Hals und die Schultern. Er spürte, wie ihr Atem schneller ging. Sie befreite sich aus seiner Umarmung.

»Lass uns etwas essen.«

Corinne hatte einige Toasts mit leichten Salaten und frisch gepresste Säfte vorbereitet. Sie erzählte ihm beim Essen von ihrer Vorliebe für Literatur; vor allem die Klassiker Goethe und Schiller hatten es ihr angetan. Nicht zu fassen, staunte Struve, hinter der biederen Fassade einer Maklerin öffneten sich die weiten Horizonte der Geistesgeschichte. Er musste sich eingestehen, dass er vieles von dem, was Corinne ihm erzählte, noch nicht kannte. Gestresst, wie er war, hatte er zuletzt nur noch zu Bukowski gegriffen und ›Der Mann mit der Ledertasche‹ gelesen. Er wusste, ein Schöngeist würde er nie werden. Er fand es affektiert, wenn Autoren betont ästhetisch wirken wollten und dabei die Schattenseiten der Wirklichkeit ausblendeten.

Es gefiel ihm, wie Corinne über die Erkenntnisse ihrer literarischen Studien erzählte. Vermutlich wären diese Fakten aus einem anderen Mund völlig an ihm vorbeigerauscht. Aber so fand er es umso spannender, etwas über Goethes Zurückhaltung gegenüber Schiller in Weimar zu erfahren und davon, wie die beiden Männer Freunde wurden. Struve überlegte, wie er ihr seine geringen Kenntnisse möglichst pointiert zeigen konnte, ohne dass es angeberisch wirkte.

Dann entfuhr es ihm: »Was hältst du eigentlich von Schillers Räubern?«

Die kannte er ja wenigstens noch von der Schule. Außerdem hatte er das Buch bei ihr auf einem Tisch liegen sehen, als sie Getränke aus der Küche holte.

Corinne nahm den Ball begeistert auf. Sie schnappte sich das Buch, das sie ausgelegt hatte, damit sie darüber ins Gespräch kommen konnten.

»Die Räuber. Wir besprechen es gerade im Proseminar an der PH Ludwigsburg.«

»Du gehst zu Seminaren an die Pädagogische Hochschule?«

»Ja klar, meinst du, es reicht mir, Häuser und Grundstücke zu verhökern? Lesen hat mich schon immer fasziniert. Und über Texte zu diskutieren ist viel aufregender, als sich abends auf die Couch zu legen und die Glotze anzuschalten.«

Da hatte sie allerdings recht. Struve nahm das Buch in die Hand. Es war eine alte Ausgabe, sie stammte aus dem 19. Jahrhundert. Corinne bemerkte seinen fragenden Blick.

»Hab ich beim Hohenecker Büchermarkt aufgestöbert. Ich liebe die alte Schrift.«

Struve wusste nicht, ob er sie für ihr Faible bewundern oder bemitleiden sollte. Er erinnerte sich an seine Streifzüge durch die engen Gassen am Neckarufer, wenn im September Tausende von Büchern an den kleinen Ständen ausgestellt wurden. Kein anderer Markt drückte das Flair des Stadtteils so gut aus wie dieser antiquarische Bücherflohmarkt, der in der Nähe des Kulturhauses stattfand. Was hatten Marie und er gelacht, als sie sich den Kabarettisten Otmar Traber und seine ›Midlife Riesen‹ dort einmal angesehen hatten. Doch er wollte im Augenblick nicht an Marie denken. Vorsichtig blätterte er in dem Buch weiter, dessen Bindung nachließ und einzelne Seiten bereits herauszufallen drohten.

»Ich könnte das nicht dechiffrieren«, räumte er kopfschüttelnd ein und nickte ihr mit heruntergezogenen Mundwinkeln anerkennend zu.

»Musst du auch nicht.« Corinne rückte näher an ihn heran und legte ihren Arm um seinen Hals. Sie reichte ihm den trockenen kühlen Silvaner und blickte ihn verliebt an. »Auf unsere Nachbarschaft.«

Diese Worte riefen ihm kurz Marie in Erinnerung. Das Haus, die Nachbarn … allerdings wollte er nicht ins Grübeln verfallen. Er lächelte ihr zu. »Auf uns.«

Nachdem sie einen Schluck getrunken hatten, nahm ihm Corinne das Weinglas aus der Hand. Sie setzte sich auf seinen Schoß und öffnete den obersten Knopf seines Hemdes. Am liebsten würde sie ihn auf der Stelle ausziehen. Durfte sie ihn derart überfallen? Gleich bei ihrer ersten Begegnung hatte sie gespürt, dass er sie durch seine bloße Präsenz erregte. Struves herbe und dabei empfindsame Art löste bei ihr den Wunsch aus, ihm so nah wie möglich zu kommen. Sie fragte sich, woher dieser Impuls kam, aber es war ihr auch, als ob sie sich bereits lange kannten. Länger jedenfalls als diese wenigen Tage, in denen Struve in dem Hochhaus Quartier bezogen hatte.

Die sanfte Nähe tat Peter Struve gut. Das Gespräch mit dem Staatsanwalt Bernd Meininger hatte ihm vor Augen geführt, dass sein Polizeidienst momentan eher einer Realsatire glich. Dazu kam die peinliche Nummer mit dem Porsche. Er brauchte Abstand, und den fand er hier, im 17. Stock.

»Corinne, ich muss dir etwas sagen.«

»Was denn?«

»Ich würde öfter mal mit dir über das eine oder andere Buch sprechen.«

»Sehr gern.«

»Ich fürchte aber, mit meinem Quartanerwissen über Schiller nicht allzu weit zu kommen.«

»Verstehe …, das ist doch kein Problem. Wir sind ja in keinem Seminar. Was immer du auch sagen willst, es ist okay.«

»Corinne, in meinem Alter schwätzt man nicht einfach so raus und hofft, dass es der andere cool findet.«

»Das würde auch gar nicht zu dir passen.«

»Gut, da magst du recht haben. Damit du merkst, dass es mir ernst ist, gib mir ein bisschen Zeit, mich bei den Räubern einzulesen. Ich fände es spannend, wenn wir uns darüber unterhalten könnten, wie Schiller mit seinen Ideen von damals heute klarkäme.«

Corinne fühlte sich verstanden. Genau deshalb ging sie an die Hochschule und besuchte Vorlesungen und Seminare. Es machte ihr viel Spaß, die Klassiker von damals mit den heutigen gesellschaftlichen Problemen in Verbindung zu bringen.

»Peter, das wäre ja so was von klasse. Hast du Lust, mir die Räuber vorzulesen? Ich würde jedes Wort von dir ohne Ende genießen.«

Wow, diese Frau liebt mich, glaubte Struve und streichelte ihr das Gesicht.

»Wenn du willst, lese ich dir auch die Bibel vom Buch Genesis bis zur Offenbarung des Johannes vor«, flüsterte er und lockerte den Gürtel ihres Bademantels.

Mai 1942

Geschafft. Weg vom Munitionswerk, der Hölle entronnen. Fragt mich nicht wie. Gerannt in der Nacht. Das Spiel gewonnen. Tod oder Leben, einmal alles riskiert. Und ihren Scheinwerferkegel hinter mir gelassen. Die Lücke im Stacheldraht gefunden. Stromloser Draht, also kein tödlicher. Gelaufen, gelaufen: Tag und Nacht, vor allem nachts. In diesen Wäldern, die nicht enden. Geschlafen unter Bäumen, gekrochen unter Büschen und am dritten Tage die ersten Waldbeeren gefunden und gierig heruntergeschlungen. Joshua Silberstein schaute mich dabei an. Mit seinen leeren Augen segnete er die kärgliche Fülle. Warnte mich, den süßen Fund nicht zu schnell zu vertilgen. »Pass auf, Freund, pass auf, wenn du isst. Die großen Tiere fressen die kleinen gern, wenn die selbst fressen.« Seltsam. Silbersteins Worte weckten meine Erinnerungen an die Heimatstadt Ludwigsburg. Die Druckerei. Was wohl aus ihr geworden war? Ich hatte sie verkaufen müssen. Hals über Kopf und völlig unter Preis. Die Nazis hätten sie mir so oder so genommen, früher oder später. Dann war Moosburger auf mich zugekommen. Ich bot ihm den Kauf an, für eine lächerliche Summe. Betreten hatte ich zuerst auf sein Parteiabzeichen, dann auf den Boden geschaut. Ausgelacht hätte ich ihn unter normalen Umständen. Aber was war unter Hitler schon normal? Ich trug den Judenstern, war ein Mensch ohne Rechte. Wenigstens konnte ich für meine Familie noch etwas Geld herausholen. Moosburger, dieser Halsabschneider. Wenn ich ihn noch einmal träfe, würde ich ihn… Und weiter dieses Verstecken vor Häschern, auch auf Bäumen. Sägendes Suchen. Krakenarmige Kradmelder in feldmausgrauer Tarnung. Knackende Äste, bellende Rufe. Aber wo, wo verdammt noch mal, kann ich hin? Osten, sagt's mir, Bäume! Immer weiter nach Osten! Von mir aus bis an die Front. Nur nicht zurück. Nur nicht in die Produktion. Patronenhülsen, ja Hülsen, immer wieder hohles Metall, so leer wie mein Magen. Niemand, der Brot gibt. Keiner, den mein Hunger interessiert. Wassersuppe, ja gerade mal heißes Nass ohne was drin. Wozu auch? Arbeit macht frei. Bin auf Knochen runter. Meine Gebeine lernen laufen. Fresse Sauerampfer auf Wiesen am Waldesrand. Tauche ab, wenn der Wind Geräusche zu mir weht. Grabe mich ein, wenn Motoren in der Nähe heulen. Bis mich endlich ein Gewehrlauf stoppt.

5.

Wie aus der Ferne hörte Peter Struve die Melodie seines Handys. Er schlief, vernahm das Geräusch nur vage. Der Schlaf hatte ihn am Abend übermannt. Er übernachtete diesmal auf Corinnes Sofa. Hundemüde war er eingepennt, nachdem sie ihm ausführlich von der Französischen Revolution und Schillers Ansinnen, den Menschen ästhetisch zu erziehen, erzählt hatte. Schwer verdauliches Zeug für einen 48-Jährigen, der die Universität nur durch Ermittlungen kannte, die zudem mehr als zehn Jahre zurücklagen. Seine Hand tastete sich im Dunkeln den aufblinkenden Zeichen der Mobilfunktastatur entgegen. Endlich registrierte er die digitale Anzeige auf dem Display, es war 6 Uhr. Noch kaum zu einem Gedanken fähig, verriet ihm sein Instinkt, um diese Uhrzeit konnte es nur Mord sein.

»Ja?«

»Guten Morgen, mein lieber Struve, hier ist Littmann. Sorry, wenn ich Sie wecke.«

»Was gibt's?«

»Eine Wasserleiche im See von Schloss Monrepos.«

Struve setzte sich auf die Kante des Sofas. »Wer hat sie entdeckt?«

»Ein Angler, er wollte eigentlich Karpfen fangen.«

Struve lachte trocken auf. »Der frühe Vogel ...«

»… fängt den Wurm. Ist aber ein Toter.« Littmann nahm ihm das Wort aus dem Mund.

»Schon klar, wer es ist?«

»Nö, der Fund ist frisch, auch wenn die Leiche nicht mehr warm ist.«

»Wie es halt im Wasser so ist, werter Littmann.« Struve zog sich mit der freien Hand einen seiner Schuhe an. »Weiß man schon, wie lange …«

»… der Tote ist ein vielleicht etwa 70-jähriger Mann, mehr kann ich Ihnen nicht sagen. Besold ist schon benachrichtigt, er wird mit Ihnen vor Ort das Übliche besprechen. Auch Frau Förster ist alarmiert. Viel Glück.«

Na, da hatte er den Salat. Statt eines stressfreien Bürotages stand ein frischer Fall an. Er raffte seine Sachen zusammen, schlich in seine Wohnung, wusch sich kurz das Gesicht, putzte die Zähne, ordnete mit einem Kamm sein wirres Haar und fuhr mit dem Aufzug in die Tiefgarage, um in den Porsche zu steigen, der jedoch nicht zu finden war.

»Verdammt, der ist ja noch in der blöden Parklücke.«

Struve rannte quer über den Marktplatz und durch die Seestraße zum Blauen Engel, aber der Porsche harrte immer noch seiner Befreiung, eingeklemmt zwischen Pick-up und Polo. Zwischen Windschutzscheibe und Scheibenwischer prangte ein Knöllchen.

»Na super.«

Er blickte auf sein Handy, der Akku war fast leer. Er wählte Melanie Försters Nummer. Die Kollegin musste von ihrer WG in Winzerhausen zum Tatort unterwegs sein.

»Förster.«

»Ich bin's. Melanie, kannst du mich hier in Ludwigsburg aufgabeln?«

»Was ist mit deinem weißen Ross, Cowboy? Hat es schlapp gemacht?«

»Nee, dem Ross geht's gut, dem Reiter nicht. Erzähl ich dir aber alles später. Wo bist du?«

»Wie du auf dem Weg zum Schloss Monrepos, auf der Autobahn, Höhe Pleidelsheim.«

»Okay, ich warte vor dem Forum auf dich.«

Wenig später hielt Melanie Förster mit ihrem hellgrünen Dreier-BMW am vereinbarten Treffpunkt, und Struve stieg ein.

»Hallo Cowboy, hat's gestern im Saloon Ärger gegeben?«

»Wie meinen?«

Kommentarlos klappte sie den Blendschutz auf der Beifahrerseite herunter.

»Ach, die kleine Schramme da.« Struve schaute sich im Spiegel seinen Bluterguss am Jochbein an. Der hatte über Nacht an Farbe und Fläche gewonnen. Struve sah sich in die Nähe eines Preisboxers gerückt, wollte sich aber nichts anmerken lassen. Vorsichtig befühlte er die geschwollene Stelle. »Autsch!« Ein stechender Schmerz durchzuckte ihn.

»Jetzt sag bloß nicht, du hast dich am Badezimmerschrank gestoßen.«

Der Kommissar erinnerte sich an den kleinen Faustkampf, aber was brachte es, die Geschichte im benommenen Zustand zu erzählen. »Melanie, ich möchte dich heute nur um einen einzigen Gefallen bitten: Streu bitte kein Salz in meine Wunden!«

Sie grinste.

Bald darauf kamen sie am Schloss Monrepos an.

»So riesig ist der See ja nicht, am besten wir fahren aufs Hauptgebäude zu«, schlug Struve vor.

Sie parkten vor dem alten Schloss, das um einiges kleiner als das große Residenzschloss im Zentrum von Ludwigsburg war. Es diente den Württemberger Herzögen unter dem Namen Monrepos als Lustschlösschen.

»Das würde mir völlig ausreichen als Datscha«, meinte Melanie Förster beim Aussteigen.

»Monrepos – meine Ruhe. Muss ganz schön anstrengend gewesen sein, das Herrschen«, vermutete Struve und lachte dreckig, als sie über eine seitliche Treppe hinunter zum See stiegen. »Ob die sich zum Zeitvertreib auch mal eine kleine Wasserleiche gegönnt haben?«

»Hey, jetzt wirst du aber zynisch, Peter. Wird Zeit, dass du mal wieder was zu knobeln bekommst.«

»Zynisch waren die Adeligen, Melanie. Oder glaubst du, dass denen irgendein Richter auf die Finger geschaut hat? Da oben auf dem Hohenasperg haben sie Schubart zehn Jahre lang eingelocht, weil er das Falsche schrieb. Wie heißt es – l'état, c'est moi – der Staat, das bin ich.«

So viel Gelehrsamkeit hatte die Kollegin nichts mehr hinzuzufügen. Sie näherten sich dem Fundort. Ein Streifenwagen stand am Hotel nördlich des Sees. Die Stelle war mit einem rot-weißen Band abgesperrt. Vier Streifenpolizisten bewachten den Leichnam, der in ein weißes Tuch gehüllt war. Die beiden Kommissare hoben die Bedeckung, sie schauten sich kurz an, Struve schüttelte den Kopf. Da war nichts mehr zu machen. Er mochte keine Wasserleichen.

»Wer könnte das sein?«, fragte Melanie Förster den Einsatzleiter.

»Solange die Spurensicherung noch nicht hier war, können wir nichts unternehmen.«

»Ach, papperlapapp«, meinte Struve und begann, sich die weißen Handschuhe überzustreifen, die er für eilige Untersuchungen am Tatort stets mit sich führte. Vorsichtig tastete er die Gesäßtaschen des Toten ab. Er fand jedoch weder dort noch sonst wo eine Brieftasche oder ein Portemonnaie mit Papieren, die Rückschlüsse auf die Identität des Toten zulassen könnten.

»Haben Sie schon mit dem Angler gesprochen?«, wollte Melanie Förster von dem Streifenpolizisten wissen.

»Wir haben seine Personalien aufgenommen, er heißt Rudi Weiler, 52 Jahre, arbeitsloser Maurer, wohnt in Eglosheim und ist Mitglied im Fischereiverein Ludwigsburg, der sich um den Besatz des Sees kümmert.«

»Dann hat er einen Anglerschein und eine Erlaubnis, hier zu fischen.«

»Richtig. Er steht noch etwas unter Schock, aber er dürfte vernehmungsfähig sein.«

Melanie Förster und Peter Struve gingen zu dem Mann, der lethargisch auf einer der Parkbänke am See saß und vor sich hin starrte.

»Herr Weiler?«

»Ja?«

»Struve von der Kripo Stuttgart, das ist meine Kollegin, Frau Förster. Wir würden gern mit Ihnen über Ihren seltsamen Fang reden.«

»Seltsam ist gut, ich bin total fertig.«

»Wäre ich auch, was wollten Sie denn fangen?«

»Karpfen – ich komme meistens schon hierher, wenn es noch dunkel ist, da beißen sie am besten.«

»Und wann waren Sie heute hier?«

»Na, so ab vier Uhr.«

»Und hat etwas gebissen?«

»Ach was, völlige Flaute. Und dann hing mir noch der Oberschenkel von dem Kerl am Haken. Das war vor eineinhalb Stunden.«

»Das ist heute nicht Ihr Glückstag.«

»Sagen wir mal so, es kann nur noch besser werden.«

Melanie Förster schaltete sich in das Gespräch ein. »Ist Ihnen um vier Uhr etwas aufgefallen: irgendwelche Geräusche oder Personen?«

»Nein, hab nix gesehen. Um die Uhrzeit hätte mich das stark gewundert.«

»Vielen Dank, Herr Weiler, am besten, Sie gehen jetzt nach Hause und erholen sich etwas von dem Schrecken. Wenn wir noch Fragen haben, melden wir uns.«

Quietschende Bremsen kündigten am Schlosshotel neuen Besuch an. Es war der rote Lada des Kriminaltechnikers Werner Besold. Der hagere Zweimetermann mit der Nickelbrille stapfte mit langen Schritten auf Peter Struve und Melanie Förster zu.

»Grüße Sie, Besold. Schlimme Sache hier«, begrüßte ihn der Kommissar, wie er es immer tat, wenn sie sich an einem Tatort trafen.

»Ja, schlimme Sache, vor allem die Uhrzeit«, bemerkte Besold trocken und rieb sich den Schlaf aus den Augen. Verwundert musterte er die blauen Flecken in Struves Gesicht, fragte aber nicht nach den Ursachen. Sie kannten sich lange genug, um zu wissen, wann der andere seine Ruhe brauchte.

»Dachte immer, Sie stehen mit den Hühnern auf«, antwortete Struve. Er wusste, dass Besold einen kleinen Bauernhof im Nebenerwerb betrieb und er an diesem Morgen von Häfnerhaslach aus die weiteste Anreise zum Tatort hatte.

»Da darf ich doch dreimal laut gackern«, entfuhr es dem Hobby-Landwirt. »Unsere Hühnerhaltung haben wir längst aufgegeben. Die Supermärkte machen die Preise kaputt, da haben nur noch die Legebatterien und Großbetriebe eine Chance.«

»Okay, aber so leicht stecken Sie den Kopf doch nicht in den Sand, oder?«

»Nee, natürlich nicht. Wir machen vor allem noch Heu und Getreide für die Silage. Zu mehr reicht's nicht.«

»Schön, aber jetzt zu unserer Leiche hier. Schauen Sie sich die mal an. Mich würde interessieren, wo es da Verletzungen gibt. Ich habe vorhin etwas am Kopf gesehen. Könnte eine Platzwunde sein.«

Besold beugte sich über den Toten und betrachtete den Schädel von allen Seiten.

»Ja, also das mit dem Schlag könnte stimmen. Ist schon eine große Wunde, da hat jemand mit großer Wucht draufgehauen – oder er ist auf den Kopf gefallen.«

»Können Sie feststellen, ob Gewalt im Spiel war?«

»Dazu muss ich ihn mir vornehmen. Sie wissen ja, wie lange so etwas dauert.«

»Geht's bis heute Nachmittag?«

»Klar, irgendeinen Vorteil muss diese elendige Frühe

ja haben. Um 14 Uhr haben Sie die ersten Ergebnisse.«

»Schön – und Besold: Wenn nichts mehr dazukommt, machen Sie heute mal etwas früher Feierabend.«

Melanie Förster mischte sich ein. »Vielleicht ist der Tote ein Gast des Hotels. Was hältst du davon, wenn wir das noch klären, bevor die Leiche abgeholt wird?«

Struve nickte. »Gute Idee, der vornehme Zwirn passt schon mal zum Schlosshotel.« Er wies die Streifenpolizisten an, den Portier zu holen. Wenig später stand der Hotelangestellte bei ihnen.

»Den kenne ich«, sagte der Portier, der offenbar Nachtdienst hatte. »Das ist der Herr Moosburger senior, der hier mit seinem Zeitungsverlag ein Meeting hatte.«

Peter Struve und Melanie Förster spitzten die Ohren.

»Wissen Sie, was für ein Treffen das war?«

»Nein. Uns Angestellten sagt man über Inhalte der Besprechungen nichts. Wir wissen nur, dass sich der Zeitschriftenverlag Moosburger & Moosburger hier getroffen hat. Für uns ist wichtig, dass drum herum alle Abläufe stimmen.«

»Verstehe«, entgegnete der Kommissar. »War Herr Moosburger öfter bei Ihnen zu Gast?«

»Ja, er kam regelmäßig, um zu golfen und im Restaurant zu essen. Übernachtet hat er aber nie. Ich nehme an, er hatte es nicht weit nach Hause. Er wohnte wohl in Stuttgart, oben in Degerloch.«

»Wann und mit wem haben Sie Herrn Moosburger gestern zuletzt gesehen?«

Der Portier dachte nach.

»Das war gegen 23 Uhr, er ging allein hinüber in die Zimmer unseres Altbaus. Diese Räume haben zum Teil Seeblick, dort waren Moosburger und seine Mitarbeiter untergebracht.«

»Gut, ich brauche die Namen der Teilnehmer, könnten Sie bitte dafür sorgen, dass ich sie bekomme?«

»Geht klar, das haben wir gleich.«

Peter Struve war mit ihm noch nicht fertig. »Wie war Moosburger Ihrer Meinung nach drauf, als er schlafen ging, fröhlich oder eher ärgerlich?«

Der Portier überlegte einige Sekunden.

»Es schien mir, als ob er sehr erregt gewesen war und von seinen Mitarbeitern gar nicht mehr beruhigt werden konnte.«

»Aha …« Peter Struve blickte Melanie Förster an. »Damit könnte sich für uns ein gewisser Anhaltspunkt für ein Tatmotiv ergeben. Wir müssen herausfinden, was das für eine Versammlung war und welche Rolle die Personen dort gespielt haben.«

»Wir könnten fürs Erste den Geschäftsführer des Hotels befragen«, schlug Melanie Förster vor.

»Auf jeden Fall, und zwar baldmöglichst.« Er schaute auf die Uhr, es war 7 Uhr. »Wir könnten auch mal nachschauen, wer von den Herrschaften bereits wach ist. Schließlich ist nur ein reines Gewissen ein sanftes Ruhekissen.«

Die beiden Kommissare betraten mit dem Portier die Empfangshalle. Er zeigte ihnen die Teilnehmerliste. Verzeichnet waren die beiden Mitglieder des Aufsichtsrats des Zeitschriftenverlags Moosburger & Moosburger, Emil Reisinger und Kurt Holoch sowie der Aufsichtsratsvorsitzende und Haupteigentümer Hermann Moosburger, dessen Chefsekretärin Emily Noller und der Juniorchef Frank Moosburger.

»Informieren Sie bitte den Geschäftsführer des Hotels. Wir brauchen seine Unterstützung«, bat Struve. Er wollte diskret ermitteln und die Abläufe in dem Hotel nicht stören. »Könnten Sie uns in das Zimmer von Herrn Moosburger führen?«

Der Portier erreichte seinen Chef nicht und schien unschlüssig, ob er die Anordnungen des Kommissars befolgen sollte. Struves Bluterguss wirkte wenig vertrauenserweckend.

»Brauchen Sie nicht einen Hausdurchsuchungsbefehl?«

Struve konnte sich ein Grinsen nicht verkneifen. »Sie kennen doch den Spruch aus den Fernsehkrimis: nicht, wenn Gefahr in Verzug ist.«

»Er hat meistens recht«, fügte Melanie Förster augenzwinkernd hinzu.

Der Portier ahnte, er würde mehr Ärger riskieren, wenn er sich jetzt nicht kooperativ zeigte. Er wies seine Kollegin an, ihn zu vertreten, solange er mit der Polizei im Westtrakt des Hotels beschäftigt war. Er führte die Beamten ins Zimmer 119. Es lag im Erdgeschoss auf der Seite, die dem See zugewandt war. Der Raum sah aufgeräumt aus, das Bett war unberührt, ein Schlafanzug lag zusammengefaltet obenauf.

»Gar nicht so weit bis zum See«, fand Melanie Förster.

»Etwa 200 Meter«, schätzte Struve.

»Vielleicht war der alte Herr Moosburger ein Schlafwandler.«

»Und ist am Ufer ausgerutscht, dabei ganz unglücklich gefallen, und wir fantasieren nur herum.« Peter Struve schnipste mit den Fingern. »Aufwachen, liebe Kollegin, das alles stinkt doch zum Himmel. Der alte Patriarch beruft hier etwas ein, irgendeine Sitzung, die irgendjemandem nicht in den Kram passt. Und dann hat's zoom gemacht.«

»Schön und gut, mein lieber Peter – aber wer hat hier zoom gemacht? Das musst du mir erst einmal verklickern.« Melanie Förster klatschte trotzig in die Hände.

»Also komm, ist doch klar, dass wir erst am Anfang stehen.« Struve zog wieder seine Gummihandschuhe an und fuhr mit dem Zeigefinger über das Fenster. Es war ungefähr so geschlossen wie seine Tiefkühltruhe, aus der er manchmal Fertigpizzen holen wollte, wenn Marie mit ihrer probiotischen Avantgardeküche nicht zu Hause war, aber seine Flucht ins Fastfood verhinderte, indem sie den Truhenschlüssel abzog und unauffindbar versteckte. Wie es ihr wohl ging? Fast bedauerte er, sich nicht mit ihr treffen zu können, um sich über die neuesten Erlebnisse zu unterhalten. Aber vielleicht war das der Preis der Freiheit.

»Besold und seine Leute sollten hier mal auf Souvenirjagd gehen«, murmelte er, als er sich im Zimmer umschaute.

Melanie Förster hatte nach einem Jahr der Zusammenarbeit gelernt, beiläufige Bemerkungen ihres Teampartners zu deuten. Ihr fiel es nach wie vor schwer, die Rolle der Assistentin zu akzeptieren, doch brachte sie genügend Feingefühl mit, um Struve Wünsche von den Lippen abzulesen. Sie rief Werner Besold an, damit der Kriminaltechniker nach den Untersuchungen am See sofort mit seinen Leuten das Zimmer auf Spuren abklopfte.

»Kampfspuren sind hier nicht zu sehen.« Melanie Förster hatte sich hingekniet, um sich den Teppichboden anzusehen.

»Wohl wahr, meine Liebste, aber wir wissen auch nicht, mit welchen Mitteln hier gekämpft wurde.«

Struve trat hinaus auf den Flur. Der Portier blickte ihn fragend an.

»Wir sollten Herrn Moosburger junior über den Tod seines Vaters informieren.«

»Ah ja, Zimmer 122, nur ein paar Schritte weiter.«

Es war inzwischen 7.15 Uhr. Der Kommissar hörte aus dem schräg gegenüberliegenden Raum leise Geräusche.

»Ob der noch schläft?«

»Das glaube ich nicht«, antwortete der Portier. »Herr Moosburger junior hat uns gebeten, ihn telefonisch um 7 Uhr zu wecken.«

»Na schön. Hoffentlich ist er nicht wieder eingeschlafen.« Struve klopfte dreimal an die Tür. »Herr Moosburger, bitte öffnen Sie. Wir sind von der Kriminalpolizei.«

»Bitte, Herr Kommissar, nicht so laut – unsere Gäste!« Der Portier blickte ihn mit einem derart schmerzverzerrten Gesicht an, dass Struve fast glaubte, er habe ihm einen Leberhaken verpasst.

»Sorry«, flüsterte der Ermittler. »Würde ja selbst noch gern ein bisschen poofen.«

Melanie Förster trat ihm leicht auf den Fuß und schüttelte grinsend den Kopf.

Die Tür öffnete sich, und ein Mann, der offenbar gerade geduscht und sich angezogen hatte, schaute sie fragend an: »Polizei? Ja, was ist denn los?«

»Sind Sie Frank Moosburger?«

»Ja, wenn mich über Nacht niemand unter einem anderen Fabrikat angemeldet hat, sollte das stimmen.«

»Können wir für einen Moment in Ihr Zimmer kommen?« Peter Struve überbrachte ungern Todesnachrichten, aber er hatte darin inzwischen Routine entwickelt.

»Ihr Vater ist heute Nacht wahrscheinlich ermordet worden. Man hat ihn heute Morgen tot im See gefunden.«

»Aber ich bitte Sie, das kann doch nur ein schlechter Scherz sein«, antwortete Frank Moosburger. »Nun sagen Sie schon, wo ist die Kamera versteckt? Und für welchen Sender arbeiten Sie?«

Peter Struve hatte schon einige Reaktionen erlebt. Manche Angehörige wollten die Todesnachricht nicht wahrhaben und verdrängten sie auf unterschiedliche Weise.

»Herr Moosburger, es gibt keinen Sender. Ihr Vater ist tatsächlich tot. Alles andere wäre gelogen.«

Frank Moosburgers amüsierter Gesichtsausdruck wich jähem Entsetzen. Er schwieg, sein Blick senkte sich zu Boden. »Aber …«

Der Kommissar betrachtete sein Gegenüber distanziert. Er dachte daran, welche Vorteile dieser Mann aus dem Tod des Vaters ziehen könnte. Das Verlagshaus Moosburger & Moosburger war im Großraum Stuttgart keineswegs unbekannt. Vermutlich ein Unternehmen, das viel Geld abwarf, aber auch mit straffer Hand geführt werden musste, um die Stürme der Wirtschaftskrise zu überstehen. Wie aber stand der Sohn zum Vater? Eine Frage, die sich angesichts der Nähe der beiden am Tatort aufdrängte.

»Haben Sie eine Ahnung, wer ein Interesse am Tod Ihres Vaters haben könnte?«

Frank Moosburger verneinte. »Vater war ein herzensguter Mensch, er hat sich für die Firma aufgeopfert. Ich wüsste niemanden, der ihm nach dem Leben trachten würde.«

Peter Struve kombinierte. Warum erwähnte der Sohn die Firma? Wäre es möglich, dass sie zwischen dem Vater und seinem Sohn stand? Der Kommissar wollte erst noch durch einige einfühlsamere Fragen das Vertrauen seines Gesprächspartners gewinnen.

»Verstehe, Ihr Vater war schon im Rentenalter. 76 Jahre, nach den Angaben, die wir an der Rezeption eingesehen haben. Ich nehme an, Sie und er haben das Unternehmen geführt?«

»Ja, annähernd«, berichtete der Junior-Chef. »Er war lange Geschäftsführer, ging aber vor zehn Jahren in den Ruhestand. Ich leite seitdem den Betrieb als alleiniger Geschäftsführer, wir standen in wichtigen Fragen aber immer in Kontakt.«

»Alles klar. War Ihr Vater denn mit Ihrer Leistung zufrieden?« Struve setzte ein verständnisvolles Lächeln auf, fast so, als ob es keinen Zweifel daran gäbe, dass Frank auch in seinen Augen ein hervorragender Juniorchef sein musste.

»Na, welcher Vater ist schon jemals ganz mit seinem Sohn zufrieden?« Frank Moosburger schaute nachdenklich ins Badezimmer. Er sah sich im Spiegel, wendete den Blick aber schnell von sich ab.

Peter Struve schwieg. Melanie Förster beobachtete die beiden. Sie versuchte, sich ein Bild von den räumlichen Verhältnissen zu machen. Das Zimmer von Frank Moosburger lag dem Schlafgemach des Vaters gegenüber. Man konnte von dort nur auf einen unbelebten Innenhof schauen.

»Warum hat dieses Treffen mit dem Aufsichtsrat stattgefunden?«, wollte Struve wissen.

Frank Moosburger wirkte unruhig. Er holte einige Aufzeichnungen aus einer Schublade. »Also gut, Sie werden es ja so oder so erfahren. Mein Vater war mit einigen meiner Entscheidungen nicht zufrieden. Obwohl er mir das Unternehmen ganz übertragen wollte, hat er es sich noch einmal überlegt und diese Klausurtagung des Aufsichtsrates einberufen.«

»Das konnte Ihnen nicht schmecken«, pflichtete ihm der Kommissar bei.

»Allerdings, für mich war das ein Schock, denn ich habe mich immer für fähig gehalten. Dass er in seinem Alter noch einmal einen Rückzieher macht und mich vielleicht leer ausgehen lässt, hätte ich niemals gedacht.«

»Welche Fehler hat er Ihnen denn vorgeworfen?«

»Ach wissen Sie, von Fehlern zu sprechen, wäre übertrieben. Ich glaube einfach, ich lebe in einer ganz anderen Zeit. Er hat nach dem Krieg alles hochgezogen, da war das Wirtschaftswunder, die fetten Jahre bis zur Wende. Und natürlich musste ich wegen der Globalisierung auch unpopuläre Entscheidungen treffen. Leute entlassen, Werke ins Ausland verlagern, aus dem

Tarifvertrag aussteigen – das alles hat er im Grunde seines Herzens nie akzeptiert.«

»Verstehe, und was wollte er mit dem Aufsichtsrat und Ihnen hier auskungeln?«

»Wir haben besprochen, wie die Zusammenarbeit zwischen ihm und mir sowie dem Aufsichtsrat künftig aussehen kann. Ich muss aber sagen, dass man auch in Kreisen des Aufsichtsrates eher abgeneigt war, sein Konstrukt zu akzeptieren. Die Geschäftsleitung wäre nahezu lahmgelegt worden, wenn er noch ein Mitspracherecht gehabt hätte. Schließlich wollte er ständig in der Welt herumreisen – da kann man nicht noch nebenher ein Unternehmen leiten.«

Peter Struve wunderte sich, wie klar das mögliche Tatmotiv seines Gegenübers hervorstach. Der alte Moosburger stand dem jungen einfach im Wege.

»Wie sind Sie gestern Abend mit ihm verblieben? Wir haben gehört, es gab einigen Ärger.«

»Ja, der Aufsichtsrat lehnte seinen Vorschlag natürlich ab. Das Gremium bestätigte mich als Geschäftsführer. Ich habe versucht, meinen Vater zu beschwichtigen, aber er war überhaupt nicht mehr zugänglich.«

»Ich frage mich, ob Sie mit dem Votum des Aufsichtsrates glücklich geworden wären. Hätte Ihr Vater das Ganze nicht für ein hinterhältiges Manöver von Ihnen halten und Sie enterben können?«

»Ja, diese Gefahr bestand, und deshalb habe ich auch sehr unruhig geschlafen«, räumte Frank Moosburger ein. »Die Sache war schon sehr vertrackt.«

»Ist sie das jetzt immer noch?« Peter Struve blickte ihm direkt ins Gesicht.

»Um ehrlich zu sein: Ich weiß es nicht, Herr Kommissar. Ich habe keine Ahnung, was mein Vater zuletzt verfügt hat.«

»Wie haben Sie die Nacht hier im Hotel verbracht, Herr Moosburger? Ich kann mir vorstellen, dass Sie das Ganze noch eine Weile beschäftigt hat.«

»Ja natürlich. Mein Vater und ich, wir saßen noch an der Bar im Hotel. Er war aber überhaupt nicht mehr zu beruhigen, sodass wir im Streit auseinandergingen.«

»Wann war das?«

»Na, so gegen 23 Uhr.«

»Und was haben Sie dann gemacht?«

»Ich habe bis Mitternacht hier gesessen, es kamen noch die Aufsichtsräte Emil Reisinger und Kurt Holoch, und dann haben wir verschiedene Szenarien besprochen, die sich für den Verlag ergeben würden.«

»Konnten Sie danach abschalten?«

»Ja. Ich bin um einiges ruhiger geworden. Wissen Sie, die beiden sind Juristen und schon seit Jahrzehnten als Gesellschafter bei uns mit im Boot. Ich habe das Gefühl, dass sie auch schwierigste Situationen meistern.«

»Na schön. Die Herren haben sich Zeit genommen und sind mit Ihnen hier über Nacht abgestiegen.« Struve nahm sich vor, die Hintergründe für das Wochenendarrangement herauszufinden. Der Tod des alten Moosburger konnte kein Zufall sein.

»Wir wussten alle nicht, was mein Vater uns mitteilen wollte. Deshalb haben Reisinger und Holoch vermutlich auch hier übernachtet. Sie sind etablierte Persönlichkeiten und hätten Besseres zu tun.«

Für einen Moment erwog Struve, dass sich die drei Männer verbündet haben könnten. Er musste herausfinden, was für die Aufsichtsräte beim Tode des Seniors herausspringen würde. Aber das nähme Zeit in Anspruch. Struve unternahm einen ersten Versuch.

»Inwiefern könnte der Tod Ihres Vaters Reisinger und Holoch nützen?«

»Da fragen Sie mich was, Herr Kommissar. Ich denke, dass die beiden ähnlich froh sind, dass das jetzige Konstrukt aufrecht erhalten bleibt und nicht das eintritt, was mein Vater durchsetzen wollte.«

»Wo sind die beiden eigentlich?«

Moosburger zuckte mit den Schultern.

August 1942

Gestellt. Ein Schuss noch, dann Ende der Qual. Ich, zum Tier gewordenes Fluchtgebein. Gejagt in Wäldern und Sümpfen. Vogelfreies etwas, ohne Menschenwürde. Gelber Stern. Gebissen vom Schäferhund, der aus Höfen schnellt. Gemieden von jedem, dem das Leben lieb. Endlich nun ein Gewehrlauf, drück schon ab. Mach ein Ende, dem Leid, das ich bin. Schieß doch! Aber halt, deine Uniform, grau, wie die unserer Mörder, dein Gesicht aber ... Kann es sein? Nein, du bist einer ihrer Häscher, einer derer, die gedungen uns einzufangen, ihr eigenes Leben zu retten. Denn ihr Trachten ist nicht euch zu erobern, sondern uns umzubringen. Nun erledige schon dein Geschäft, das dich reinwäscht und mich auslöscht aus den Erinnerungen meines Volkes. Wie, du aber zögerst? Drückst immer noch nicht ab? Mich anschaust, mir die Hand reichst, mir aufhilfst? Mit brüderlichem Blick, mein Leid gesehen.

Hast mich erkannt. Nimmst mich auf. In das Lager der Juden in den Wäldern Weißrusslands, ja so weit haben mich meine Füße getragen, ich fand Aufnahme bei denen, die unser Gott Adonai hinausführte.

6.

Als Luca aufwachte, stand die Sonne über den Bäumen. Bert, Stefan und Micha saßen bereits am Feuer und warteten darauf, dass das Wasser kochte. Daheim in seiner Wohnung hatte Julia meistens den Kaffee aufgebrüht. Er vermisste sie und ihren warmen Körper. Längst hätte er sie in Bologna besuchen müssen, aber seine Ausbilder hatten ihm eine halbjährige Urlaubssperre aufgebrummt. Und am Wochenende diese ständigen Bereitschaftsdienste. Sicher, es gab Mails, es gab Telefonate, aber es änderte nichts daran, dass in ihm die Eifersucht nagte. Was wäre, wenn Julia diesem Ralf hinterherstieg? Oder war es umgekehrt? Lucas fühlte sich mit seinen Gedanken einsam und hilflos wie in einer Barke auf hoher See. Er musste loslassen, schließlich war er kein Kontrollfreak.

Schwerfällig stand Luca auf, schleppte sich zum Bach und wusch sich. Sie hatten aus einem Eimer und einigen Ästen eine kleine Dusche konstruiert. Es kostete ihn Überwindung, das kalte Wasser über seinen Körper fließen zu lassen. Zum Glück hörte ihn niemand, als er wie ein Ferkel quiekte. Hauptsache, der Kreislauf kam in Schwung. Lucas erste Begeisterung verflog. Er bemerkte, er hatte das Handtuch vergessen. Mit den Klamotten abtrocknen wollte er sich aber auch nicht. Nackt und nass schlich er zum VW-Bulli. Aber was war denn das? Der Wagen stand nicht mehr an seinem Platz. Verwirrt schaute sich Santos um. Schließlich nahm er doch sein T-Shirt, rubbelte sich ab und zog sich an. Noch etwas feucht trat er an die Feuerstelle, an der die anderen saßen.

»Na, Männer. Ihr seid ja ganz schön früh dran.«

»Kommt auf den Blickwinkel an«, entgegnete Bert.

»Man könnte auch meinen, du hast dich heute mal so richtig ausgepennt«, frotzelte der Kurányi-Doppelgänger Micha.

»Ist ja auch kein Sklaventreiber da, der dich aus der Koje werfen würde«, kommentierte Stefan, der blonde 40-Jährige.

Die drei Schott-Mitarbeiter ließen es langsam angehen. Sie schnitzten lustlos an dünnen Ästen, die als Pfeile dienen sollten.

»Heute steht Fallenbau auf dem Stundenplan«, erzählte Bert und gähnte.

»Aha, und woher weißt du das, wo ist überhaupt Kai, und wo sind die beiden Jungen?«

Alle drei lachten.

»Du hast wirklich einen gesegneten Schlaf, mein Lieber«, meinte Micha, als das Gelächter nachließ.

Luca nahm einen Schluck Birkenrindentee und blickte wieder zu dem Platz, an dem die letzten Tage der VW-Bus stand. Warum war er weg? Was in der Nacht vorgefallen war, konnte er sich nicht erklären. Offenbar war Kai mit den beiden Jungen weggefahren.

»Okay, ich hab gepennt. Was wisst ihr?«

»Eigentlich auch nicht viel mehr als du«, antwortete Bert. »Irgendwann hat Kai das Ding angeschmissen und ist losgefahren. Da waren aber Mattse und Lars schon weg.«

»Mattse und Lars sind abgehauen?« Luca hielt es nicht mehr auf dem quergelegten Baumstamm. Er sprang auf und blickte die anderen fordernd an. »Was wisst ihr noch?«

»Na, dass die beiden Jungen eine kleine Mutprobe vorhatten und sich im Favoritepark Rehe schnappen wollten, um sie am Monrepos-See zu grillen, daraus haben sie ja gestern wahrlich kein Geheimnis gemacht«, grinste Stefan.

Jetzt erinnerte sich Luca. Sie hatten am Lagerfeuer über den intensiven Geschmack von Wildfleisch gesprochen. Der Appetit stand im krassen Gegensatz zu ihren kläglich gescheiterten Fangversuchen im Wald. Dann fiel irgendwann das Stichwort Favoritepark in Ludwigsburg, wo die Rehe einem praktisch aus der Hand fressen.

»Aber das war doch alles nur dummes Geschwätz«, betonte Luca.

»Dumme Jungs, dummes Geschwätz, dumme Taten – da schließt sich der Kreis«, räsonierte Micha trocken.

»Ihre und unsere Autos stehen unten in Gronau, das ist nur eine halbe Stunde zu Fuß.« Bert rekonstruierte den weiteren Hergang des Ausflugs.

»Kai hat's in der Nacht irgendwann gemerkt und ist wie der Blitz hinterhergesaust«, erzählte Stefan.

»Habt ihr noch mit ihm gesprochen?«, wollte Luca wissen.

»Ja klar«, berichtete Stefan, »er hatte natürlich Muffe, dass die Jungen wegen Wilderei drankommen.«

»Und dass sie ihm die Berufslizenz für seine Camps entziehen«, fügte Bert hinzu.

Luca hielt diese Sorge für berechtigt. Es würde Kai

schwer fallen, nachzuweisen, dass er nach drei Tagen Survicalcamp nicht zumindest eine Mitverantwortung für das törichte Verhalten seiner Teilnehmer trug.

»Warum habt ihr mich nicht geweckt, und warum haben wir ihm nicht geholfen, sie zu finden?«

»Wir haben ja gewollt«, erklärte Bert, »aber er meinte, wir würden da zu viel Lärm machen, und er könnte Mattse und Lars besser allein aufspüren.«

»Das scheint nicht geklappt zu haben, sonst wären sie wieder hier«, vermutete Stefan.

Luca nickte. »Wir müssen unbedingt herausfinden, was in der Nacht passiert ist. Ich mache mir ernsthaft Sorgen.«

»Was willst du denn tun? Sollen wir etwa nach Ludwigsburg fahren?«, fragte ihn Micha.

»Besser als hier die Hände in den Schoß zu legen, wäre es allemal.«

Eine halbe Stunde später saßen sie im alten Daimler von Bert und tuckerten durchs Bottwartal in Richtung Ludwigsburg.

»Wohin soll ich fahren?«, fragte Bert, als sie in Ludwigsburg die Marbacher Straße passierten.

»Ich denke, wir sollten vorsichtig vorgehen und erst einmal schauen, ob wir den Bus von Kai finden«, schlug Luca vor. »Der Favoritepark wird von einem Feldweg umrundet, vielleicht werden wir da irgendwo fündig. Fahr von der Hohenecker Seite aus darauf zu.«

Die Suchaktion am Favoritepark verlief ohne Erfolg. Es gab keine Hinweise, dass Mattse und Lars dort ihr Unwesen getrieben hätten.

»Was jetzt?«, wollte Micha wissen, als sie vor dem

Eingang des Parks standen, der zur Pädagogischen Hochschule und der S-Bahn-Station Favoritepark führte, an der sie Berts Wagen abgestellt hatten.

»Schloss Monrepos liegt am Ende dieser Allee, zu Fuß sind das nur zehn Minuten«, schätzte Stefan, als sie sich am kleinen Imbiss an der Fußgängerunterführung bei einer Bratwurst und einem Bier stärkten.

»Mann, das tut richtig gut«, schwärmte der dicke Bert und bestellte sich gleich noch eine Wurst. Auch Luca fühlte sich ausgehungert, wenngleich er sich auch gut vorstellen konnte, weiterhin weniger zu essen. Jetzt aber mit den anderen zu schlemmen, hieß auch, die unumstößlichen Vorgaben des Lagerleiters außer Kraft zu setzen – und das hatte seinen Reiz.

Es war etwa 10 Uhr, als sie die Boote am See des Schlosses Monrepos erreichten. Ein heiterer, sonniger Herbsttag kündigte sich bei wolkenfreiem Himmel an. Die ersten Spaziergänger bevölkerten den Kiesweg, der um den See führte. Die vier Männer mieteten sich ein Boot, um die Lage vom See aus zu beobachten.

»Wir suchen auch auf der Insel, vielleicht finden wir Spuren«, empfahl Luca und erntete Zustimmung. Erwischen lassen durften sie sich nicht, denn es war streng untersagt, die Inseln zu betreten, da sie vor allem wegen der Vögel als Schutzgebiete ausgewiesen waren. Vorsichtig steuerten sie deshalb mit dem Boot auf die abgelegene Seite der Kapelleninsel zu und betraten sie im Schutze des Uferdickichts. Tatsächlich fanden die Männer eine Feuerstelle, aber keine weiteren Spuren, die darauf hindeuteten, dass Mattse und Lars mit einem Rehkadaver hantiert hätten.

»Das kann auch ein Liebespärchen gewesen sein«, gab Micha zu bedenken.

»Das würde auch erklären, dass hier nix gevespert wurde«, pflichtete ihm Stefan bei.

»Hey, Moment mal. Liebe geht durch den Magen«, protestierte Bert schmunzelnd.

»Wie auch immer, Jungs«, hob Luca an, »die Spur verläuft sich, vielleicht sollten wir doch wieder in unser Lager zurückkehren. Hier kommen wir irgendwie nicht weiter.«

Er hatte seinen Satz gerade beendet, als ihn Stefan von der Seite anstieß: »Schau mal, da drüben.«

Von der Insel aus sahen sie ein Aufgebot von Streifenwagen auf dem Parkplatz des Schlosshotels Monrepos.

»Hier wimmelt es nur so von Bullen«, warnte Stefan und strich sich nervös das blonde Haar aus dem Gesicht.

»Und guckt mal da vorn.« Luca hatte eine Stelle in der Nähe eines Holzkrokodils entdeckt, die mit rotweißen Bändern abgesperrt war und an der Kriminalbeamte beschäftigt waren.

»Das sieht nicht gut aus«, flüsterte Stefan.

»Das sieht so aus, als ob hier jemand …« Bert beendete seinen Satz nicht, durchschnitt sich aber mit dem Zeigefinger andeutungsweise die Kehle.

»Uns fehlen die Jungen, uns fehlt Kai – was wir brauchen, sind Informationen«, forderte Luca.

»Informationen! Alles Quatsch! Wir sollten sehen, dass wir hier wegkommen«, fauchte Micha. »Die nehmen uns noch fest. Schaut euch doch mal an: Wir sehen aus wie Landstreicher.«

»Bleib locker«, riet ihm Luca und fasste ihn bei den Schultern. »Wir haben nichts verbrochen, und vielleicht können wir dazu beitragen, ein Verbrechen aufzuklären.«

Micha blieb aber nicht locker, er riss sich los. »Ich weiß nur eins: Wenn mein Arbeitgeber erfährt, dass ich in so eine Scheiße verwickelt bin, schickt der mich nie ins Ausland.«

»Hör zu, Micha«, erklärte Luca. »Ich bin Journalist beim Stuttgarter Kurier, das heißt, du hast nichts zu befürchten. Schließlich habe ich die Chance, dir und uns zur Darstellung der Wahrheit zu verhelfen.«

»Hey, hey, hey«, mischte sich Bert ein, » davon hast du uns aber nichts erzählt. Ich dachte, du bist so ein Ex-Pfadi von einer Kirchengemeinde.«

»Ihr habt auch nicht danach gefragt«, versuchte sich Luca herauszureden. »Ist auch egal, ich wollte euch nicht von Berufs wegen belauschen, sondern am Lager teilnehmen, um eure Erfahrungen als Mann zu teilen. Punkt aus. Aber jetzt sollten wir uns einigen, wie wir vorgehen.«

»Stimmt, wir brauchen einen Plan«, stellte Stefan fest. Ihn fand Luca von den dreien am vernünftigsten. »Wir haben eigentlich keine Wahl: Wenn hier etwas passiert ist, an dem Kai oder die Jungs beteiligt sind, werden wir so oder so verhört. Es ist besser, wenn wir uns sofort zur Verfügung stellen.«

Von vorauseilendem Gehorsam hielt Micha wenig. »Wer sagt euch, dass das hier mit Kai oder den beiden Jungs zusammenhängt? Wenn ihr mich fragt, sollten wir schleunigst die Biege machen.«

Luca Santos passte der Vorschlag überhaupt nicht. Die Ereignisse hatten längst seinen Reportertrieb geweckt.

Er wollte wissen, was dort drüben vorgefallen war. Luca verstand aber auch, dass die anderen nicht in kriminelle Machenschaften verstrickt werden wollten. Auf einmal erkannte Santos aus der Ferne Melanie Förster. Die Kommissarin hatte vor einem Jahr in einem Fall ermittelt, den er damals miterlebt hatte und über den er seine erste aufsehenerregende Story beim Marbacher Kurier platzieren konnte. Nicht zuletzt dieser Zusammenarbeit verdankte der Jungjournalist sein Volontariat beim überregional erscheinenden Stuttgarter Kurier.

Melanie Förster steuerte zielstrebig den abgesperrten Ort an. Santos sah, wie sie sich dort mit einem Mann unterhielt. Es musste Peter Struve sein, der Ermittler, der den Mordfall im Deutschen Literaturarchiv in Marbach vor einem Jahr gelöst hatte. Struves Anwesenheit versprach spannenden Lesestoff. Santos überlegte, wie er seine Gefährten zum Bleiben animieren konnte.

»Was haltet ihr von folgender Idee? Wir rudern zurück zur Bootsausleihe, ihr wartet dort eine Viertelstunde an den Stufen des Schlosses, während ich mit meinem Presseausweis versuche, herauszubekommen, was passiert ist?«

Die drei Männer schauten sich an. Keiner sagte etwas. Wenigstens widersprachen sie nicht, dachte Luca. Ihre Gesichtszüge drückten jedoch Unsicherheit aus. Sie würden nicht bereit sein, lange auf ihn zu warten.

»Was ist, wenn sie dich mitnehmen?«, fragte Micha.

»Unwahrscheinlich«, schaltete sich Bert ein. »Er muss ja nicht erzählen, dass er zurzeit in einem Camp mitmacht. Wenn er zurück ist, können wir immer noch gemeinsam überlegen, ob wir zur Polizei gehen.«

Die Männer ruderten zum Bootssteg zurück. Luca sonderte sich ab und wies sich vor der Absperrung als Journalist des Stuttgarter Kurier aus. Wenig später stand er vor Peter Struve, der nach den ersten Verhören im Wagen von Melanie Förster Platz genommen hatte und nachdachte.

»Herr Struve?«

Der Kommissar fühlte sich aus den Gedanken gerissen und blickte erschrocken auf. »Ach, Herr Santos, Sie sind es. So schnell habe ich Sie jetzt aber nicht hier erwartet. Ich hoffe, die Polizei hat noch keine Pressemitteilung rausgejagt.«

Santos setzte seine Unschuldsmiene auf: »Ich kann Sie beruhigen, Herr Struve, ich bin zufällig hier und habe Sie aus der Ferne gesehen.« Er räusperte sich, die Nässe im nächtlichen Lager steckte irgendwie noch in seinen Knochen. »Na ja, die Umstände sprechen wohl für sich.« Der Journalist richtete seinen Blick auf die Stelle am Ufer, die als Fundort der Leiche markiert war.

Der Kommissar legte die Stirn in Falten: »Sie wissen, dass ich Ihnen nichts erzählen darf.«

Santos rang sich ein Lächeln ab. »Na, sicher.«

Sie schwiegen eine Weile. Luca beobachtete, wie neugierige Spaziergänger abgewiesen wurden. Er hoffte, dass Struve sich an das gemeinsame Erlebnis vor einem Jahr erinnerte und sein Schweigen brach. Möglicherweise sah der Polizist in ihm einen Mitwisser, der ihm noch nützlich werden könnte. Santos ließ ihm Zeit, selbst auf diesen Gedanken zu kommen.

»Wie geht's Ihnen?«, fragte Struve, um die Stille zu durchbrechen.

»Danke, gut.« Santos ärgerte sich. Der Kommissar lenkte das Gespräch vom Geschehen weg auf seine persönliche Situation. Als Nächstes würde er ihm einen schönen Tag wünschen und ihn vom Tatort wegbitten. Höflich, aber bestimmt – das musste er vermeiden.

»Wollen Sie mir nicht wenigstens den Namen des Toten verraten?«

Struve blickte ihn genervt an, Santos spürte seine Abhängigkeit. Eine ungute Mischung aus Ärger und Ohnmacht bemächtigte sich seiner. »Ich behalte es für mich, Ehrenwort. Wenn Sie einem Zeitungsmann vertrauen können, dann mir.«

Peter Struve, der drahtige, aber muskulöse Endvierziger mochte den ähnlich gebauten 29-Jährigen, dessen zurückhaltende Art ihm etwas von sich selbst verriet. Wenn sie Freunde wären, könnte er offen sprechen. Aber sein Polizisten-Ego warnte ihn umso stärker davor, sich aus bloßer Sympathie angreifbar zu machen. »Lieber Santos, ich würde ja gern, aber ich darf es Ihnen aus ermittlungstaktischen Gründen nicht verraten, bitte haben Sie dafür Verständnis. Wir informieren Sie, sobald die Lage übersichtlicher geworden ist.«

Santos schaute kurz auf die Uhr. Die drei Kameraden würden noch wenige Minuten warten. Er sah ein, dass es bei diesem westfälischen Sturkopf kein Durchkommen geben würde. Struves Wunden im Gesicht verstärkten diesen Eindruck nur. Während er einlenkte, suchte er nach Alternativen im unmittelbaren Umfeld. Er sah Melanie Förster, schreckte aber davor zurück, sie mit einem investigativen Trick anzusprechen. Die Masche ›Ach, Ihr Kollege hat es mir ja schon gesagt‹

erschien ihm zu billig. Er würde damit nur die Brücke zu den beiden Ermittlern abbrechen und sich selbst schaden.

Im Hoteleingang sah Santos einen uniformierten Angestellten, der Koffer in die Hotelhalle trug. Santos verabschiedete sich von Struve, täuschte einen Bogen an, steuerte dann aber, verdeckt von einer Hecke, im toten Winkel des Kommissars auf den etwa 25-jährigen Livrierten zu, der wieder aus der Eingangshalle herauskam.

»Entschuldigen Sie, ich bräuchte kurz Ihre Dienste.«

»Ja bitte, gern doch.«

»Meine Frau wundert sich, dass so viel Polizei vor Ort ist. Wissen Sie, was passiert ist?« Ob die Nummer mit der Ehefrau zog? Immerhin konnte er ja Hotelgast und verständlicherweise beunruhigt sein.

»Ein Gast ist heute Morgen tot im See gefunden worden. Er heißt Hermann Moosburger.«

Santos fiel sofort der Name auf. Hieß Kai nicht so? »Wer war Hermann Moosburger und warum hielt er sich hier auf?«

Der Hoteldiener hob entschuldigend die Hände. »Bedaure, ich kann Ihnen nichts sagen.«

Santos nahm ihn zur Seite und hielt ihm einen 50-Euro-Schein unter die Nase. »Okay, es bleibt unter uns, und ich petze nicht. Also?«

Der Page zögerte. Wahrscheinlich hatte er Angst um seinen Job. Santos legte noch einmal 20 Euro drauf. »Mein letztes Angebot!«

Der Bedienstete nahm das Geld und schilderte ihm,

was er wusste. Und das war viel, denn im Hotel hatte sich der Mord wie ein Lauffeuer herumgesprochen.

»Was erzählt man sich?«, hakte Luca nach, »und wer kann's gewesen sein?«

»Warum sollte ich mit Verdächtigungen um mich werfen?«, antwortete der Hoteldiener.

Santos legte noch einmal 20 Euro nach. Das Geld zu verlieren, tat ihm weh, denn er hätte seine Freundin Julia gern mal wieder zum Essen eingeladen, wenn sie aus Bologna zurückkam. »Es bleibt unter uns, na komm schon.«

Der Hoteldiener nahm den Schein und steckte ihn flink in die Innentasche. »Der alte Moosburger war ein reicher Sack, Verleger oder so etwas. Moosburger & Moosburger, wenn Ihnen das etwas sagt.«

»Klar, die halbe Yellow Press der Republik gehört dem.« Nicht um einen Jahreslohn würde er auch nur einen Tag bei solchen Schundgazetten arbeiten, war sich Luca sicher. Aber was konnte jemand wie der Survivaltrainer Kai Moosburger mit der Verlegerdynastie zu tun haben?

»Irgendwie hatten die hier einen Krisengipfel, der Sohn war auch mit dabei.«

»Der Sohn? Kai Moosburger?«, fragte Luca, bekam aber zu hören, dass es sich um Frank Moosburger handelte. Er schaute auf die Uhr. Bald müsste er wieder bei den anderen sein. Unglaublich, in was er da reingeraten war. Er würde den Redaktionsleiter Zorn anrufen müssen, damit der Stuttgarter Kurier morgen zumindest in einem kleinen Artikel über den Mord informierte. Santos fragte sich jedoch, ob er heute schon etwas über den bloßen Verdacht eines Mordes schreiben sollte. Noch stand überhaupt nicht fest, dass der alte Moosburger nicht einfach am See umgekippt war. Dass Struve ermittelte, könnte reine Routine sein. Ob es einen Anfangsverdacht gab? Luca dachte auf dem Weg zur Schlosstreppe angestrengt nach. Der Verlag, ein alternder Eigentümer, möglicherweise zwei Söhne in den besten Jahren, von denen aber nur einer am Krisengipfel teilnahm, der andere sich zufällig in der Nähe aufhielt, aber eigentlich unbeteiligt, wenn nicht sogar ausgesperrt war. Welche Rolle nahm Kai in diesem Drama ein? Und wo steckte er überhaupt? Lucas Kopf brummte. Er beeilte sich, zu den anderen zu stoßen. Er sah Micha, Bert und Stefan auf der Treppe sitzen, sie wirkten müde.

»Na, Sherlock Holmes, nun etwas schlauer?« Wieder war es Micha, der mit spitzer Zunge stichelte. Luca setzte sich zu ihnen.

»Es ist noch nicht so ganz klar, was passiert ist. Die Polizei lässt nichts raus, es scheint ein älterer Hotelgast am See ums Leben gekommen zu sein.«

»Den kann der Schlag getroffen haben«, meinte Bert seelenruhig. »Klar, dass die auch die Polente rufen, um sich abzusichern.«

Luca beließ es bei Berts naheliegenden Erklärungsversuchen. Auch die beiden anderen wollten nicht mehr über die näheren Umstände des Todesfalls wissen. Vermutlich reagierten Zeitungsleser ähnlich, sagte sich Luca und entschied sich dafür, nicht voreilig Zorn anzurufen, sondern erst einmal zu recherchieren. Schließlich saß er bei Kai Moosburger an einer wichtigen Quelle, durch die er an Hintergrundwissen gelangen konnte. Vorausgesetzt, Kai tauchte irgendwann einmal wieder auf. Einen Tag gab sich Luca noch, bevor er die Redaktion informieren würde.

»Was machen wir jetzt?«, fragte Stefan.

»Na, was schon: Wir fahren zurück ins Camp«, schlug Bert vor. »Entweder Kai und die Jungs sind da oder nicht. In diesem Fall sollten wir, die wir kopf- und führerlos wären, die Chose da oben einfach abbrechen.«

»Ich brauche aber den Kursabschluss für meine Stelle in Botswana«, hielt Stefan dagegen.

»Ach, den Fetzen Papier kriegst du sowieso«, versprach Micha und stand auf. »Wenn unser Kai den Kurs aus was weiß ich für Gründen nicht zu Ende bringt, ist das nicht unser Problem.«

»Würde mich schon interessieren, was gestern Nacht alles abging«, bemerkte Stefan und stand ebenfalls auf.

Bert sah Luca halbwegs unternehmungslustig an. »Tja, dann wollen wir mal zurück in die Prärie.« Wenig später saßen sie im Daimler.

August 1942

Gepriesen Adonai, der du mich holtest aus dem Tod. Ein Ende hat meine Wanderung unter den Blicken der Feinde. Hier im Kreise meiner Schwestern und Brüder schöpfe ich Hoffnung. Widerstand, Partisanentum. Kein Abschlachten. Kein sinnloses Opfer, sondern Wehrverband. Im Wald, so sehr er auch Hunger uns lehrt, eine Oase, ein menschliches Wort. Müssen wir uns auch befehligen und verstecken, um nicht entdeckt zu werden. Panzergedröhn und deutsche Rufe. Manchmal dringt zu uns der Atem des Todes. Deckung. Oder Mord. Unsere erbeuteten Maschinengewehre. Dann nichts wie weg. Verhasste Gestalten in grauen Uniformen. Eure Sprache, meine Sprache, die mich zum Verstummen brachte. Muttertöne, die ich mir abschwor, zu verstehen. Sollte ich leben, dann in einem anderen Land. Sollte ich atmen dürfen, dann sorgenfrei und weit weg. Jetzt aber sind meine Glieder matt, stöhne ich den ganzen Tag. Der Wald lehrt mich schweigen, wir hungern, aber mit Würde. Woher sollten wir Getreide haben für Hunderte, die hier verteilt sind? Mein Gott, wenn sie uns finden. Herr, hilf uns, die Chance zu nutzen, die du uns gabst. Jeder Tag ein Geschenk. Jeder Tag ein Wagnis. Jeder Tag, wir könnten umstellt werden, sie uns denn finden und alle umbringen, von jetzt auf gleich. Besser als der Abtransport ins Land ohne Wiederkehr. Oh, meine Heimat. Verlorene Stätte des Broterwerbs. In meinem Bett schläft nun ein anderer. Und immer wieder Moosburger. Mit kalter Miene wie ein Fisch verschlang er meinen Besitz. Sein eisiges Schweigen beim Notartermin. Die kalten Gesichtszüge beim Abschied, der abweisende Händedruck. Niemals werde ich diese Momente vergessen. Er kann meine Unterschrift haben, mein Haus und meine Mitarbeiter – aber eins wird er mir nicht nehmen, mein Herz, das ich für die Menschen schlagen höre. Und das will ich dir schwören, Gott, mein Herr, ich werde das Racheschwert führen, so du mich entkommen lässt.

7.

Marie Struve schloss die Tür des Marbacher Stadtinfoladens schon am Vormittag. Ihr fehlte die Kraft, die Touristen freundlich zu beraten. Die Trennung von Peter machte ihr mehr zu schaffen, als sie sich eingestehen wollte. Gewiss gab es viel zu bemängeln an diesem Kerl, der sich herumtrieb, wie er wollte. Und wenn er mit seinem spröden westfälischen Charme erklärte, dass der Beruf des Kriminalbeamten an erster Stelle käme, könnte sie ihn jedes Mal auf den Mond schießen. Dass eine Ehe davon lebte, dass die Partner wenigstens hin und wieder romantisch andeuteten, ganz füreinander da zu sein, schien ihm überhaupt nicht einzuleuchten.

»Oh, dieser Holzkopf, der sture Hund, dieser Bollerwagenschieber«, schrie sie in das Schaufenster des Foto- und Geschenkladens Beran am Marktplatz hinein – so laut, dass die Sekretärin des Bürgermeisters Norbert Rieker verwundert aufblickte, als sie vorüberging.

Marie Struve beschloss, sich heute etwas Besonderes zu gönnen. Sie ging zur Bäckerei am Marktplatz und bestellte sich einen Windbeutel. Der war mit viel Sahne gefüllt, und sie verschlang ihn geradezu. Einen Cappuccino genehmigte sie sich gleich hinterher. Ach, tat das gut, beruhigte sie sich, auch wenn sie sich im nächsten Moment wegen der Fressattacke schämte. Aber das Schuldgefühl beherrschte sie nur für einen kurzen Augenblick. Sollte doch dieser verflixte Peter, wenn er eines Tages wieder zu ihr zurückkehrte, mit dem klarkommen, was sie bis dahin auf der Hüfte trug. Punkt. Schluss. Aus. Satt und mit sich im Reinen verließ Marie Struve die Bäckerei und schlenderte die Niklastorstraße hinunter.

An der Tür von Schillers Café fiel ihr Blick auf einen Aushang: Tango-Kurse für Junggebliebene. Marie Struve zählte sich mit ihren 47 Jahren noch keineswegs zum alten Eisen. Sie notierte sich die Telefonnummer und war gespannt, was für ein Mannsbild sich hinter dem Profi-Entrenador aus Córdoba versteckte. »Ein guter Tänzer lässt eine Frau immer gut aussehen« – dieser Satz auf dem Aushang ließ sie nicht mehr los. Sie würde den Trainer gleich heute Nachmittag anrufen und sich nach den Kursangeboten erkundigen.

Unruhig lief Peter Struve in der Lounge des Schlosshotels Monrepos auf und ab. Wann würde endlich Besold anrufen, um ihm die Ergebnisse der ersten Untersuchung mitzuteilen? Wenige Stunden nach dem ersten Eintreffen am Tatort ging es nur schleppend voran. Er hatte ausführlich mit dem Angler gesprochen, der die Leiche gefunden hatte. Dann den Portier und den Geschäftsführer befragt, um sich über das Treffen von Moosburger & Moosburger zu informieren. Frank Moosburger und die Sekretärin Emily Noller hielten sich in ihren Zimmern für weitere Vernehmungen bereit. Struve wollte zunächst ungestört Fakten sammeln, deshalb standen die beiden vorerst unter Arrest.

Bisher wusste der Kommissar nur von einer Art Krisengipfel. Seine Kollegin Melanie Förster drängte darauf, die wirtschaftliche Situation des Verlages zu durchleuchten. Das könnte mögliche Tatmotive der Anwesenden zutage fördern. Struve riet davon ab. Stattdessen wartete er mit diesem Schritt ab, denn er wollte vermeiden, die Verantwortlichen des Verlags zu früh unter Druck zu setzen. Erst wollte er die Beteiligten in Einzelgesprächen am Tatort kennenlernen. Die Klausur im Hotel sollte eine pietätvolle Begegnung zwischen Ermittler und Verdächtigen schaffen. Warum sollte er die Beteiligten ins Polizeirevier verfrachten? Nein, nicht in den kalten Vernehmungsräumen, sondern hier, am Ort der bösen Tat, spielte die Musik. Gemäß der Tagungsordnung wären die Teilnehmer auch bis zum frühen Nachmittag geblieben, hätte nicht das nächtliche Geschehen für ein jähes Ende des Treffens gesorgt.

Melanie Förster betrat die Lobby und unterbrach damit seine Gedanken.

»Na, schon etwas Neues von Besold?«, fragte sie.

»Nee, Schnelligkeit würde auch nicht zu ihm passen.« Struve konnte ein Gähnen gerade noch unterdrücken. »Wenn er Fußballtrainer wäre, würde ich sagen, er ist kein Freund modernen Pressings.«

Melanie Förster, die gelegentlich die Heimspiele des VfB Stuttgart besuchte, verstand den Vergleich und musste schmunzeln.

»Schätze mal, wir sollten tatsächlich auf die Schlappen der Verteidiger gehen und den Druck erhöhen. Du wolltest doch die beiden Aufsichtsräte vernehmen.«

»Stimmt«, antwortete Struve. »Sie sind am wenigsten verdächtig und könnten uns wertvolle Informationen über alles Mögliche bei Moosburger & Moosburger geben.«

»Sag ich doch.« Melanie Förster nickte grinsend. »Ich bin auch gespannt, endlich etwas über den Verlag zu erfahren. Vielleicht fuhr das Schiff mit Schlagseite – da spielen manche in einer Mannschaft verrückt.«

An eine Meuterei glaubte Peter Struve indes nicht: »Mal sehen, ob es nur um Geld ging oder vielleicht eher um ein Verbrechen aus verlorener Ehre.«

Struve stand auf und steuerte den Konferenzraum an, als er eine laute, energische, aber zugleich taktlose und unsensibel klingende Stimme an der Rezeption vernahm. Ein Mann in weißer Dienstkleidung – Struve vermutete zunächst einen Malergesellen – fuchtelte mit den Händen vor dem Portier herum. Der Hotelangestellte wirkte ratlos, zeigte dann aber auf ihn, schließlich bewegten sich die beiden Männer schnurstracks auf ihn zu.

»Dieser Herr möchte mit Ihnen reden, Herr Kommissar«, informierte der Portier fast entschuldigend.

»Schon gut«, erwiderte Struve in mildem Ton und wendete sich dem Fremden zu, indem er sich vorstellte und ihn per Handschlag begrüßte.

»Grüß Gott, Herr Kommissar, mein Name ist Dietrich Bantele von der Bäckerei Müller in Murr.«

»Was möchten Sie mir mitteilen, Herr Bantele?«

»Ich habe vorhin die zweite Fuhre hier abgeliefert, da habe ich gehört, dass eine Leiche im See gefunden wurde.«

»Tja, so falsch liegen Sie damit leider nicht«, bestätigte Struve, der schon befürchtete, sich die Erzählungen eines Wichtigtuers anhören zu müssen. Und tatsächlich ermutigte das Interesse des Kriminalbeamten den Bäckergesellen, geradezu mit Worten um sich zu werfen.

»Ich bin heute Morgen um 2.30 Uhr hier gewesen, habe wie immer meine Weckle am Eingang der Hotelküche abgestellt, da fiel mir ein alter VW-Bus auf, der direkt vor dem See abgestellt war.« Aufgeregt ruderte der Bäcker mit den Händen, um seinen Worten Nachdruck zu verleihen, was umso komischer wirkte, als die Nachrichten, die er verkündete, durchaus von hohem Stellenwert waren. Der Kommissar ließ ihn erzählen, Dietrich Bantele redete sich in Rage.

»Da hab ich mir gedacht, so ein Bachel, ein Schlamperter, der steht da fast im Rasen so nah am See, der verstößt doch gegen den Gewässerschutz. Da braucht nur mal ein bissle Öl auszulaufen, und schon haben wir hier eine granatenmäßige Sauerei.«

Bevor der Bäcker weiterschimpfen konnte, signalisierte Peter Struve Verständnis. »Da hätte ich mich auch aufgeregt, Herr Bantele.«

»Jawoll, und deshalb habe ich mir auch sein Kennzeichen aufgeschrieben«, stellte der Bäcker klar. »Vielleicht hat der Typ ja noch mehr Dreck am Stecken.«

Ermittlungen lebten von unverhofften Zeugenaussagen, wusste Struve. »Haben Sie sonst noch etwas Verdächtiges bemerkt?«

»Nein, ich musste ja schnell weiter. Ich beliefere 15 Einrichtungen: verschiedene Hotels, die Kantine des Landratsamtes, das Amtsgericht und die Shell-Tankstelle an der B 27. Da darf man nicht lange fackeln.«

»Schon klar«, warf Struve ein, »es hätte ja sein können, dass Sie am Kleinbus eine Person bemerkt haben.«

»Nein, hab ich nicht, der stand nur rum, da war wohl niemand drin, jedenfalls nicht am Steuer oder auf dem Beifahrersitz. Hier haben Sie sein Kennzeichen: WN-KM 405.« Er überreichte ihm den Zettel und verabschiedete sich. Er müsse schnell weiter, um seine Tour fortzusetzen. »Meine Telefonnummer finden Sie auf der Rückseite.« Der Kommissar reichte seiner Kollegin den Zettel.

»Lass bitte den Fahrzeughalter feststellen.«

Keine fünf Minuten später kam Melanie Förster zurück. »Jetzt rate mal, wen es da noch gibt! Einen Kai Moosburger, Jahrgang 1964, wohnhaft in Spiegelberg-Großhöchberg im nördlichsten Zipfel des Rems-Murr-Kreises.«

Peter Struve stieß einen leichten Pfiff aus. »Nachtigall, ick hör dir trapsen. Hackt ein Moosburger dem anderen kein Auge aus – oder schlagen sie sich den Schädel ein?«

In diesem Moment klingelte sein Handy.

»Wer stört?«, fragte Struve grinsend, nachdem er zuvor die Nummer erkannt hatte. Es war Besold. Und der störte natürlich nicht, sondern lieferte den erwarteten Befund.

»Schädelbasisfraktur, die Bruchstelle deutet auf einen stumpfen Gegenstand hin. Möglich ist ein Stein als Tatwaffe. Kann aber auch sein, dass er auf einen Stein gefallen ist, die Wunde klafft am Hinterkopf.«

»Könnte der Mann nicht auch einfach unglücklich gestürzt sein?«, hakte der Kommissar nach.

»Möglich ist alles, es kann auch jemand nachgeholfen haben«, meinte Besold.

»Gibt es dafür Anzeichen, irgendwelche Druckstellen am Körper, blaue Flecken oder Würgespuren?«

»Nicht direkt, aber er hat starke Prellungen im Rückenbereich«, berichtete der Kriminaltechniker, der in Tübingen Medizin studiert hatte, aber seinen Doktortitel wegließ, wann immer er konnte. Nur nicht zu dick auftragen, lautete seine Devise.

»Aha, das spricht für einen Sturz«, kombinierte Melanie Förster, die das Gespräch per Handy durch die Lautsprechertaste mitverfolgen konnte und sich zu Wort meldete. Peter Struve nickte ihr aufmunternd zu.

»Sagen Sie, Besold: Wodurch ist Hermann Moosburger dann gestorben? Durch die Kopfverletzung? Oder ist er ertrunken?«, wollte die junge Kriminologin wissen.

»Ertrunken ist er, aber er war im Wasser auf jeden Fall schon bewusstlos. In dem Alter kann ein Sturz auf den Hinterkopf ausreichen, um tödlich zu wirken. Ganz auszuschließen ist ein Schlag mit einem Gegenstand nicht, aber es fehlen an der Wunde Spuren, das Wasser hat alles rausgewaschen.«

»Wann war Ihrer Meinung nach der Todeszeitpunkt?«, fragte Peter Struve.

»Ich würde sagen, so gegen zwei Uhr, aber auf keinen Fall viel später, also plusminus eine Viertelstunde«, gab Besold an.

»Gut, mein Lieber. Falls ich noch Fragen habe, melde ich mich.« Der Kommissar verabschiedete sich. »Machen Sie mal Feierabend, wenn Sie mit der Obduktion durch sind. Vergessen Sie aber nicht, Ihr Handy anzulassen, ich hab da so ein komisches Gefühl.«

»Danke, Chef.« Besold lächelte. Seitdem Struve die

Mordkommission leitete, hatten seine Leute und er öfter früher Feierabend. Er fand, es war ein gerechter Ausgleich, denn seine Abteilung musste häufig Überstunden leisten.

Oktober 1942

Ich halte mich fest. An meiner Kalaschnikow, sie wird bis zum bitteren Ende meine Begleiterin sein, da bin ich mir sicher. Aber so schnell geht es nicht zu Ende. Monate sind vergangen, Hunger bleibt unser Begleiter. Tiefer fordert uns der Wald. Wir wussten, der Feind wollte uns umstellen, operierten aber im Schutze der Nacht, um ihm zu schaden. Das ließen sie nicht auf sich sitzen. Wer ihnen in die Hände fiel, musste für unseren Widerstand bezahlen. Wir sahen ihre Leichen, wenn wir Nahrung holten. Wehrlose Opfer, die nichts dafür konnten, dass sie dort lebten, wo Partisanen kämpften. Wir sahen schreckliche Bilder von Aufgeknüpften. Kollaborateure angeblich. Ich schließe die Augen, wenn ich heute noch daran denke. Einmal sah ich aus der Ferne, wie die Deutschen einen Jungen schnappten und ihn vor den Augen der Eltern mit einem Ast, den sie sich lachend zuwarfen, totprügelten. Wir konnten nichts machen, es waren zu viele. Am Abend saßen wir in unserem Lager, ich hatte keinen Hunger, aber ich schwor mir, ich würde jede Gelegenheit nutzen, um bis zu meinem Ende möglichst viele dieser Mörder umzubringen. Und ich würde den töten, der an meinem Leid verdiente. Denn was würdest du mir sonst für eine Aufgabe stellen, wenn nicht diese? Wozu die Flucht und das

Überleben hier, wenn es nicht dein Wille wäre, den ich mit meiner Waffe geschehen lassen sollte? Rache! Das ist meine Antwort und die deine. Ausgelöschte Familie, irgendwo vielleicht schon vergast, in einem dieser Lager, von denen sie hier erzählen. Warte nur, Moosburger, es wird eine Zeit nach dem Krieg geben, dann werden wir uns wiedersehen. Du und dein Parteigeschmiere, auf meinen Maschinen hast du Hassworte gedruckt. Herrenmensch, wirst durch mich gerichtet.

8.

Die Empfangshalle des Schlosshotels Monrepos füllte sich mit Gästen. Die Gruppe nahm die Lobby laut in Beschlag. Peter Struve fluchte leise, der Lärm war Gift für seinen Gedankenfluss.

»Wir haben heute Dynamo Dresden zu Gast, die spielen am Abend gegen die Zweite vom VfB, das ist immerhin dritte Liga«, erklärte der Portier. Struve sah sich indes von jüngeren Männern in schwarz-gelben Trainingsanzügen umstellt. Sie entfachten ein babylonisches Kauderwelsch aus Sächsisch, Englisch und Russisch. Struve hatte nichts gegen multikulturelle Aufläufe – im Gegenteil, er gewann der Völkerverständigung sogar in der egoistischen Scheinwelt des Profifußballs etwas ab –, aber was er brauchte, war Ruhe, um konzentriert arbeiten zu können. Mitten in den Trubel hinein klingelte sein Handy.

»Hallo, wer ist da?«, schrie Struve und lief auf die Toiletten zu.

»Littmann, Kripo Stuttgart. Ich hoffe, Sie kommen gut voran, Herr Kollege.«

»Ja doch.« Littmanns gute Wünsche erreichten ihn zum völlig falschen Zeitpunkt. Struve konnte ihn kaum hören. Er stürzte auf die Terrasse. Beiläufig fielen ihm die exquisiten Holzmöbel auf, auf denen bereits Gäste für einen Brunch Platz genommen hatten.

»Ich wollte Ihnen eigentlich nur meinen neuesten Zug in unserer Schachpartie durchfunken«, teilte Littmann mit, dem es offenbar in seinem Büro langweilig geworden war, sonst würde er hier nicht stören.

»Mensch Littmann, Sie haben Nerven.« Struve verschlug es fast die Sprache. »Sie platzen hier mit Petitessen in meine Ermittlungen hinein. Geht's noch?«

Littmann lachte, wie er immer lachte. Es klang, als ob er eine Gewürzgurke verschluckt hätte.

»Ach, lieber Struve, jetzt seien Sie doch kein Spielverderber: Wenn Sie mir morgen Ihren Zug durchgeben, habe ich den ganzen Sonntag, um mir eine schöne Antwort zu überlegen. Sie wissen doch, seit meine Frau gestorben ist ...«

Littmanns Worte riefen Struve Marie ins Gedächtnis. Er begann diesen Tag zu hassen, der mit seinen vielen ungeordneten Eindrücken auf ihn eindrosch, fast so, als wollte er ihn für die Abkehr von seiner Frau bestrafen. Er dachte an seine Bude im 17. Stock und kam sich heimatlos vor. Und dieses mondäne Hotel in Toplage mit afrikanischen Fußballern, sächselnden Vereinsbossen und einem nervigen Littmann verstärkten sein Befremden. Er blickte über den See auf das nahe Schloss, atmete tief durch und antwortete mit der ganzen Freundlichkeit, die er in diesem Moment aufbringen konnte: »Also gut, lieber Littmann, ich habe meinen Stift gezückt, verraten Sie mir bitte Ihren Zug.«

»Ich stelle meinen Läufer auf g2 – damit flankiere ich ihn, und Sie können ihn erst einmal eine Weile nicht schlagen.«

Die erklärenden Worte konnte sich Littmann sparen. Er hatte sie sich wohl aus einem Schachbuch angeeignet, um sie ihm auswendig aufzudrücken. »Aha, die katalanische Eröffnung«, bemerkte Struve trocken und erntete dafür wieder albernes Gekichere. Littmann war aber auch ein Kindskopf. Vielleicht dachte er daran, wie der damalige russische Großmeister Viktor Kortchnoi 1963 in Havanna im Simultanwettkampf mit Ernesto Che Guevara umgesprungen war. Ein russischer Funktionär hatte dem Schachspieler nahegelegt, dem kubanischen Staatsmann aus diplomatischen Gründen ein Remis anzubieten. Als ein Großmeisterkollege Kortchnoi fragte, wie er gegen Che gespielt habe, antwortete der Schachprofi lapidar: »Er hat nicht die geringste Ahnung, wie man auf eine katalanische Eröffnung reagiert.«

Eine Geschichte, an die sich Struve immer wieder erinnerte. Irgendwann würde er nach Havanna fliegen, um diese Stadt kennenzulernen. Gewiss, er hasste Langstreckenflüge, und wenn nicht Marie in sein Leben getreten wäre, würde er wahrscheinlich immer noch zwischen Eifel und Thüringer Wald hin- und herwandern. Havanna, das war ein Traum, den er sich erfüllen wollte, angesichts der Spannungen mit Marie war er sich fast sicher, dass er die Stadt nicht mit ihr durchstreifen würde. Ach, was dachte er wieder an seine Frau. Höchste Zeit, Littmann zu antworten.

»So, mein Schachfreund, ich ziehe jetzt meinen Bauer nach c6. Das ist mein Zug für Ihr Wochenende.«

Struve mochte diesen Ton nicht, aber er musste von Zeit zu Zeit sein, um den aufdringlichen Littmann in Schach zu halten.

»Ich habe jetzt noch eine dienstliche Bitte«, schob der Kommissar nach. »Schreiben Sie doch den dunkelgrünen VW-Bus mit der Nummer WN-KM 405 zur Fahndung aus. Der Fahrer Kai Moosburger steht in Verdacht, etwas mit dem Mordfall zu tun zu haben.

Lassen Sie ihn bitte ins Polizeipräsidium bringen, ich muss mit ihm reden.«

»Ist er bewaffnet oder sonst wie gefährlich?«

»Er ist in der Nacht am Tatort gewesen. Das deutet darauf hin, dass er bewaffnet sein könnte«, antwortete Struve. »Sie sollten auf jeden Fall auch alles Mögliche über diesen Kai Moosburger herausfinden – vor allem, in welchem Verhältnis er zum Ermordeten Hermann Moosburger stand.«

»Wird erledigt. Haben Sie sonst noch Wünsche?«

Struve spürte langsam Hunger, aber den würde er nicht mit Littmanns Hilfe stillen können. »Rufen Sie mich möglichst schnell zurück, ich brauche Ihre Ergebnisse für die Verhöre.«

Littmann legte auf. Melanie Förster stand unvermittelt neben ihm und hielt ihm einen Teller mit einem Käsebrötchen und eine Tasse Kaffee unter die Nase. »Zeit für ein kleines Frühstück, meinst du nicht auch? Mit Grüßen aus der Hotelküche.«

Struve schlang das Brötchen gierig hinunter und spülte mit dem Kaffee nach. Melanie Förster hielt immer noch das Tablett in der Hand.

»Hey Peter, du bist doch nicht auf der Flucht.«

»Nein, ich vielleicht nicht, aber der Mörder. Ich habe so ein blödes Gefühl, dass wir uns beeilen müssen.«

»Na ja, wir haben hier einige Leute, die auf ihre Vernehmung warten«, pflichtete ihm seine Kollegin bei und biss in ihr Brötchen.

Wenig später verließen sie die Hotelterrasse. Zielstrebig steuerten sie den kleinsten der drei Konferenzräume an. In ihm hatte Moosburger & Moosburger getagt, dort mussten die Interessen aufeinandergeprallt sein, bis es womöglich zum Knall kam. Peter Struve war sich aufgrund der Faktenlage sicher, dass Hermann Moosburger diesen Gegensätzen zum Opfer gefallen war. Es ging jetzt darum, die Hintergründe aufzudecken.

»Wie heißen die beiden Aufsichtsratsmitglieder noch?«, fragte er Melanie Förster.

»Emil Reisinger und Kurt Holoch, beide sind ziemlich ungehalten. Sie wollen weg und drohen mit ihren Anwälten.«

»Gut, dann vernehmen wir sie im Doppelpack«, bestimmte Struve. Er konnte sich nicht vorstellen, dass die Geschäftsleute ein Interesse am Tod des Firmeneigentümers hatten. Melanie Förster dachte ähnlich und befürwortete deshalb die gemeinsame Vernehmung – obwohl sie gelernt hatte, auch scheinbare Randfiguren in Einzelgesprächen in die Zange zu nehmen, damit Widersprüche offener zutage treten konnten.

Sie ließen sich vom Geschäftsführer den Platz zeigen, den der alte Moosburger immer eingenommen hatte. Dessen Namensschild – ein Service des Hotels – stand noch auf dem Tisch. Struve setzte sich, räumte das Schild zur Seite und legte das Diktiergerät bereit. Reisinger und Holoch betraten den Raum. Beide gaben sich keine Mühe, ihre miserable Laune zu kaschieren.

»Warum halten Sie uns so lange auf den Zimmern fest?«, beschwerte sich Emil Reisinger, ein etwa 60-jähriger Altvorderer im grauen Zweireiher, am Kopf wenig behaart, dafür aber umso mehr auf den Zähnen. Struve gratulierte sich, vorher gefrühstückt zu haben.

»Reine Routine, niemand verlässt das Zimmer. Das kennen Sie doch bestimmt von Sherlock Holmes.« Der

Kommissar setzte ein süffisantes Grinsen auf und wartete gespannt darauf, ob Reisinger einlenken würde.

»Warum wollten Sie eigentlich so schnell weg?«, fragte Melanie Förster schnippisch. »Nach unseren Recherchen sollte die Tagung noch bis heute Nachmittag dauern.«

Reisinger lehnte sich im Sitz zurück. Er sah ein, dass es zwecklos war, sich mit Kriminalbeamten zu streiten. »Entschuldigen Sie meine Ungeduld. Ich muss zugeben, mich hat der Tod von Herrn Moosburger sehr mitgenommen.«

Kurt Holoch, der ähnlich alt wie Reisinger aussah, aber mehr Haare trug, alle durchweg grau, zeigte sich betroffen. »Ich kann mir überhaupt nicht vorstellen, dass Herr Moosburger Feinde hatte, die ihm nach dem Leben trachteten. Er war in allem doch ein anständiger Kerl, so wie …

»So wie Sie selbst vielleicht?« Struve hakte ein, er richtete seinen Blick auf Holoch, der eingeschüchtert verstummte.

»Na, wissen Sie, Herr Kommissar«, warf Emil Reisinger ein. »Wir sind beide schon so lange mit im Boot von Moosburger & Moosburger, dass wir hinter die Fassade des Geschäftsmanns blicken konnten.«

»Erzählen Sie nur«, forderte Struve ihn auf. Er spürte, dass Reisinger langsam auftaute.

»Na ja, ich bin seit 30 Jahren in der Firma, Herr Holoch ist fast genauso lange dabei. Ich weiß nicht, wie du es siehst, Kurt. Ich fand, Hermann Moosburger hatte einen unternehmerischen Weitblick, der nicht bei den reinen Bilanzen endete – wir beide haben da manches Mal schlucken müssen: Wir hätten in Krisenzeiten beim Personal oft die Reißleine gezogen. Er dagegen suchte immer nach Perspektiven für die Menschen, von denen sich das Unternehmen trennen musste.« Emil Reisinger nahm sein Taschentuch und wischte sich verschämt einige Tränen aus den Augen. »Wissen Sie, Herr Kommissar«, holte er aus, »das war eine Unternehmenskultur, in der nicht einfach der arbeitsrechtliche Ellenbogen ausgefahren wurde. Der alte Moosburger hat sich die Leute zur Brust genommen, erklärte ihnen, was los war und hat sie dann aber auch beraten, in welche Richtung sie sich verändern konnten. Und er hat ihnen die Zeit dazu gegeben.«

Kurt Holoch bestätigte das: »Wir könnten Ihnen zahlreiche Beispiele nennen: Ehemalige Mitarbeiter, die heute nicht dort wären, wo sie sind – eben, weil Hermann Moosburger sie nicht fallen lassen, sondern begleitet hat.«

»Hatte denn Herr Moosburger für solche Samariter-Taten überhaupt die Zeit?«, wollte Melanie Förster wissen.

»Er hat sie sich genommen – und natürlich auch das Geld dafür. Einen Teil der jährlichen Rendite steckte er in eine Stiftung, mit der er gekündigten Mitarbeitern unter die Arme gegriffen hat, wenn die Hartz-IV-Vorgaben die Existenz bedrohten.«

Peter Struve glaubte den beiden. Er fragte sich jedoch, ob die Lobeshymnen auf den Ermordeten vielleicht nicht etwas zu großartig ausfielen. »Haben seine arbeitnehmerfreundlichen Alleingänge Ihr Verhältnis nicht getrübt? Immerhin ging den Anteilshabern Rendite verloren.«

Emil Reisinger winkte ab: »Nein, im Gegenteil. Für

mich waren die drei Jahrzehnte mit ihm ein Lernprozess. Ich kam als Manager in den besten Jahren. Ich glaubte, ich könnte mit geradlinigen Sanierungskonzepten wie in anderen Unternehmen schnelle Erfolge einfahren – bis mich Hermann Moosburger unter seine Fittiche nahm und mir sein Konzept eines nachhaltigen, menschenfreundlichen Unternehmertums vermittelte. Ich muss sagen, ich habe bei ihm viel gelernt. Vor allem kann ich morgens noch in den Spiegel schauen.«

Holoch nickte. »Bei Moosburger & Moosburger ticken die Uhren anders.«

Melanie Förster mischte sich ein. »Also alles eitel Sonnenschein?«, fragte sie, nachdem sie zuvor einen kurzen Blick mit Struve gewechselt hatte. Auch ihm kamen die Aussagen ziemlich glatt vor.

»Legen wir doch mal die Karten auf den Tisch«, befahl der Kommissar und hämmerte mit seinem Kugelschreiber stakkatoartig auf die marmorierte Platte. »Gestern Abend hat's hier doch geknallt. Worum ging's und wer stand gegen wen?«

Holoch und Reisinger blickten sich unsicher an.

»Willst du es ihm erklären, Emil?« Der Angesprochene nickte.

»Hermann wollte seine Sachen regeln. Sein Sohn Frank sollte seine Anteile im Geschäft übernehmen. Die Familie Moosburger hält 70 Prozent, die restlichen 30 Prozent gehören anderen Anteilseignern«, erwähnte Reisinger.

Holoch beugte sich nach vorn. »Das Problem war«, meinte er mit gepresster Stimme, »Hermann wollte seine Anteile an Frank überschreiben, aber er hat uns dann ganz kurzfristig informiert, er habe es sich anders überlegt.«

»Aha – und warum?« Struve beugte sich ebenfalls nach vorn.

»Er hat es uns nicht gesagt.« Emil Reisinger lachte kurz auf. »Ich gebe zu, es klingt ein wenig komisch. Da geht es praktisch um ein Millionenerbe, alles scheint klar, eigentlich seit Jahren schon, und von heute auf morgen lässt der Vater den Sohn leer ausgehen.«

Melanie Förster notierte die Aussagen, zwischendurch hob sie den Blick: »Sie wissen also definitiv nichts über die Gründe?«

»Nein«, antworteten beide wie aus der Pistole geschossen.

»Hmm ...« Struve strich sich mit dem rechten Zeigefinger nachdenklich über die rechte Schläfe. »Was sollte dann dieses Treffen hier? Hermann Moosburger hätte doch die 70 Prozent bei einem Notar einfach überschreiben lassen können. Warum musste der alte Moosburger mit Ihnen hier im Beisein des quasi enterbten Sohns tagen?«

»Ich habe mir diese Frage auch gestellt«, gab Emil Reisinger zu. »Es war für Frank eine ziemliche Demütigung gestern. Er hat sie aber fast ohne mit der Wimper zu zucken über sich ergehen lassen. Respekt! Ich an seiner Stelle wäre nicht so ruhig geblieben.«

Struve fielen die Worte des Portiers ein, der vom Streit zwischen Vater und Sohn erzählt hatte. »Worum ging's da?«, fragte er Reisinger.

»Ach, ich glaube, es handelte sich gar nicht mal so sehr um die Geschäftsübergabe – die haben wir dann ja so geregelt, dass wir beide, also Herr Holoch und ich, die 70 Prozent bis zum Tod Hermann Moosburgers verwalten sollten. Ich glaube, dass sich Frank darüber aufregte, dass ihn sein Vater nicht darüber informierte, ob er danach die 70 Prozent überschrieben bekommt.«

»Wie verlief der Streit vor dem Abendessen?«, wollte Struve wissen.

»Frank wurde immer ungeduldiger, er wollte wissen, ob es mit Kai, dem anderen Sohn, zusammenhänge, dass der Vater jetzt womöglich das Testament ändern wolle.«

»Aha, es gibt noch einen zweiten Sohn?«

»Ja, Herr Kommissar, aber da fragen Sie lieber die Familienmitglieder, wir haben Kai Moosburger, den Sohn des Chefs, natürlich gekannt, aber er ist vor 20 Jahren praktisch über Nacht ausgewandert. Es ging da wohl um Selbstverwirklichung.«

»Okay, aber Frank Moosburger ist dann beim Gespräch mit dem Vater unruhig geworden?« Struve schaute wieder kurz zu Melanie Förster, die protokollierte.

»Unruhig ist gar kein Ausdruck, er hat verrückt gespielt«, erklärte Kurt Holoch. »Wozu er sich jahrelang im Betrieb verausgabt habe, was der Vater sich überhaupt dachte – er ist dann doch sehr enttäuscht gewesen und hat sich da kurz Luft gemacht.«

»Wann sind Sie auseinandergegangen?«, fragte Melanie Förster.

»Nach dem Abendessen«, berichtete Emil Reisinger. »Es war ein furchtbarer Streit, und ich hatte das Gefühl, dass Vater und Sohn unbedingt noch einmal miteinander reden sollten. Immerhin galt Frank Moosburger laut Firmenname auch offiziell als Aushängeschild. Es hat mich selbst etwas schockiert, wie der alte Herr mit ihm umgegangen ist, schließlich hat sich Frank als

Geschäftsführer über Jahre profiliert. Er war prädestiniert, das Werk des Vaters fortzuführen.«

»Was fehlt Frank Moosburger, um vom Vater volle Rückendeckung zu bekommen?« Peter Struve rechnete mit einer ehrlichen Antwort. Die beiden Männer hatten ihre Deckung gelockert und Frank Moosburger bereits belastet.

»Ich würde sagen, das Herz«, meinte Reisinger. »Großzügigkeit, Wärme, Weitblick. All das, was Hermann Moosburger so einzigartig machte.«

Kurt Holoch stimmte zu. »Man muss Hermann Moosburger eigentlich ein Kompliment machen, dass er so lange versucht hat, Frank Moosburger seinen Geist weiterzugeben. Das hatte etwas Pädagogisches, als ob ein Lehrer einen schwierigen Schüler auf die richtige Bahn zurückbringen wollte – wenn auch vergeblich.«

»Na, das klingt ja fast so, als ob der Sohn völlig anders gestrickt ist als der Herr Papa. Wie kommen Sie darauf, Herr Holoch?« Struve wollte aus seinen Gesprächspartnern mehr Details herauskitzeln, zumal aus den Äußerungen von Holoch und Reisinger die Gegensätze zwischen Moosburger senior und junior immer stärker zutage traten. Hatten sich die beiden möglicherweise abgesprochen? Er musste herausfinden, welchen Vorteil Holoch und Reisinger durch den Tod des alten Moosburger hatten. Er würde Melanie Förster damit beauftragen, das notariell gültige Testament zu untersuchen.

Holoch hingegen merkte, dass er sich mit seiner letzten Äußerung etwas weit aus dem Fenster gelehnt hatte. »Ach, diesen Eindruck habe ich aus vielen Gesprächen gewonnen«, rechtfertigte er sich. »Vielleicht ist Frank

Moosburger ganz einfach ein anderer Mensch als sein Vater. Ein Stück weit realistischer, härter, um nicht zu sagen egoistischer und materieller orientiert.«

»Apropos materiell«, unterbrach ihn Struve, »was passiert jetzt eigentlich nach dem Tode Hermann Moosburgers mit dem Unternehmen?«

Emil Reisinger rückte seine Krawatte zurecht. »Nun, Herr Kommissar, unsere Verfügungsvollmacht über die 70 Prozent von Herrn Moosburger senior ist durch seinen Tod beendet, bevor sie überhaupt in Kraft treten konnte. Nach aktuellem Stand tritt höchstwahrscheinlich Frank Moosburger die Erbschaft seines Vaters an und übernimmt dessen Geschäftsanteile endgültig – vorausgesetzt, der Senior hat sein Testament nicht schon geändert, wie er es beim Abendessen angedeutet hat. Es hörte sich für mich so an, als ob er es noch vorhätte – ich kann mich aber auch täuschen.«

Auch Kurt Holoch war sich nicht sicher, ob der alte Moosburger schon sein Testament geändert hatte.

»Und was ergibt sich für Sie persönlich aus dem Tode Moosburgers?«, wollte Struve schließlich wissen.

»Nichts. Und von Hermann Moosburger behalten wir die Erinnerung an einen wunderbaren Menschen.«

Dezember 1942

Der brennende Panzerspähwagen. Die wimmernden Jungen. Deutsche, um ihr Leben winselnd. Unser Hass. Hemmungslos töten wir sie. Zeugen unserer Existenz. Sie oder wir. Verirrte, auf beiden Seiten. Und du,

Gideon. Hast dir ihre Verpflegung unter den Nagel gerissen. Gierig die Konservendose mit der Leberwurst aufgerissen. Ein Fest. Später hast du mir erzählt. Von deiner Heimat Krakau, der Synagoge, deinen Freunden. Und ich führte dich in die schönsten Winkel meiner Heimatstadt Ludwigsburg, fernab der Kasernen, den Stätten sinnlosen Drills, schon damals, als Schiller weglief. Einen Tag später bist du gegangen. Eine Handgranate, als ob du mit ihr gespielt hättest.

9.

Das sag ich ja. Es wird alles zugrund gehen. Warum soll dem Menschen das gelingen, was er von der Ameise hat, wenn ihm das fehlschlägt, was ihn den Göttern gleich macht! (Karl Moor, III, 2)

Corinne Lennert hatte sich in Schillers Drama festgelesen. Die Räuber lagern an der Donau und Karl Moor wirkt so wunderbar nihilistisch, wenn er über die Vergeblichkeit menschlicher Anstrengung philosophiert, von Bienensorgen und Riesenprojekten, Götterplänen und Mäusegeschäften und dem wunderseltsamen Wettrennen nach Glückseligkeit. Nein, ein plumper Held will er nicht sein. Er trauert seiner kindlichen Unschuld nach und wäre gern jemand anders – und doch muss er den coolen Anführer geben. Corinne hatte sich in diese Stelle vernarrt. »Alles ist Windhauch«, murmelte sie und fühlte sich an die Zeit erinnert, in der sie von ihrem Freund Theo über die Geheimnisse des biblischen Buches Kohelet unterrichtet worden war. Mein Gott, Theo! Der arbeitete jetzt als Gemeindereferent im Heilbronner Raum. Irgendetwas war doch hängen geblieben. In der Schulzeit saßen sie bei aromatisiertem Schwarztee und Spekulatius zusammen. Versuchten, die alten Texte zu verstehen. Kohelet. »Alles ist Windhauch«, flüsterte Corinne. Gewiss, sie war weit davon entfernt, ein Aussteiger zu sein. Aber wenn selbst eine schillernde Figur wie Karl Moor auf solche Gedanken verfiel, durfte man vom Wettlauf nach irdischen Gütern nicht allzu viel erwarten. Was aber zählte im Leben?

Kai Moosburger schlummerte in seinem VW-Bus, als Luca Santos und die anderen Survivalschüler am frühen Nachmittag ins Camp zurückkehrten. Ihre Stimmen weckten den Trainer, der sich sofort von der Rückbank erhob und sich mit einer Hand Wasser aus der Volvic-Flasche über das verschlafene Gesicht strich. Halbwegs wach trabte er zur Feuerstelle, um die Rückkehrer zu begrüßen.

»Hab mich schon gewundert, wo ihr steckt«, rief er ihnen entgegen, in einem Ton, der Überraschung und ironische Distanz ausdrücken sollte.

»Na, du bist lustig – wir haben dich heute Vormittag überall gesucht«, hielt ihm der forsche Micha vor.

»Gesucht?« Kai Moosburger blickte sie ungläubig an. Ein Versuch, sein schlechtes Gewissen zu überspielen. Er hatte eigentlich damit gerechnet, Mattse und Lars relativ schnell zu finden und noch in der Nacht mit ihnen zurückzukehren. Na, der Plan war gründlich in die Hose gegangen. »Wo habt ihr mich denn überall gesucht, um mich zu finden?« Moosburger betonte das Wort ›überall‹, um es als das herauszustellen, was es aus seiner Sicht war: übertrieben.

Mit seiner Ironie stachelte der Lagerleiter jedoch seine Gesprächspartner nur zusätzlich auf. »Na, wo schon?«, zischte der sonst so besonnene Stefan säuerlich. Erst haut er einfach ab, dann stellt er uns auch noch blöde Fragen, dachte der Ingenieur. »Mattse und Lars haben ja laut genug von ihren bevorstehenden

Heldentaten getönt: Erst im Favoritepark in Ludwigsburg Rehe packen, dann Grillparty mit Lagerfeuer am Monrepos-See.«

Der dicke Bert versuchte, die Diskussion in ruhigere Bahnen zu lenken. »Wir haben uns schon gedacht, dass du die Jungs wieder einfangen willst – wir waren trotzdem ziemlich baff, als ihr alle weg wart. Du hattest uns ja keine Nachricht hinterlassen.«

Diesen Vorwurf musste sich Kai Moosburger allerdings gefallen lassen. Er hatte es in der Hektik des Aufbruchs schlichtweg vergessen und entschuldigte sich dafür. Dann erzählte er von der Nacht und seinen erfolglosen Bemühungen, Lars und Mattse zu finden.

Luca Santos fiel die Feuerstelle auf der Seeinsel ein. »Warst du auch auf der Insel?«

»Ja, ich bin mit meinem kleinen Schlauchboot übergesetzt, aber die Asche der Feuerstelle war schon nicht mehr heiß. Zum Glück war von einem toten Reh nichts zu sehen. Entweder haben sie den Plan fallen gelassen oder sich ein Tier geschnappt und es im Kofferraum verstaut. Es wäre ja auch etwas schwer gewesen, um es auf die Insel mitzunehmen.«

»Na, wer weiß, wo sie es jetzt gerade hinbringen«, fragte sich Micha, der mit einem Messer Rinde von einem Ast abschnitzte, um sich abzulenken.

»Mich wundert in der Tat, dass sie nicht zurückkommen«, merkte Stefan an. »Wenn sie ein Reh haben, würden sie es vermutlich stolz hier präsentieren.«

»Wir hatten ihnen auch nicht besonders widersprochen, als sie den Plan aushecken«, gab Micha selbstkritisch zu.

»Uns plagte wohl alle der Hunger auf etwas Deftiges«, bemerkte Bert und sorgte damit für den ersten Lacher an diesem seltsamen Tag.

Nur Kai Moosburger blickte immer noch verdrießlich drein. Er befürchtete offenbar Ärger. »Hoffentlich sind sie nicht geschnappt worden.«

»Wie geht's jetzt eigentlich weiter?«, wollte Luca wissen. »Unser Lagerleben ist ziemlich zum Erliegen gekommen.« Er blickte auf die erloschene Feuerstelle.

Auf dieses Stichwort schien Kai Moosburger gewartet zu haben. »Wir haben nicht allzu viel Zeit verloren«, stellte er fest. »Ich schlage vor, wir bilden zwei kleine Teams und sammeln im Wald Beeren und Pilze, aus denen wir nachher eine Wassersuppe kochen.« Er zeigte auf ein Bündel Brennnesseln, das er neben einen Steintopf an der Feuerstelle gelegt hatte. »Ihr wisst ja, Jungs. Die Natur hält mehr für uns bereit als jeder Supermarkt.«

»Wenn ich wieder daheim bin, hole ich mir erst mal eine leckere Tiefkühlpizza«, flüsterte Micha seinem Nachbarn Luca zu.

Der Journalist gab Kai gegenüber zu, rein gar nichts vom Nahrungsangebot im Wald zu verstehen. Obendrein fürchtete er sich vor einer Pilzvergiftung. »Kann ich mit dir losziehen, Kai?«

Die anderen grinsten, verkniffen sich aber abfällige Kommentare über so viel Anhänglichkeit. Den Schott-Männern kam es gelegen, in einer eigenen Gruppe loszumarschieren. Bert war als Bauernsohn in der Altmark aufgewachsen und kannte sich mit Pilzen hervorragend aus.

Zehn Minuten später stand Luca mit Kai Moosburger am Rande einer Lichtung. Die anderen waren in die entgegengesetzte Richtung gelaufen. Er würde die Chance nutzen, um Moosburger auf die Vorfälle am See anzusprechen.

»Kai, darf ich dich etwas Persönliches fragen?«

»Nur zu – was möchtest du wissen?«

»Ich bin neulich auf den Firmennamen Moosburger & Moosburger gestoßen. Hast du mit der Familie etwas zu tun?«

Luca wollte zunächst herausfinden, wie Kai Moosburger über den Verlag und dessen Umfeld dachte. Und vielleicht gab es gar keine Verbindung, dann bräuchte Kai Moosburger auch nichts von dem Mord zu erfahren.

Der Survivaltrainer blickte seinen Schüler irritiert an. »Ich weiß zwar nicht, warum du fragst, aber ich gehöre wirklich zu dem Clan – wenigstens dem Namen nach.« Hastig trat er einen Knollenblätterpilz um, der ihm am Wegesrand aufgefallen war.

Luca ahnte, dass Kai für sein Leben einen hohen Preis zahlen musste. »Du bist anders als der Rest deiner Familie, oder?«

Kai Moosburger lachte. »Ja, anders. Das kann man wohl sagen.« Er schwieg eine Weile, sammelte einige Kastanien auf und steckte sie in seinen Jute-Rucksack. Auch Luca schwieg. Er zupfte Brombeeren von einem Strauch. Er achtete darauf, dass die Beeren hoch genug hingen, um nicht vom Fuchsbandwurm infiziert zu sein.

»Die wollen nicht viel mit dir zu tun haben, oder?«, fragte Luca.

Kai Moosburger antwortete nicht. Luca hatte diese Reaktion fast erwartet. Mit welchem Recht stellte er ihm derart intime Fragen? Aber Kais Sprachlosigkeit teilte ihm mehr mit, als Worte hätten ausdrücken können. Er wollte diese Gelegenheit nutzen, mit ihm auch über den Toten am See zu reden. Angenommen Kai hatte damit etwas zu tun, musste er ihn jetzt mit seinen Beobachtungen konfrontieren. Luca stellte sich seinen Artikel vor, es würde so oder so eine Gratwanderung. Über kurz oder lang würde er der Polizei erklären müssen, warum er mit einem möglicherweise Tatverdächtigen tagelang in einem Camp zusammenlebte.

»Hör zu, Kai. Hermann Moosburger ist in der vergangenen Nacht im Schlosshotel Monrepos ermordet worden«, weihte Luca sein Gegenüber ein. »Ich habe es heute Morgen an Ort und Stelle erfahren. Ist er dein …?« Er traute sich nicht, den Satz zu Ende zu führen.

Kai Moosburger schleuderte den Rucksack auf den Boden und schüttelte schockiert den Kopf. »Das kann doch nicht wahr sein, was ist passiert?« Er trat auf Luca zu und stieß ihn zurück. »Ey, du treibst hier keine Scherze mit mir.«

Luca wehrte sich, indem er seinen Arm festhielt. »Vorsicht, Mann!«

Sein Gegenüber sah ein, dass er überreagiert hatte. »Ja, schon gut, entschuldige bitte. Also, du erzählst mir keine Märchen?« Kai Moosburger atmete schneller, die Nachricht nahm ihn sichtlich mit. Er wollte mehr wissen.

Luca berichtete vom Krisengipfel, über dessen Hintergründe er nichts wusste. Über Frank, der offenbar teilgenommen hatte, die Wasserleiche, das Polizeiaufgebot – und er beschrieb auch die Gefahr, die sich für Kai Moosburger aus der fatalen Übereinstimmung zwischen seinem nächtlichen Aufenthaltsort und dem Fundort der Leiche ergab.

»Du glaubst doch nicht wirklich, dass ich meinen alten Herrn um die Ecke gebracht habe?«

»Was soll ich sagen? Nein. Natürlich nicht. Ich bin außerdem kein Polizist oder Staatsanwalt«, antwortete Luca. »Ich habe dich hier als netten Naturburschen und kompetenten Trainer kennengelernt. Aber vielleicht solltest du dich bei der Polizei melden, um als Zeuge auszusagen.«

»Ha, bist du völlig kirre? Die buchten mich doch gleich ein. Schwarzes Schaf der Familie – und nachts am Tatort. Sag mal ehrlich: Das wäre für den zuständigen Bullen die Chance, den Fall schnell zu lösen und damit super dazustehen. Ich habe von so etwas schon öfter gehört.«

Santos widersprach ihm. »Wenn du davonläufst, machst du dich verdächtig. Gehst du freiwillig auf die Polizei zu, werden sie dir eher glauben.« Luca war sich nicht ganz sicher, ob er das nicht im eigenen Interesse gesagt hatte. Sollte Kai der Täter sein und jetzt Dummheiten machen, wäre er wegen Beihilfe dran und würde als skrupelloser Journalist dastehen, der gegen das Berufsethos verstieß. Andererseits glaubte er Kai. Und es reizte ihn, die Story aus der Perspektive eines möglichen Verdächtigen zu schreiben.

Kai Moosburger klatschte seine flache Hand mit ohnmächtiger Wut gegen den Stamm einer dicken Eiche. »Da steckt doch Frank dahinter. Na warte, dir komm ich bei.« Und zu Luca: »Ich weiß nicht, was du wirklich für ein Typ bist, aber wenn du einen Funken Charakter hast, verpfeifst du mich nicht.« Er blickte ihn ernst und zugleich bittend an.

Luca fühlte sich in der Pflicht. Glaubte ihm. Kai Moosburger strahlte, auch wenn er aufbrauste, noch etwas Edles aus. Verkörperte Verlässlichkeit. Zunächst würde niemand von der Tour des Sohnes zum Schloss erfahren – vorausgesetzt, die Polizei verhörte nicht sofort die Mitglieder des Camps. »Okay, ich verpetze dich schon nicht. Was willst du denn jetzt tun?«

Kai zögerte, ihn ins Vertrauen zu ziehen. »Ich weiß es doch selbst nicht. Vielleicht suchen sie mich schon. Zum Glück stehen meine Kurse nicht im Internet.«

Luca wartete immer noch auf die Beantwortung seiner Frage. Hermann Moosburger würde irgendwann beerdigt. Wollte Kai nicht Abschied nehmen? Und konnte er überhaupt so weiterleben? Luca stellte sich vor, wie zerrüttet das Verhältnis von Sohn und Vater gewesen war. Und das der Brüder? Fragen über Fragen. Mitten hinein in die Gedanken Lucas platzte der Trupp um Bert.

»Na, ihr habt ja kaum etwas gerissen«, rief der Rothaarige mit den dicken wuscheligen Haaren und der stämmigen Figur breit grinsend.

»Unsere Runde ist ja auch noch nicht zu Ende«, antwortete Kai Moosburger. Er forderte alle auf, noch eine Viertelstunde zu suchen, dann würden sie mit dem Kochen beginnen.

Innerlich angewidert, aber nach außen freundlich löffelte Luca Santos eine Stunde später die Brennnesselsuppe. »Ganz gut«, lautete sein Urteil, als Bert, Stefan und Micha ein Kompliment einforderten. Luca hatte ein wenig skeptisch beobachtet, wie Kai die Pilze vor dem Kochen absegnete. Dann hatte der Survivaltrainer den Schott-Leuten freie Hand gelassen.

»Etwas zu lasch«, kommentierte Moosburger, flößte sich aber weiter geduldig die Brühe ein.

»Wer 20 Minuten lang isst, wird satt, egal wovon«, zitierte Luca einen Kumpel. Ganz so sicher war sich der Journalist jetzt aber nicht mehr. Stattdessen verspürte er starke Krämpfe im Magen-Darm-Trakt. Schlagartig zog er sich hinter einen Busch zurück. So schnell, dass die anderen nur verblüfft hinter ihm herschauen konnten.

»Lasst ihn, er hat mit den üblichen Attacken zu tun. Montezumas Rache kommt und geht«, bemerkte Kai Moosburger, ohne seine Suppe zu vernachlässigen.

Plötzlich raschelte es in der Nähe. Luca zog sich die Hose wieder hoch, da erblickte er Mattse und Lars, die das Lager betraten und sich mit Unschuldsmienen zurückmeldeten.

»Meister, nimm's uns nicht übel, aber wir mussten kurz auf Solotour«, erklärte Lars. »Na, jetzt sind wir halt wieder da.«

Gespannt blickte Luca ebenso wie Bert, Micha und Stefan auf Kai, dessen Autorität auf dem Spiel stand. Bestimmt würde er das dreiste Duo in die Schranken weisen. Luca erwartete eine Schimpftirade, aber zu seiner Überraschung blieb Kai Moosburger vollkommen ruhig.

»Ihr habt bestimmt Hunger mitgebracht«, antwortete er im freundlichen Ton. »Es gibt Brennnesselsuppe mit Pilzen. Nehmt euch einfach, es ist genug da.«

Lars und Mattse setzten sich. Kai schöpfte ihnen sogar noch die Suppe in kleine Holzschalen, die er aus seinem Gepäck nahm und ihnen zur Verfügung stellte. Luca bemerkte, dass Bert, Micha und Stefan das Geschehen argwöhnisch verfolgten. Sie sagten nichts, aber es standen viele Fragen im Raum. Hier würde gleich eine kleine Bombe platzen, das war allen Beteiligten klar. So klar, wie die Schüsse, die Gary Cooper in ›High Noon‹ abzufeuern hatte, um sich endlich gegen die immer dreister werdenden Schurken zu wehren.

Micha eröffnete den Reigen giftiger Bemerkungen: »Muss ja eine tolle Nachtwanderung gewesen sein, die ihr da hingelegt habt.«

»Na, was denkst denn du. Wenn wir uns was vornehmen, ziehen wir das Ding auch durch«, gab Lars mit trotziger Einfalt zurück.

»So, so, und welche Heldentaten dürfen wir von euch in den Geschichtsbüchern vermerken?«

»Das geht dich einen feuchten Kehricht an.« Lars klang gereizt, seine Augen sahen stark gerötet aus. Auch Mattse wirkte müde, er sprach kein Wort.

»Na, erst prahlen, dass ihr ein Reh besorgt, dann die Flatter machen und schließlich einfach wieder hier aufkreuzen, als ob nichts gewesen wäre – das kann's ja wohl nicht sein!« Micha stieg die Zornesröte ins Gesicht.

Während Kai mit regloser Miene so tat, als ob er damit beschäftigt wäre, ein Stück Holz zu schnitzen, wirkten Bert und Stefan ähnlich verärgert wie ihr Kollege. Wie auch immer sie sich äußern würden, Luca beschloss, sich aus dem Streit herauszuhalten.

»Tu nicht so, als ob du hier der Boss wärst«, schimpfte Lars, der aufstand und ein Scheit Holz ins Feuer warf, sodass die Funken sprühten.

»Ha, dass ich nicht lache«, konterte Micha, »es ist völlig egal, wer euch das sagt, dazu braucht man nicht Campleiter zu sein. Eure Extratour verstößt gegen elementare Regeln des Zusammenseins. Fragt doch Kai, wie er darüber denkt.«

Alle schauten auf den Lagerleiter, der immer noch schnitzte, jetzt aber damit aufhörte. »Genau«, bestätigte er das zuvor Gesagte. »Was immer ihr auch in dieser Nacht getrieben habt, es ist verdammter Bockmist. Falls es euch interessiert. Ich habe euch in Ludwigsburg gesucht, aber nicht gefunden. Was habt ihr also getan?«

Mattse schwang sich cowboyartig auf und meinte mit prahlerischem Unterton: »Na Mädels, dann kommt doch einfach mal mit.«

Er führte die Gruppe zum Parkplatz, auf dem die beiden ihren Jeep abgestellt hatten. Mattse öffnete den Kofferraum, in dem tatsächlich ein totes Reh lag. Luca fand den Anblick eklig und wendete sich ab. Kai Moosburger dagegen betrachtete den Kadaver näher.

»Wir müssen es bald vergraben«, bestimmte er. »Mit Wilderei ist nicht zu spaßen.«

»Was heißt hier vergraben?«, wunderte sich Bert, »diesen schmackhaften Braten sollten wir uns nicht entgehen lassen.«

Auch Lars reagierte empört: »Dann wäre die Arbeit einer ganzen Nacht umsonst.«

Wieder mischte sich Micha ein: »Auf diese Art von Werktätigkeit können wir gern verzichten. Was ihr euch da geleistet habt, ist schlichtweg Diebstahl und Wilderei – dafür könnt ihr in den Knast wandern, und wir mit euch!«

Kai Moosburger trat in ihre Mitte. »Besser hätte ich es gar nicht formulieren können, danke Micha! Lars, Mattse, ihr habt uns und vor allem mir als Survivaltrainer schwer geschadet. Normalerweise müsste ich euch anzeigen, davon sehe ich aber noch einmal ab. Ich hoffe, ihr entwickelt für die restliche Zeit, also bis morgen Nachmittag, die Disziplin, die nötig ist.«

»Disziplin, das haben schon die Nazis gepredigt«, redete Lars dagegen. »Habt ihr schon mal was von Anarchie gehört? Wir brauchen keinen Lagerleiter, der alles besser weiß. Genauso wie der Staat völlig überflüssig ist.«

Alle schwiegen betreten. Aber Lars war noch nicht am Ende.

»Jeder soll machen können, was er will, dann reifen echte Männer heran und keine Memmen, die immer erst fragen, ob sie etwas dürfen, vom Angelschein bis zur Hundesteuermarke. Bei so viel Papierkram wird nie ein Fisch aus dem Fluss gezogen.«

Luca fand Lars zwar unverschämt, doch kam es endlich einmal zu einer Diskussion. Lars und Mattse gehörten also keiner rechtsradikalen Gruppe an, sonst würden sie nicht gegen die Nazis argumentieren. Er erinnerte sich, im Studium von der Schule der Anarchisten um Michail Bakunin gehört zu haben. Er brachte damals sogar einige Sympathien für dessen Widerstand gegen das zaristische Regime auf. Allerdings erschien es ihm inzwischen reichlich bescheuert, wenn junge Leute historische Vorbilder und deren Modelle vergötterten, um damit die heutige Gesellschaft zu negieren. In solchen Schwarz-Weiß-Malereien witterte Santos die eigentliche Gefahr, die letztlich dazu führte, dass Radikale Zuwachs bekamen. Oder fehlten Jugendlichen einfach Leute, die ihnen zuhörten? Luca bekam Lust in die Diskussion einzusteigen, aber er hielt sich zurück, um nach dem Streit allen ein Gesprächspartner sein zu können.

Kai Moosburger versuchte, den Streit auf kleiner Flamme zu halten. »Jungs, es ist okay, wenn ihr Autoritäten hinterfragt, aber denkt einmal darüber nach, was passieren würde, wenn es keine Angelscheine und Fangquoten gäbe. Flüsse und Meere wären irgendwann leer, es geht hier um den Schutz der Schwächsten, und das sind die Fische.« Moosburger zog den Quervergleich zum Staat, der schützend seine Hand über die sozial Schwachen hielt und ihnen ein Leben am Existenzminimum gewährleistete. »Wenn ihr wahre Männer sein wollt, nutzt euren Mut, eure Stärke und eure Intelligenz, um Hilfsbedürftige zu unterstützen.« Kai Moosburger redete sich geradezu in Rage. »Soziale Netze, wie sie hierzulande in den letzten 150 Jahren errichtet wurden, sind nicht selbstverständlich: Es gibt immer auch Leute, die meinen, das Ganze koste zu viel und gehöre abgeschafft.«

Der junge Lars erging sich in Widerworten: »Wir brauchen solche Sicherungen nicht. Das können lose Netzwerke leisten, Freunde etwa. Das ist Anarchie, sich die Freunde zu suchen, die zu einem passen und dann klarzukommen.«

»Naives Geschwätz«, schaltete sich Stefan ein. »Jetzt guck doch mal. Allein unsere Schulen und die Bildungschancen, die jeder bei uns hat. Wie willst du das denn mit einem reinen Freundeskreis-System auf die Reihe bringen? Da bleibt doch die Masse dumm wie Stroh.«

»Das halte ich für ein schlechtes Beispiel, Stefan«, widersprach ihm Kai Moosburger. »In staatlichen Schulen wird zwar viel Einzelwissen vermittelt, aber den Schülern fehlt zwischen den Fächern der große Zusammenhang. Da sind die Schulen noch viel zu theoretisch, da kommt keine Begeisterung auf.«

»Die meisten sitzen ihre Zeit im Unterricht doch nur ab«, merkte Lars an.

»Eben, und das ist der Fehler«, gab ihm Moosburger recht. »Da habt ihr Deutsch und lest Schillers Tell, dann lernt ihr in Mathe Zinsrechnung – und ihr kommt euch vor wie Trichter, in die irgendetwas hineingestopft wird.«

»Und wie soll man das ändern? Es war doch schon immer so, dass in der Schule ein bunter Mix an Fächern gegeben wurde. Da hatte man doch Abwechslung«, meinte Stefan.

»Ja, das trifft vielleicht auf dich zu«, antwortete Moosburger. »Du hattest gute Noten, hast studiert und bist jetzt Ingenieur bei Schott – aber für Leute, die praktisch denken, ist unser Schulsystem Gift, da müssen wir an ganz anderer Stelle ansetzen.«

»Tja, und wo, großer Meister?«, fragte Stefan gereizt.

»Der Schulalltag muss ein großer Zusammenhang werden. Die Kinder müssen sich vor allem als Handelnde begreifen. Wie wäre es, wenn wir Wilhelm Tell in Deutsch durchnehmen und in Mathe nachrechnen, mit welch hohen Zinssätzen der Bösewicht Geßler die Landwirte und Handwerker in der Schweiz tyrannisierte? Dann könnte auch der Geschichtslehrer etwas über die Zeit erzählen, und am Ende machen wir einen abwechslungsreichen Projektsamstag, an dem die Eltern und Schüler das Gelernte bei einem Fest bestaunen, wo vielleicht eine kleine Theateraufführung geboten wird und alle gemeinsam feiern.«

»Ja, vor allem die Eltern. Die sind doch froh, wenn sie nach einer harten Arbeitswoche ihre Ruhe haben«, schimpfte Lars.

Micha gab ihm recht. »Es wäre schön, wenn Kinder durch ihre Väter lernen würden, wie man kleine Brücken über Bäche baut oder Flöße, aber unsere Generation ist doch inzwischen selbst von der Natur entfremdet.« Micha wies auf den steigenden Verkehr hin: »Die Masse fährt immer noch mit Blechkisten und verpestet die Luft, steigt gedankenlos in den Flieger, pendelt billig von einer Metropole zur anderen. Wer macht sich denn noch die Mühe, geht mit seinen Kindern in den Wald und zeigt ihnen, wie dort die Dinge laufen?«

»Wir können das jetzt alles nicht zu Ende diskutieren«, meinte Kai Moosburger, »das Reh gehört jedenfalls beseitigt. Ich will nicht, dass uns jemand mit geklautem Wild erwischt.« Er deutete auf eine Stelle tiefer im Wald. »Also an die Arbeit. Lars und Mattse, ihr habt uns die Suppe eingebrockt, jetzt löffelt ihr sie auch wieder aus!« Er reichte ihnen zwei Spaten. »Da drüben könnt ihr loslegen.«

10.

Mit Wut im Bauch schaute Marie Struve auf die Kartons ihres Gatten. Die Pappkisten stapelten sich immer noch im Flur ihres Hauses in Steinheim. Peter hielt es also nicht für nötig, hier aufzuräumen. Aber das war ja nichts Neues. Trotzdem sah sie keinen Anlass, sich das gefallen zu lassen. Sie wollte ihm die Leviten lesen und drehte sich schon von der Haustür weg, als ihr Blick auf einen Flyer fiel, der aus dem Briefkasten ragte. Tango argentino, las sie. Erneut stieß sie auf den Kurs des Argentiniers, der diesmal im Neubaugebiet warb. Marie Struve war jedenfalls entschlossen. Aber mit wem sollte sie tanzen gehen? Vermutlich war sich der ›Profi-Entrenador‹ nicht zu schade, einzelnen Damen höchstpersönlich die richtigen Schritte beizubringen. Eine Vorstellung, die der Kommissarsgattin durchaus zusagte, zumal ihr aus ihrem Bekanntenkreis niemand einfiel, der sie begleiten würde. Ihre Freunde würden fragen, warum sie den Kurs nicht mit ihrem Mann absolvierte. Auf peinliche Erklärungen oder Flunkereien hatte sie nun aber wirklich keine Lust. Marie Struve griff zum Hörer und wählte die Nummer, die auf dem Flyer stand.

»Spreche ich mit Batista Sardos?«

»Si – ich meine, ja!«, hörte sie eine erotische Männerstimme mit spanischem Akzent am anderen Ende der Leitung sagen.

Sie stellte sich vor. »Ich interessiere mich für Ihren

Tango-Anfängerkurs. Haben Sie noch einen Platz frei?«

»Sie kommen allein, Señora?«

»Ja, ich möchte gern mal schnuppern, vielleicht können Sie das einrichten?«

Batista Sardos sagte sofort zu, denn er hatte zurzeit nur einen kleinen Kreis von Kunden. Es musste sich erst noch herumsprechen, welch ausgezeichneten Tangolehrer es in die schwäbische Provinz verschlagen hatte. »Ich würde Ihnen auch eine Einzelstunde geben, damit Sie in den Rhythmus des Tanzes hineinfinden.«

Nichts anderes hatte sich Marie Struve erhofft. Sie kündigte ihren Besuch an. Noch an diesem Abend stand ihr das Tanzatelier in der Mittleren Holdergasse offen. Schön, dass die Lateinamerikaner so spontan sein konnten, freute sie sich, als sie den Hörer auflegte und die Kartons ihres Mannes mit einem vernichtenden Blick streifte.

Zur selben Zeit parkte Corinne Lennert ihr feuerrotes Peugeot Cabrio am Kreisel des Holzmarktes in der Ludwigsburger City. Sie war auf dem Weg zu ihrem Lieblingsfriseur Giulio, um sich mal wieder auf Hochglanz polieren zu lassen. Dazu brauchte sie aber erst einen Termin. Das ließ sich mit Giulio am besten bei einem Latte macchiato an seiner Bar besprechen. Corinne ging immer erst zum Friseur, wenn ein wichtiger Geschäftstermin anstand. So war es auch diesmal. Sie wollte bei der Immobilienmesse in Fellbach eine gute Figur abgeben. Ihr Chef hatte darauf bestanden, sie mitzunehmen, um mit ihr den Markt für Fertigmassivhäuser auszukundschaften. Helge Stoffner hatte die Einladung per Brief mit einem sehr persönlich gestalteten Gutschein für ein Abendessen in einem schicken Hotel am Ebnisee garniert. Tags darauf meldete er sich bei ihr telefonisch – an dem Morgen, als Peter überhastet aus ihrer Wohnung geflüchtet war. Sie war sich nicht ganz sicher, ob er einem Fall hinterherjagte oder ihr wegen irgendetwas anderem aus dem Weg gehen wollte. Corinne Lennert fand ihren Polizisten ja ganz putzig, aber auf Dauer würde sie ein solches Zusammenleben nur Nerven kosten, befürchtete sie. Die Welt sah schon ein wenig besser aus, nachdem sie am Morgen spät gefrühstückt, mit dem reizenden Helge telefoniert und beschlossen hatte, sich bei Giulio stylen zu lassen. Was die Männer anbelangte, würde sie sich vorerst nicht festlegen, sondern genießen, von allen Seiten umworben zu sein. Das sei gut fürs Selbstbewusstsein, hatte sie in einer Frauenzeitschrift gelesen, die sie sich gelegentlich am Bahnhof kaufte.

Der Geduldsfaden von Peter Struve war gerissen. Er wollte endlich mit Frank Moosburger reden. Der Sohn des Ermordeten würde ihm eine Menge erklären müssen. Sein Zimmer stand leer. Ein klarer Verstoß gegen die Abmachung, sich für weitere Vernehmungen bereitzuhalten.

»Bitte wenden Sie sich an Frau Noller, unsere Chefsekretärin, Sie wird Ihnen alles Erforderliche mitteilen«, stand handschriftlich auf einem Zettel, den offenbar Frank Moosburger verfasst hatte.

»Na, so ein Früchtchen«, schimpfte Struve, der gleich darauf im Flur Emily Noller begegnete, die er am frühen Morgen bereits kennengelernt hatte.

»Kommissar Struve?«

»Ja, Frau Noller?«

»Ich soll Ihnen mitteilen, dass Herr Moosburger zu einem dringenden Termin fort musste.«

»Wo ist er denn hin?« Struve bedauerte, dass er die attraktive Dame mit den feinen, sonnengebräunten Gesichtszügen und den schulterlangen, glatten schwarzen Haaren anraunzte. Wenn es aber einen Grund dafür gab, dass er gelegentlich aus der Haut fuhr, war es die Missachtung seiner persönlichen polizeilichen Autorität. Reagierte er vielleicht gerade deshalb auf Eigenmächtigkeit so unwirsch, weil er sonst ein eher lockerer Typ war, der selbst seine Freiheiten brauchte? Wahrscheinlich verhielt es sich so, aber mit diesem Umstand musste er selbst ebenso fertig werden wie die Menschen, die ihn umgaben.

Hervorragend mit Struves missmutiger Art kam augenscheinlich Emily Noller klar, die sich von seiner schlechten Laune nicht anstecken ließ. Sie konnte die Reaktion des Kommissars auf Moosburgers klammheimliche Abreise nachvollziehen, aber sie versuchte trotzdem zu vermitteln und warb um Verständnis. »Er sagte, er bräuchte jetzt etwas Ruhe, der Tod seines Vaters nehme ihn sehr mit, und hier im Hotel könne er unmöglich bleiben.« Die Sekretärin nannte den Ort seines Aufenthalts, eine Adresse am Salonwald, einem vornehmen Viertel von Ludwigsburg in der Nähe der Karlshöhe. Struve wollte so schnell wie möglich dorthin fahren, aber erst würde er noch mit Emily Noller plaudern. Schließlich flossen in den Vorzimmern der Chefs wichtige Informationen.

»Wer könnte ein Interesse haben, den Senior zu ermorden?«, fragte der Kommissar ohne Umschweife.

»Wenn ich es wüsste, würde ich es Ihnen sagen«, entgegnete die Frau, die Struve auf etwa 35 bis 40 Jahre schätzte. Sie trug ein dunkles Kostüm, das irgendwie nicht zu ihr passte. Struve hielt sich in Kleiderfragen für nicht besonders stilsicher, es gehörte jedoch nicht viel Fantasie dazu, sich vorzustellen, dass sich diese mediterrane Schönheit in einem luftigen Sommerkleid viel besser entfalten könnte. Wo steckte überhaupt Melanie Förster? Ach ja, erinnerte sich Struve. Sie war damit beschäftigt, die Gästeliste des Hotels auszuwerten. Der Kommissar hielt es für unwahrscheinlich, dass der Täter aus dem Umfeld der Gäste stammte, doch wollte er sich nicht Schlampigkeit vorwerfen lassen. Zumindest mussten sie prüfen, ob alte Bekannte aus dem Vorstrafenregister hier logiert hatten.

Struve entlastete Emily Noller mit einem soignierten Lächeln. »Gut, gut. Sie müssen niemanden verdächtigen.« Er gestand sich ein, zu direkt vorgegangen zu sein. Bei der Vernehmung von Frauen musste man erst eine seelische Übereinstimmung herstellen. Diese Binsenweisheit aus seiner Lehrzeit beim großen Balduin Krallner im Stuttgarter Innenstadtrevier hatte er in dieser Situation völlig außer Acht gelassen.

»Haben Sie denn bei Ihrer Arbeit in den vergangenen Tagen etwas bemerkt, das mit der Tat zusammenhängen könnte?«

Struve spekulierte auf die Erbfrage und darauf, was ihm Reisinger und Holoch über die Geschäftsanteile des alten Moosburgers erzählt hatten – eigentlich musste sie auf diesen Wink anspringen, wenn sie an der Aufklärung des Falles interessiert war.

»Wenn Sie auf den Anlass unseres Treffens anspielen, ja, ich habe einiges mitbekommen.«

»Sie meinen die Geschäftsübergabe«, hakte Struve nach.

»Ja, natürlich.« Sie strich sich verlegen durchs Haar. »Herr Moosburger junior hat mir einiges in den Block diktiert, was letztlich auch an die Anwaltskanzlei ging.«

»Verstehe.« Struve bot ihr einen Platz an, sie setzten sich.

»Alles lief zunächst in geregelten Bahnen: Herr Moosburger hatte ja schon vor Jahren seinem Sohn Frank seine Anteile quasi operativ überschrieben.«

»Operativ? Das heißt, sie gehörten noch dem Senior, aber der Junior hatte alle Vollmachten.«

»Genau. Und jetzt stand die endgültige Übergabe an, gekoppelt mit der Erbschaft im Falle des Todes von Herrn Moosburger senior.«

Struve war froh, die ganze Sache mit einfachen Worten erklärt zu bekommen. »Und dann gab's Probleme?«

»Ja, er sagte praktisch am Tag des Notartermins alles ab und berief diese Sitzung ein.« Sie schlug die Beine übereinander. Struve ignorierte ihre aparten Kniepartien und konzentrierte sich aufs Gespräch.

»Worum ging es genau hier im Hotel?«

»Wissen Sie, ich habe zwar die Korrespondenz eingesehen, aber keinen Überblick über alle juristischen Details«, gab sie zu, »der Senior hatte wohl kurzfristig erfahren, dass der Junior mit Unternehmenskapital sehr riskante Transaktionen auf dem Aktienmarkt vorgenommen hatte – also mit dem Vermögen, das ihm noch gar nicht gehörte.«

»Denn der Junge hatte nur die Finanzverwaltung

und der Senior dachte, er könne sich auf ihn verlassen«, kombinierte Struve.

»Richtig, und Sie können sich vorstellen, dass man eine Menge Geld in den Sand setzen kann, wenn an der Börse wieder mal eine Blase platzt, wie zu Beginn der Bankenkrise.«

Struve hielt die Sekretärin in Geschäftsfragen doch nicht für so unbeleckt, wie sie vorgab. »Solch ein Alleingang muss ja noch kein Grund sein, den eigenen Sohn zu verstoßen«, wendete er ein.

Emily Noller sah das ähnlich. »Hermann Moosburger war immer so kulant, dass ich mir nur schwer vorstellen kann, dass er seinen Sohn auf eine solche Weise bestrafen würde.«

»Schön und gut – trotzdem hat er es wohl vorgehabt, jedenfalls behaupten das die Herren Reisinger und Holoch, die gestern bei den Gesprächen mit am Tisch saßen.«

Emily Noller schwieg. Sie unternahm keinen weiteren Versuch, Hermann Moosburger in ein gutes Licht zu rücken. Und ihren Chef Frank Moosburger schützen zu wollen, wäre angesichts des erheblichen Verdachtsmomentes nicht ratsam.

»Wie standen Sie persönlich zum Ermordeten, Frau Noller?«

»Herr Moosburger hat mich vor 20 Jahren eingestellt und immer gefördert, ich bin ihm sehr dankbar. Wir hatten ein herzliches Verhältnis, fast wie Vater und Tochter.« Sie nahm ein Taschentuch aus ihrer Handtasche und trocknete die Tränen, die ihr über die Wangen rannen. Sie schluchzte leise, fing sich dann aber rasch. »Herr Moosburger wird mir sehr fehlen.«

Struve fühlte sich angesichts der Trauer unwohl. Er taugte nicht als Seelentröster und bedauerte, dass Melanie Förster nicht übernehmen konnte. Gleichwohl gestand er sich ein, dass Emily Noller selbst mit verheultem Gesicht auf ihn entzückend wirkte.

»Verstehe«, druckste er verlegen herum. »In welcher Form arbeiten Sie mit Frank Moosburger zusammen?«

»Er hat die Geschäfte vor etwa zehn Jahren übernommen, ich habe ihm als Chefsekretärin zugearbeitet. Jetzt soll ich Marketingleiterin werden.«

»Man muss sich hocharbeiten, um eine solche Position zu erreichen.«

»Ich hatte das Glück, dass ich zur richtigen Zeit da war.«

»Und dass Senior und Junior Sie mochten?«

Emily Nollers Gesicht lief puterrot an. »Mag sein, dass Sympathie eine Rolle gespielt hat.«

»Spielt sie immer«, versicherte Struve mit altväterlichem Pathos. Auch er würde sie sofort einstellen, wenn er einen Job zu vergeben hätte. Schade, dass er ihr unbequeme Fragen stellen musste, er säße jetzt lieber mit ihr in der Sonne bei einem Tässchen Kaffee statt in diesem dunklen Hotelzimmer, um Worte zu wechseln, die den Umständen geschuldet waren.

»Was wäre denn mit Ihnen passiert, wenn der alte Moosburger seinen Plan in die Tat umgesetzt hätte und Frank Moosburger praktisch mit leeren Händen dastehen würde?«

»Vermutlich wäre Frank weiter Geschäftsführer und ich seine Sekretärin geblieben.«

»Arbeiten Sie gern mit ihm zusammen?«

»Ja, er kann sehr witzig sein.«

»Hab ich schon gemerkt«, antwortete Struve und quälte sich ein Lächeln ab. Wenn er Moosburger endlich mal zu sprechen bekam, mussten ihm schon verdammt gute Witze einfallen, um seine Laune zu heben. »Halten Sie es für möglich, dass Frank Moosburger seinen Vater umgebracht hat?«

»Dazu möchte ich nichts sagen.«

Wahre Solidarität klang anders, dachte der Kommissar. »Eine Frage habe ich noch, Frau Noller.« Er stand auf und schritt zum Fenster: »Was wissen Sie über Kai Moosburger?«

Emily Noller blickte ihr Gegenüber überrascht an: »Kai Moosburger? Er ist der ältere Sohn von Hermann Moosburger, er hat sich vor einigen Jahren völlig überraschend aus dem Unternehmen zurückgezogen. Meines Wissens arbeitet er jetzt als selbstständiger Trainer und gibt Survivalkurse für Manager in irgendwelchen Wäldern.«

Peter Struve notierte sich die Informationen. »Das ist ein etwas anderer Lebensentwurf, als der in einem Hochglanz-Verlag, finden Sie nicht auch?«

»Ja, er wollte es wohl so.«

»Warum hat er sich Ihrer Meinung nach ausgeklinkt?«

»Er wollte frei und unabhängig sein. Manche Menschen fühlen sich in Büros eingesperrt.«

»Verstehe.« War das die ganze Wahrheit? Struve hegte Zweifel. Er musste vor allem etwas über das Verhältnis von Kai zu seinem Vater und dem Bruder erfahren. »Ein bisschen mehr über die Familie könnten Sie mir aber schon erzählen, Frau Noller.«

»Da sollten Sie Frank Moosburger fragen, er kann Ihnen da viel besser helfen.«

Struve merkte, dass sie mauerte. »Ich will es aber von Ihnen wissen. Na, kommen Sie schon, wie fand der alte Moosburger die Alternativkarriere seines Erstgeborenen?« Er stand auf, öffnete das Fenster und ließ frische Luft herein. Sie trat zu ihm ans Fenster.

»Um ehrlich zu sein, Herr Struve, der Senior konnte es nicht akzeptieren, denn er hat ihn über alles geliebt.«

Struve blickte sie fest an. »Wer liebt, sollte aber auch bereit sein, den Preis zu zahlen und die Freiheit des anderen zu achten.«

»Das mag philosophisch korrekt sein, lässt sich im Leben aber nicht immer so leicht in die Praxis umsetzen«, entgegnete Emily Noller, »vor allem nicht von einem Mann, der sich so stark mit seinem Betrieb identifizierte wie Hermann Moosburger.«

»Und wie sah das dann im Alltag aus? Hatten Hermann und Kai Moosburger Kontakt?«

»Meines Wissens überhaupt nicht. Der Senior litt sehr darunter. Kai wollte ihn nicht mehr sehen.«

»Was ist denn Schlimmes vorgefallen, dass der Junge Reißaus genommen hat?«

»Ich vermute, es gab Streit und Verletzungen.«

»Wie lange ist das her?«

»Viele Jahre, ich glaube, es sind etwa 20.«

»Dann waren Sie schon Sekretärin bei Moosburgers?«, fragte Struve. Emily Noller antwortete darauf nicht, sie nickte nur mit leerem Blick. Sie wirkte auf den Kommissar äußerst nachdenklich. Struve kam es so vor, als ob sie ihm etwas verheimlichte. »Gibt es etwas, das Sie mir sagen wollen, Frau Noller?«

»Kai Moosburger und ich waren damals zusammen«, brach es aus ihr heraus. »Auch mich hat er damals verlassen. Seine persönliche Freiheit war ihm wichtiger als unsere Beziehung.«

Peter Struve schloss das Fenster. »Das verstehe ich nicht. Er hätte doch Survivalcamps geben und sich dann wieder eine Woche bei Ihnen ausruhen können. So hätte ich es jedenfalls gemacht.« Er schenkte ihr ein Lächeln.

»Eben. Sie oder ich würden so leben. Aber glauben Sie wirklich, dass sich jemand wie Kai erholt, wenn er mal nicht in der Natur ist und deren Wildheit teilt?«

»Dazu kenne ich ihn zu wenig. Aber wo ein Wille ist, da ist ein Weg. Und versetzt Liebe nicht Berge?«

»Das habe ich auch gedacht, aber unsere Gegensätze waren zu groß. Das haben wir zum Glück rechtzeitig gemerkt.«

»Was unterscheidet Sie von Kai?«

»Er ist in allem einfach strukturiert. Ich sage das nicht, um ihn zu beleidigen. Er liebt einfache, natürliche Formen, ich dagegen bevorzuge moderne, technisch raffinierte Arrangements. Das zeigt sich in allem: Häusern, Autos, Musik, Literatur, letztlich den Gedanken.«

»Schön, dann ergänzen Sie sich ja.« Struve mimte den Positivisten, um sie den Kern der Differenzen aussprechen zu lassen.

»Nein, nicht schön! Wir sind in so Vielem aufeinandergeprallt. Unsere Gegensätze waren kein Gewinn für uns, sondern Ärgernis. Der Alltag hatte uns gelehrt, Abstand voneinander zu suchen.«

Peter Struve bot ihr wieder einen Platz an, und sie setzte sich. »Offenbar hatte Kai Moosburger noch mehr solcher Konflikte: Worum ging es da? Normalerweise wendet man sich nicht von der Familie ab, auch wenn man beruflich und privat seinen eigenen Weg geht.«

Emily Noller schien zu überlegen, wie viel sie dem Polizisten anvertrauen durfte. »Ich habe versucht, Kai positiv zu beeinflussen. Er hat sich in dieser Zeit aber ziemlich verändert. Nicht zu seinem Vorteil. Hermann und Frank Moosburger wirkten auf mich dagegen sehr ausgeglichen, sie stärkten mir den Rücken, wenn es mir wegen Kai nicht gut ging. Sie haben mich sozusagen an Kais Stelle in die Firma aufgenommen und mir sogar einen Teil seines Arbeitsbereiches übergeben.«

»Das war zu viel für Kai. Seine Emily auf der anderen Seite.«

»Ja, das hat unserer Beziehung den Rest gegeben.«

»Ich sehe keinen Ring an Ihren Fingern«, bemerkte Struve und deutete auf ihre Hand. »Kais Lücke konnte bisher niemand schließen?«

»Das vermuten Sie, aber jeder Mann ist zu ersetzen, das habe ich mittlerweile gelernt.« Sie blickte ihn ablehnend an. Struve ahnte, dass er zu weit gegangen war, aber das war sein Job, und ihre Reaktion verriet ihm viel.

»Haben Sie noch Fragen, Herr Struve?«

»Wo waren Sie gestern Nacht?«

»Na hier. Der Senior hatte mich wie alle anderen Tagungsteilnehmer gebeten, hier zu übernachten. Er wollte über alles schlafen und uns seine Entscheidungen am Vormittag endgültig mitteilen.«

»Haben Sie das Zimmer verlassen?«

»Nein, ich habe geschlafen, übrigens sehr schlecht. Ich brauche meine eigene Matratze.«

»Na, die werden Sie sicherlich heute Nacht benutzen können. Erholen Sie sich gut!« Struve reichte ihr die Hand und verabschiedete sich.

Mit Unbehagen schaute Peter Struve auf seine Armbanduhr. Es war bereits ein Uhr nachmittags. Die Wirkung des Käsebrötchens ließ spürbar nach. Melanie Förster saß am Steuer. Schweigend fuhren sie in Ludwigsburg über die Wilhelmstraße am Arsenalplatz vorbei in die Myliusstraße, die zum Bahnhof führte.

»Wie wär's mit der Metzgerei da vorne, die mit den preiswerten Mittagsgerichten?«, unterbrach die Kommissarin die Stille.

»Okay, so viel Zeit muss sein«, stimmte ihr Struve zu. »Schaffen wir es in 20 Minuten?«

»Ja, aber schling nicht wieder so, Peter. Das gibt Magengeschwüre.« Melanie Förster stellte den Wagen auf einem der Randparkplätze ab.

In der Metzgerei im ehemaligen Postgebäude fielen dem Kommissar sofort die Nürnberger Bratwürste auf. Was ihn aber noch mehr freute, war der riesige Topf mit Kartoffelpüree.

»Der Tag ist gerettet«, jubelte der Westfale, der sich nichts aus Spätzle machte und erst recht nichts aus Linsen. Er fragte sich jedes Mal, wenn Marie das schwäbische Nationalgericht zubereiten wollte, was er stattdessen essen könnte. In der Metzgerei war er offenbar richtig aufgehoben. Sogar ein Topf mit Sauerkraut stand parat. Das würde sich mit dem Püree und den Würsten zu einer Delikatesse vereinen.

Melanie Förster schüttelte ungläubig den Kopf, nachdem Struve bestellt hatte. Sie entschied sich für

Gemüselasagne. Zwei Minuten später fanden sie sich an einem der Stehtische wieder. Peter Struve informierte die Kollegin über seine Ermittlungen, vor allem darüber, was Emily Noller ihm erzählt hatte, während Melanie Förster die Hotelliste überprüfte.

»Die Noller ist eine ganz schöne Karrieretussi, meinst du nicht auch?«, fragte ihn Melanie Förster, die heftig gegen ein allzu heißes Stück ihrer Lasagne blies.

»Kann sein«, sinnierte Peter Struve, der das Loch in seinem Kartoffelbrei anritzte, damit die Bratensoße den Püreeklecks umfließen konnte. »Einfach lecker«, schwärmte er und stellte sich vor, welche Qualen er leiden müsste, wenn seine Marie ihm dieses Gericht unter der Nase wegziehen würde und er die von ihr immer wieder aufs Neue favorisierten Nudeln essen müsste. Nur gut, dass er träumte. Genüsslich schleckte er die Soße von seiner Gabel ab.

»Jetzt mal nicht so träge, Commissario. Wie denkst du wirklich über die Noller?« Zu Recht erwartete die Kollegin eine Antwort von dem beschäftigt wirkenden Schlemmer.

»Na ja«, holte Struve aus, »ich unterscheide immer zwischen dem, was Zeugen sagen, was sie sagen wollen und was sie mir unbewusst verraten.«

»Verstehe. Also das Spiel lautet: Wenn sie denkt, dass sie denkt, dann denkst du, dass sie nicht denkt.« Melanie Förster verdrehte ihre Augen, bis sie schielte, und neigte ihren Kopf zur Seite, als ob sie eine Clownsnummer vorspielen würde.

»Hmmhmm, gar nicht so schlecht, Frau Kollegin.« Struve schob sich das erste Stück Bratwurst in den Mund.

»Die Noller stand Hermann Moosburger emotional sicher am nächsten, wenn man mal von dessen beiden komischen Söhnen absieht«, analysierte Melanie Förster.

»Er hat sie quasi adoptiert, das sagt sie selbst«, bestätigte Struve.

»Und jetzt überlegst du, worin ihr Motiv bestanden haben könnte, wenn sie so ein prima Verhältnis zu ihrem Opfer gehabt hat.« Die junge Kommissarin wedelte mit dem zweiten Stück Lasagne über ihrem Teller, damit es abkühlte.

»Gehen wir vom schlechtesten Fall aus«, erklärte Struve. »Wir haben Frank, wir haben sie, dann den Kai Moosburger und die beiden Aufsichtsräte, da muss erlaubt sein, zu fragen, was wäre wenn …«

»Ja, wat mut, dat mut«, flachste Melanie Förster, die das Münsterländer Platt ihres Kollegen mit Vorliebe imitierte.

»Wat mut, dat mut«, wiederholte Struve gut gelaunt. »Materiell hat Emily Noller überhaupt nichts vom Tod ihres Chefs – jedenfalls sagt sie das. Aber vielleicht musste der verhinderte Schwiegervater aus einem anderen Grund bluten.«

Melanie Förster nahm einen Schluck von ihrem Mineralwasser. »Und der wäre?«

»Spielen wir das Szenario doch mal durch. Emily Noller wollte mehr als nur eine Abfindung. Sie merkte, Frank Moosburger hat Fehler begangen. So schwere, dass der Alte seine Geschäftsanteile erst mal auf Eis legt und bei der Erbschaft schwankt.«

»Ja, aber davon hat die Noller doch nichts.«

»Stimmt. An dieser Stelle komme ich auch nicht weiter«, gab Struve zu. »Selbst wenn man Emily Noller unterstellt, dass sie aus einem Keil zwischen dem alten und dem jungen Moosburger einen Nutzen zieht, ist der Weg für sie bis in den Besitz des Familienclans doch sehr weit – und dann wäre es von Vorteil, wenn der alte Moosburger noch am Leben geblieben wäre, weil er es sich dann noch hätte überlegen können.«

»So sehe ich das auch, wir sollten aber noch den Notar kontaktieren, damit wir sicher gehen, wer jetzt das Vermögen überschrieben bekommt. Mich interessiert brennend, wie der alte Moosburger mit dem Pflichtteil für seinen Sohn Kai umgegangen ist«, meinte Melanie Förster, die endlich ihre Lasagne auf Bisstemperatur gebracht hatte und sich das Essen zügig einverleibte.

Struve staunte über ihren großen Appetit. Aber sie waren ja schon lang genug auf den Beinen und hatten ein großes Pensum bewältigt. Struve vermutete, dass es ein längerer Weg werden könnte, bis sie den Täter hatten. »Vielleicht hat der alte Moosburger seinen Kai in dieser Woche noch begnadigt.« Er rief Littmann an, damit er dies klärte.

Melanie Förster kaute am letzten Bissen, den sie eilig mit Mineralwasser hinunterspülte. »Der Einzige, dem es in der Nacht nicht schnell genug gehen konnte, den Senior umzubringen, dürfte sein kleiner Frank sein«, vermutete Struves Kollegin und wischte sich mit einer Serviette den Mund ab.

Es war höchste Zeit, mit dem Verdächtigen Frank Moosburger zu reden. Seine Flucht, sein Motiv und die räumliche Nähe in der Mordnacht rechtfertigten fast einen Haftbefehl. Lief der Mann vor der Realität davon? Einer Wirklichkeit, die er selbst hergestellt hatte, die jetzt aber wie eine Flutwelle über ihn hereinbrach? Sie würden bald starten müssen.

»Was hältst du eigentlich von Kai Moosburger?«, fragte Melanie Förster. Sie hatte gerade die Tabletts mit dem schmutzigen Geschirr weggebracht und zwei Tassen Kaffee bestellt. »Dass der in der Nacht aufkreuzt, kann doch kein Zufall sein.«

»Der ist nach Frank meine Nummer zwei«, räumte Struve ein. »Ich hoffe, die Kollegen von der Fahndung haben ihn bald gefunden. Kai Moosburger, das schwarze Schaf der Familie, kommt und bringt seinen Vater um. Das klingt fast zu einfach, um wahr zu sein. Was könnte sein Motiv sein?«

Melanie Förster ging zur Theke und holte den Kaffee. Sie kam mit zwei hohen Pötten wieder. Einen davon reichte sie ihrem Kollegen. »Schwer zu sagen«, antwortete sie und rührte ein Stück Würfelzucker in ihren Kaffee. »Es hängt davon ab, wie Kai Moosburger zu seinem Vater stand. Ob er ihn wegen irgendetwas gehasst hat. Vielleicht ist durch die bevorstehende Geschäftsübergabe eine alte Sache hochgekocht.«

Peter Struve hörte ihr zu und nippte an seinem Kaffee. »Wahrscheinlich hast du recht: Kai Moosburger könnte bewusst geworden sein, dass er systematisch ausgegrenzt wurde. Er hat irgendwie von der Sitzung erfahren, kam nachts auf die Idee, seinen Alten zu besuchen, hat ihn aus den Federn geholt, ist mit ihm zum See spaziert und hat ihn dort, vielleicht sogar im Affekt, erschlagen.«

Melanie Förster probierte vom Kaffee und süßte kräftig nach. Wir sind halt nicht beim Italiener, tröstete sie sich. »Schon komisch, dass Kai überhaupt von dem Treffen erfahren hat. Jemand muss ihm den Tipp gegeben haben. Was ist, wenn Frank und Kai gemeinsame Sache gemacht haben? Frank ruft Kai an, erzählt ihm davon, dass der Alte spinnt. Frank hofft, dass Kai ihn besänftigen kann, oder wiegelt ihn gegen den Vater auf – dann hat's zoom gemacht.«

»Melanie, nimm's mir nicht krumm, aber, nein!«, protestierte Struve, der die These für zu gewagt hielt. »Ich mag deine Art, Verbindungen herzustellen, aber momentan bewegen wir uns mit solchen Vermutungen noch zu sehr im Reich der Spekulationen.« Er trank seinen Kaffee rasch leer. »Wir müssen mit den beiden Moosburgers erst einmal reden, und zwar Tacheles!«

Februar 1943

Die Tage und Wochen vergehen. Wir hungern uns zu Tode. Beklagen unsere Verstorbenen, die in den Wintermonaten erfrieren. Der Wald gibt nichts mehr her, er nimmt uns mit in seine Ruhe. Der Schnee ist überall, er deckt unsere Schmerzen zu. Und die Deutschen haben genug mit sich selbst zu tun, es scheint, als ob sie uns vergessen haben. Wo wir doch am wichtigsten für sie waren. Fühle mich sicher, aber heimatlos, die Überlebensfreude steckt im Eis fest. Wir schlagen Holz, machen Feuer und leben in Höhlen. Wir beten das Sch'ma Israel und schwören uns, nach dem Krieg nach Palästina zu ziehen, wo Milch und Honig fließen sollen und wir nicht mehr frieren müssen.

11.

So wahr meine Seele lebt, ich will euch niemals verlassen! (Karl Moor, III, 2)

Corinne Lennert war vom dritten Akt angetan und las ihn noch einmal. Sie fand es unerhört, wie der kaltblütige Franz seinen Vater mental zerstört und dann Amalia anbaggert. Die aber will lieber ins Kloster, statt mit dem fiesen Franz zusammenzuleben. Corinne schüttelte den Kopf, sie wäre einfach abgehauen. War wohl nicht möglich. Frauen hatten eben früher noch weniger zu lachen als heute. Und was machen die Räuber? Schwören sich ewige Treue. Na, das war zu erwarten. Mannsbilder! Dann stößt dieser Kosinsky zu der Räubertruppe und erzählt seine Geschichte. Davon, dass er von irgendwelchen Adeligen ausgetrickst wurde und deshalb seine Amalia verloren hat. Amalia! Tja, der gute Schiller, das Genie, musste improvisieren und noch eine Mittlerfigur einbauen. Aber wie hätte er sonst seinem Karl Moor Dampf machen können, damit er zu seiner eigenen Amalia ins Frankenland eilt? Da muss schon Kommissar Zufall mitspielen und die entwendete Geliebte des böhmischen Edelmannes genau denselben Namen tragen: Amalia, Amalia! Egal, Hauptsache Karl wacht endlich auf und besorgt es dem fiesen Franz.

Gespannt saß Marie Struve am Steuer ihres roten VW Golf. Genial, dass es noch am selben Tag mit dem Friseurtermin in Ludwigsburg klappte. Strubbelig wie eine Landpomeranze wollte sie auf keinen Fall beim argentinischen Startänzer auflaufen. Ihre Freundin Gabi hatte ihr den Tipp gegeben, es bei dem italienischen Coiffeur in der Kreisstadt zu probieren. Sie parkte und lief durch die Kronenstraße in Richtung Marktplatz.

»Ah richtig, dort vorn.«

Marie Struve öffnete die Tür und betrat den Friseurladen am Holzmarkt. Ein dunkelhaariger junger Mann mit gewellten Haaren lächelte sie an, während er telefonierte. Wenig später fand sie sich auf einem Friseursessel wieder. Ein lecker duftender Cappuccino stand vor ihr, der Maestro würde sicher bald kommen.

Sie nahm einen Schluck und blickte sich um. Im Spiegel beobachtete sie, wie an allen Plätzen Frauen unterschiedlichsten Alters von offenbar hoch motivierten und gesprächsoffenen Nachwuchskräften gestylt wurden. Lockere Barmusik durchdrang den Raum. Sie schaute sich in einem der aufgehängten Bildschirme an, wie einer der Mitarbeiter in einer Präsentationsshow auftrat. Alles wirkte perfekt.

»Na, lassen Sie es sich heute auch gut gehen?«

Eine jüngere Frau neben ihr wartete ebenfalls. Die rötliche Masse in ihrem feuchten Haar musste einwirken. Die plaudert wohl gern, urteilte Marie Struve, die sich genötigt sah, zu antworten, wollte sie nicht unhöflich erscheinen.

»Ja. Ich hoffe, dass es mir auch noch gut geht, wenn ich den Salon wieder verlasse.«

Für ihren Scherz erntete Marie von ihrer deutlich jüngeren Nachbarin ein herzliches Lachen. »Zum ersten Mal hier?«, fragte die Rothaarige.

»Richtig. Man hört ja die reinsten Wunderdinge über diesen, wie heißt er noch?«

»Giuliano. Ich bin schon seit fünf Jahren bei ihm, er ist einfach klasse.«

Marie Struve fand das Lob etwas überschwänglich. Sie misstraute grundsätzlich schwärmerischen Einschätzungen. Lag das an der Zahl ihrer Jahre? Als sie im Alter des jungen Dinges neben ihr war, hätte sie Menschen in ihrer jetzigen Liga für scheintod gehalten.

»Ist Giuliano auch auf anderen Gebieten klasse?«, fragte sie unvermittelt.

Die junge Frau drehte sich um und blickte Marie Struve verwundert an. Die Frage kam ihr anzüglich vor. Und so war sie wohl auch gemeint. Was sich wohl hinter der plumpen Anspielung verbarg? Immerhin wirkte die Frau sympathisch. In diesem Alter kam es offenbar vor, dass die Hormone verrückt spielten und dann auch mal eine Zote rausrutschte. Alles halb so wild, dachte die junge Frau.

»Ich habe die anderen Gebiete noch nicht getestet«, antwortete sie mit einem breiten Grinsen und beugte sich zu ihrer Nachbarin hinüber. »Würden Sie denn gern?«

Mit einem deutlich hörbaren Scheppern setzte Marie Struve ihre Kaffeetasse ab. Sogar Giuliano am anderen Ende des Salons drehte sich kurz um, telefonierte dann allerdings weiter.

»Geh mir fort mit Männern«, schimpfte sie, »ich habe meinen letzten gerade aus dem Haus gejagt.«

»Okay«, antwortete die Nachbarin. »Vielleicht sollte man dann erst mal kurz aussetzen.«

Kurz – dieses Wort gefiel Marie, die schon lange

nicht mehr auf Männerfang gegangen war. Heute Abend würde sie einen ersten Schritt aus der ehelich zementierten Statik unternehmen. Moralisch hatte sie sich nichts vorzuwerfen. Sie wollte Tango tanzen gehen. Da konnte man es ihr nicht verübeln, wenn sie sich in Form brachte und ihre Fantasie ein bisschen spielen ließ. Verflixt, warum erhob sie immer noch diesen Kerl, mit dem sie zehn Jahre verbracht hatte, zum Gradmesser ihres Alltags? Sie war frei. So lautete die Abmachung. Deshalb hatten sie beschlossen, sich drei Monate in Ruhe zu lassen. Er jedenfalls schien überhaupt keine Probleme damit zu haben, sie weder zu hören noch zu sehen. Er meldete sich einfach nicht mehr. Dabei hätte er doch längst etwas wegen seiner Klamotten unternehmen müssen. Diese Kartons im Flur trieben sie in den Wahnsinn.

»Wissen Sie, meine Liebe, zum Friseur zu gehen, ist für eine Frau einfach eine Sache des Stils«, entgegnete Marie Struve endlich. »Wir machen es ja nicht, um Männern zu gefallen, über diese Stufe bin ich längst hinweg.«

»Ach ja? Das sehe ich praktischer«, widersprach die junge Nachbarin. »Alles ist doch letztlich eine Frage der Finanzen. Lass ich mich für ein Rendezvous aufbrezeln, soll der Typ dafür die Spesen übernehmen. Klingt vielleicht etwas unemanzipiert, hat sich aber in der Praxis bewährt.«

Was für ein Flittchen, fand Marie Struve. Machte einen auf Miss Germany, ließ sich aber im Gegenzug aushalten. Was die wohl beruflich trieb? Ihr wurde ganz schlecht, wenn sie sich vor Augen führte, dass Peter solchen jungen Dingern in die Hände fallen könnte. Aber was dachte sie schon wieder an diesen Egomanen.

Endlich kam Giuliano. Gestenreich begrüßte er sie.
»Meine Gute, ich darf doch du zu dir sagen?«
»Ich bin die Marie.«
»Marie, du hast wunderschönes Haar, aber es ist ein bissele strapaziert.«
Sie wusste um die Schwächen ihres Kopfbewuchses.
»Na, und was schlägst du vor?«
»Ah Marie, ich sehe dich ganz anders vor mir. Gib mir eine Stunde Zeit und ich mache aus dir«, er überlegte, welchen Ausdruck er wählen sollte, »eine Primaballerina.«
Er schaute sich die bisher geleistete Arbeit am Kopf der Rothaarigen an. »Du siehst wunderbar aus, Corinne. Meine Kollegin macht gleich weiter.«

Zur gleichen Zeit klopfte sich Littmann im Stuttgarter Polizeipräsidium auf die Schulter. Sein Team hatte endlich eine Spur, die zu Kai Moosburger führen konnte. Die Recherchespezialistin Dagmar Weller hatte die Schott-Zentrale kontaktiert, um etwas über die Survivalkurse Moosburgers zu erfahren.
»Drei Leute von Schott machen bei ihm mit. Sie sind im Höllental bei Spiegelberg.«
»Er wohnt ja auch in der Nähe. Wir schicken unsere Leute dorthin«, ordnete Littmann an.
Etwa eine halbe Stunde später tauchten die ersten Kriminalbeamten im Spiegelberger Teilort Großhöchberg auf. Sie bildeten die Vorhut für weitere Einheiten, die das Waldgebiet durchkämmen sollten.
»Dieses Nest sieht ein bisschen rausgeputzter aus als die anderen hier oben in den Löwensteiner Bergen«, bemerkte Linus Golz, einer der Polizisten.

»Sollen ja auch einige Edelaussteiger hier oben wohnen. Die haben natürlich das Kleingeld, um ihre Häuser auf Vordermann zu bringen«, meinte Siegfried Bach, sein älterer Kollege, der gern mal ein Viertele zu viel trank. An seinem Durst waren sämtliche Beförderungswellen spurlos vorübergeschwappt.

»Frag mal den da vorn, wo es zu der Wohnung Moosburgers geht.« Golz zeigte auf einen langhaarigen Mann, der eine überdimensionale Lautsprecherbox aus seiner Garage trug und sich auf einen violetten Ford Transit zubewegte. Auf dem Kotflügel stand in dicken Gothiclettern der Name einer Musikgruppe: Robberblood.

»Der wohnt hier gleich ums Eck, da vorn«, bekamen die Polizisten zu hören. »Was hat er denn ausgefressen?«, wollte der Befragte seinerseits wissen.

»Kein Kommentar«, raunzte ihn Golz an. »Sagen Sie uns lieber, wo es hier zum Höllental geht.«

»Ach, da hält er immer seine Kurse«, antwortete der Musiker, »da rechts runter, aber seien Sie vorsichtig, der hat Tricks wie John Rambo auf Lager.«

»Na, vielen Dank für die Warnung«, rief Golz dem Mann namens ›Gitze‹ zu und steuerte den Wagen in einen engen asphaltierten Hohlweg, der sich kilometerlang talabwärts schlängelte.

»Wenn mich nicht alles täuscht, war das tatsächlich mal eine üble Räubergegend«, erklärte Siegfried Bach angesichts immer dunkler werdender Waldpassagen mit wuchernden Laubbaumkronen über der schmalen Straße.

»Was du nicht alles weißt. Am Ende steht das noch bei unserem lieben Schiller«, scherzte Golz, der sich fragte, ob der Gesuchte bei der Verhaftung Probleme bereiten würde. Golz hatte schon lange nicht mehr seine Dienstwaffe gebraucht. Seit dem Banküberfall in Mundelsheim, als sie die Täter verfolgten und er die Reifen traf, waren vielleicht acht Jahre vergangen. Das Schießtraining hatte für ihn seinen Reiz verloren. Auch wenn er darauf gefasst sein musste, seine Waffe jederzeit gebrauchen zu müssen, fand er an ihr zunehmend weniger Gefallen. Vielleicht sollte er seine Versetzung ins Büro beantragen.

Lars und Mattse saßen nass geschwitzt auf einem umgefallenen Baumstamm. Hinter ihnen ruhte das Reh in einer Grube in Frieden. Erdreich bedeckte das Tier, Laub war darüber verstreut und diente als Tarnung.

»Gut, Jungs«, lobte Kai Moosburger, der mit den anderen aus dem Camp gekommen war, um sich die Arbeit anzuschauen.

»Wo ihr gerade den Spaten in der Hand haltet, wir heben jetzt eine Tierfalle aus. Vielleicht fangen wir damit ein Wildschwein, das können wir dann guten Gewissens verzehren«, meinte Moosburger und erinnerte sich an das Gespräch mit dem Revierförster. Der ließ ihm freie Hand. Die Wildschweine hatten sich rasend vermehrt.

Bert stöhnte. »Sag mal, muss die Plackerei auf den letzten Drücker noch sein – morgen ist das Camp vorbei, wozu noch stundenlang wühlen?«

»Lass nur, Bert, die Grube ist bald gegraben. Und genau an dieser Stelle kreuzen sie immer. Mit ein bisschen Glück haben wir heute Abend ein leckeres Mahl. Das wäre doch ein starker Abschluss, bevor wir auseinandergehen, findest du nicht?«

Bert brummelte etwas in seinen roten Bart, danach packte er umso kräftiger mit an. Die Grube war schnell ausgehoben.

Golz und Bach stellten ihren Wagen auf einem Wanderparkplatz im Höllental ab. Sie studierten die Übersichtskarte in einem Aushang.

»Schlage vor, wir folgen dem Hauptweg, dann werden wir schon irgendwann etwas mitkriegen«, empfahl Golz.

»Nach den Beschreibungen der Leute im Dorf muss es hier sein«, mutmaßte Bach.

Sie tauchten in den Wald ein, merkten aber nach einer Viertelstunde, dass der Spaziergang an den Kräften zehrte.

»Wir sollten den anderen unsere Position durchgeben«, riet Bach.

»Kein Funkkontakt möglich«, wendete Golz ein. Aus seinem Gerät drang nur ein dumpfes Knacken. Auch die Handys hatten keinen Empfang.

»Na, so was – dann sollten wir besser umkehren«, schlug Bach vor. Golz dagegen wollte nicht aufgeben. »Komm, eine halbe Stunde sollten wir noch investieren.« Die beiden drangen immer tiefer in das Waldgebiet ein. An einem Abhang verengte sich der kleine Weg. Ratlos standen sie schließlich auf einer Lichtung, von der fünf Wege abzweigten.

»Verdammt, jetzt stehen wir in der Pampa und sind keinen Deut weiter«, fluchte Bach. Golz schwieg kleinlaut. Er sah ein, dass die Herumrennerei nichts gebracht hatte.

»Ich finde, wir sollten da vorn rechts hoch, dann

kommen wir wieder auf den Hauptweg«, meinte Bach. Sie überquerten die Lichtung, als Bach plötzlich in nächster Nähe einen lauten Schrei hörte. Wo ist Golz?, war sein letzter Gedanke, bevor unter ihm der Boden nachgab. Es krachte, Äste und Blätter streiften peitschend sein Gesicht, dann umgab ihn Dunkelheit. Sekundenbruchteile später öffnete Bach wieder die Augen. Sie waren in eine Grube gefallen. Er sah Golz mit schmerzverzerrtem Gesicht in einer Ecke liegen.

»Verdammter Mist, ich kann meinen rechten Fuß nicht mehr bewegen«, klagte Golz, der umgeknickt war.

»Wir hätten uns das Genick brechen können«, beschwerte sich Bach. Er kletterte aus dem etwa zwei Meter tiefen Loch und schaute sich um, konnte aber niemanden sehen. Unten fluchte Golz immer noch. »Hilf mir, ich schaffe es nicht.«

»Möchte wissen, wer sich solche Scherze mit uns erlaubt«, fauchte Bach, der planlos um die Falle lief und nicht wusste, was er als Nächstes unternehmen sollte.

Die Nürnberger lagen Struve wie Blei im Magen. Daran konnte auch der Kaffee nichts ändern. Er ließ sich von Melanie Förster zum Blauen Engel chauffieren. Der Kommissar hoffte, dort endlich seinen Porsche umparken zu können. Sie hielt an der Ecke, an der er sich manchmal einen Döner gönnte. Er lief einige Schritte, schaute sich um. Blieb stehen, drehte sich erneut um. Vom Porsche war nichts zu sehen. Struve rieb sich die Augen. Dann stand Melanie neben ihm.

»Na, wo steht dein toller Schlitten?«, fragte sie arglos.

»Das wüsste ich auch gern.« Kein Zweifel. Hier, an dieser Stelle, hatte er den Wagen abgestellt. Jetzt stand ein weißer Kleinbus der Johanniter dort. Struve bemerkte einen jungen Mann, der in den Bus stieg und wegfuhr. Das Ganze ging so schnell, dass er sich über seine Antriebslosigkeit wunderte. Er hätte den Fahrer fragen können, warum dessen Wagen und nicht sein Porsche dort stand. Oder zumindest, ob er seinen 911er gesehen hatte.

»Sag mal, Peter, kann es sein, dass du beim Parken völlig in die Kloschüssel gegriffen hast?« Melanie Förster stupste ihn von der Seite an. Sie zeigte auf ein verblichenes Rollstuhl-Symbol auf dem Pflaster des Parkplatzes.

»Arrrr!« Struve wäre am liebsten vor Ärger im Erdboden versunken. Ausgerechnet ihm passierte ein solcher Fauxpas. Dabei nahm er seine Vorbildrolle als Staatsdiener durchaus ernst.

»Die haben die Kiste abgeschleppt, aber hundertpro«, war er sich sicher.

»Armer Peter«, versuchte seine Kollegin ihn zu trösten. »Nimm's dir nicht so zu Herzen, ruf beim Ordnungsamt an und erkundige dich, welches Abschleppunternehmen hier abräumt. Das Ganze wird schon nicht die Welt kosten.«

Tatsächlich ärgerte ihn die Laufarbeit. Der Wagen erschien ihm einerseits zu alt, um geklaut zu werden. Aber wenn sich doch jemand den Porsche unter den Nagel gerissen hatte? Abgesehen von dem damit verbundenen Ärger, würde er den Verlust wohl verkraften. Wahrscheinlich ging der Spaß, sich einen solchen Oldtimer zu halten, eben doch ins Taschengeld. Allein

ein Satz neuer Reifen würde ihn mehr kosten, als das Fahrzeug wert war. Und was war mit anderen Ersatzteilen, die im Laufe der Zeit fällig würden? Dabei verdiente er als Hauptkommissar nicht schlecht. Aber er hatte sich angewöhnt, jeden Cent dreimal umzudrehen, bevor er ihn ausgab. Marie lachte ihn immer wieder aus, wenn er die preiswerteste Lösung anstrebte. Erst vor einigen Monaten, als sie einen Kurztrip zum Jean-Tinguely-Museum in Basel planten, hatte sie ihn amüsiert daran erinnert, dass man bei einer Übernachtung auf der anderen Rheinseite vielleicht einige Euro sparen könnte. Dann wäre man zwar nicht direkt in Basel, aber das wäre in seinen Augen bestimmt nicht wirklich schlimm.

Ausgelacht hatte sie ihn damals. Ach, er war wirklich ein Sparfuchs. Das Leben genießen und wie neureiche Russen einfach einen Haufen Kohle an einem Abend verprassen, das lag ihm ungefähr so nahe wie die Spielbank von Monte Carlo dem Bottwartal.

»Komm, Peter, wir haben jetzt Wichtigeres zu tun.«

Melanie fasste ihn am Ellenbogen und schob ihn nach vorn zu ihrem Wagen.

Eine Wahl hatte er nicht. Sie fuhren über die Stuttgarter Straße an der Friedenskirche vorbei bis in den Salonwald. Noble Villen säumten die Straßen in dem Viertel. Struve tauchte gedanklich ab, auch Melanie schwieg, da holte ihn plötzlich das Aufheulen des Motors in die Wirklichkeit zurück. Melanie gab Vollgas und schnitt einem schwarzen Lamborghini den Weg ab, der aus einem Grundstück heraus wollte.

Der Fahrer blieb mit offenem Mund in seinem Cabrio sitzen. Den Schrecken hatte er jedoch bald verkraftet. »Was fällt Ihnen ein?«, brüllte er herüber. Endlich erkannte Struve den Mann, es war Frank Moosburger.

»Kripo Stuttgart, bitte steigen Sie aus und legen Sie die Hände auf die Motorhaube.«

Melanie Förster fuhr das volle Programm. »Kriminalpolizei. Bitte aussteigen, die Hände ausstrecken und die Beine breit.«

»Hey, was soll das?«, schrie Moosburger. »Sie hab ich doch heute Morgen schon im Schlosshotel getroffen. Warum behandeln Sie mich wie einen Schwerverbrecher?«

Struve blieb nachdenklich im BMW sitzen und kratzte sich verlegen am Ohr. Für seinen Geschmack fiel der Auftritt der Kollegin tatsächlich um einige Nuancen zu stark aus. Er stieg aus, um mit Moosburger zu reden.

»Sie haben sich heute Morgen unerlaubt vom Hotel entfernt, und jetzt wollen Sie schon wieder Ihren Aufenthaltsort wechseln, noch dazu ohne Absprache. Was sollen wir nur von Ihnen halten, Herr Moosburger?«

»Seit wann müssen unbescholtene Bürger strammstehen, wenn es die Polizei will? Sie brauchen richterliche Anordnungen, wenn Sie gegen mich vorgehen wollen.« Moosburger schnaufte verärgert.

»Na, wer wird denn gleich mit Kanonen auf Spatzen schießen?«, entgegnete Struve. »Wir möchten uns nur mal mit Ihnen unterhalten.« Er gestattete Moosburger, sich vom Wagen wegzudrehen und sich ihnen wieder zuzuwenden. Der Durchsuchte fuhr sich über sein verrutschtes Jackett.

»Ihr Häusle?« Der Kommissar zeigte auf die dreistöckige Villa im Jugendstil. Die Außenfassade war offenbar vor nicht allzu langer Zeit in Fliederfarben getüncht worden. Im Vorgarten sorgte eine gediegene Wasserlandschaft mit Bächen, Brücken und nachgebildeten Barockfiguren für ein vornehmes Ambiente.

Ziemlich überladen, urteilte Struve, für den Geschmack keine Frage des Geldes war. In Schicki-Micki-Kreisen kursierte viel Kitsch. Dem Kommissar fielen die Feng-Shui-Weisheiten seiner Frau ein. Ein gutes Karma hätte eine schöne Umgebung zur Folge. Für Struve hieß das im Umkehrschluss: Wer krumme Touren fuhr, atmete gesiebte Luft. Ob dieser Moosburger hinter schwedischen Gardinen besser aufgehoben war als in diesem netten kleinen Schmuckstück, würde sich erst noch erweisen.

»Ja, natürlich ist das mein Haus.« Moosburger mit seiner knarrenden Stimme wirkte wenig einladend. Würde er sie hineinbitten? Struve rechnete nicht damit, dass der Zeitschriftenverleger die Situation auf diese Weise entspannen würde. Schwaben ließen einen nicht ins Haus, hörte er den Polizeipräsidenten Kottsieper dozieren. Der Vorgesetzte stammte aus dem Bergischen Land und hatte sich nach eigenen Angaben immer noch nicht mit der etwas engen Mentalität der hiesigen Ureinwohner, wie er sie nannte, angefreundet.

»Wir würden uns gern eingehender mit Ihnen unterhalten, Herr Moosburger.« Struve deutete mit dem Kopf zum Eingang. »Würden Sie uns hereinbitten oder ist es Ihnen lieber, wenn die Nachbarn mithören?« Struve zeigte auf ein Fenster, hinter dem sich eine Gardine bewegte.

»Na gut, kommen Sie mit«, lenkte Frank Moosburger ein. Kurze Zeit später führte er sie ins Wohnzimmer. Struve fielen schwere dunkle Schränke aus Mahagoniholz, mintgrüne lange Vorhänge und eine üppige Ausstattung mit Mitbringseln aus aller Welt auf. Keine Frage, hier lebte jemand, der flüssig genug war, sich kleine Wünsche ohne quälende Grübelei zu erfüllen.

»Wir hoffen, es geht Ihnen besser als heute Morgen«, eröffnete Struve das Gespräch.

»Sparen Sie sich das Getue, kommen Sie zur Sache.«

»Wie Sie wollen«, gab der Kommissar zurück. »Wo haben Sie sich gestern zwischen 23 und 6 Uhr aufgehalten? Im Schlosshotel Monrepos?«

»Nein, ich war mit zwei Freunden in der Spielbank des SI-Zentrums in Stuttgart. Wir haben ein bisschen gezockt. Ich hatte keine Lust, in dem Schuppen zu pennen, den mein alter Herr angemietet hatte. Irgendwann zwischen fünf und sechs Uhr bin ich dann aus Stuttgart doch wieder hingefahren – um des lieben Friedens willen.«

»Sie waren frustriert, weil er Ihnen quer kam?«

»Ganz recht. Ich hatte es gestern so satt, vor ihm den braven Frank zu spielen. Ich brauchte Luft.«

Struve gefiel die geradlinige Art Moosburgers, wenngleich er sich vorstellen konnte, dass sie in Brutalität umschlagen könnte.

»Sie waren also die ganze Nacht nicht in der Nähe. Wer hat Sie denn ins Stuttgarter Nachtleben begleitet?«

»Wie gesagt, zwei Freunde. Albert Winkler und Gebhart Kolde, sie wohnen beide in Bad Cannstatt.«

»Gut, prüfen wir. Wie erklären Sie sich denn, dass jemand Ihren Vater ermordet hat, da unten am Monrepos-See?«

»Was weiß ich. Es gibt genug Kranke auf der Welt. Das ist Ihr Job, das herauszufinden.«

»Haben Sie einen Verdacht?«

»Nee. Das Ganze ist so unglaublich.«

»Aber es kommt Ihnen nicht ungelegen.«

»Jetzt reicht's aber. Sie werden unverschämt, Herr Kommissar.« Moosburger verschränkte die Arme.

»Pardon. Sie mögen es doch, wenn man sagt, was man denkt. Oder etwa nicht, Herr Moosburger?« Struve blickte ihn fest an.

»Klar, jetzt weiß ich, dass Sie mich auf dem Kieker haben«, antwortete der Verleger. »Aber halten Sie mich denn wirklich für so dumm, dass ich mich mit einem Mord an meinem Vater räche, nur weil ihm bestimmte Dinge an meiner Geschäftsführung nicht gefallen haben und er auf einmal wankelmütig wurde?«

»Mord hat immer etwas Dummes, Herr Moosburger. Aber verraten Sie uns doch mal, was Ihr Vater genau an Ihnen auszusetzen hatte.«

Frank Moosburger winkte ab. »Das werden Ihnen sicherlich schon die Herren Reisinger und Holoch erzählt haben. Es gab einige kleine Fehlbeträge in der Bilanz, nichts Dramatisches, gemessen am Gesamtumsatz unserer AG.«

»Aber doch genug, um Sie vorerst ins Abseits zu befördern.«

»Abseits wäre das falsche Wort, Herr Kommissar. Mein Vater brauchte eben Zeit, die hätte er durch die Treuhand-Lösung gewonnen. Ich war da ganz bei ihm, auch wenn ich ungern für Fehler bestraft werde – wie Sie vielleicht auch, oder?«

Peter Struve glaubte ihm kein Wort. »Gibt es jemanden, der Ihnen schaden möchte, indem er den Verdacht auf Sie lenkt?«

»Ich weiß nicht, was Sie meinen. Ich kann mit meinem Alibi gar nicht verdächtig sein.«

»Irrtum, mein Lieber. Sie könnten den Mord auch mit den beiden Herren aus Bad Cannstatt begangen oder in Auftrag gegeben haben. Auf diese Weise kann Ihnen auch jemand etwas in die Schuhe schieben wollen. Auf jeden Fall wäre es für Sie von Vorteil, wenn Sie uns Ihre Feinde nennen würden.«

Frank Moosburger lachte amüsiert: »Verstehe. Sie wollen mir ja nur helfen.«

Struve schwieg und wartete ab. Er schaute Melanie Förster an, die sich daraufhin einschaltete.

»Haben Sie Kontakt zu Ihrem Bruder Kai?«

»Kai? Der ist doch schon seit 20 Jahren weg. Der will nichts mehr von uns wissen.«

»Sie haben auch gestern nicht mit ihm gesprochen?«

»Um Himmels willen, nein! Warum fragen Sie mich solchen Quatsch?« Frank Moosburger schaute genervt auf die Uhr.

»Warum hat Kai den Kontakt damals abgebrochen?«, fragte Melanie Förster.

»Na, er hatte einfach keinen Bock, sich am Unternehmen zu beteiligen. Ehrlich gesagt, ich hab's verstanden. In einem Büro wäre er am völlig falschen Platz gewesen.«

Melanie Förster fand die Antwort zu oberflächlich, sie bohrte weiter: »Das ist noch kein Grund, nicht mehr mit dem Vater und dem Bruder zu reden.«

»Mag sein – aber wir Moosburgers haben unseren

Kopf. Und damals ist viel Porzellan zerschlagen worden.«

»Hat Ihr Vater daran gedacht, Kai nicht doch noch am Geschäftsvermögen zu beteiligen?«

»Mein Bruder hat vor 20 Jahren eine Abfindung bekommen, außerdem bezieht er eine Art Vorruhestandsrente.« Frank Moosburger ließ sich dieses Wort auf der Zunge zergehen.

»Verstehe. Ihr Bruder muss keine Not leiden.« Melanie Förster blickte zu Struve. Der nickte kurz und übernahm die Gesprächsführung.

»Was lief damals zwischen Kai und Emily Noller?«

»Kai und Emily?« Wieder lachte Moosburger. »Ein gigantisches Missverständnis. Die beiden lernten sich kennen, als Emily bei uns anfing. Alles sah nach der großen Liebe aus – aber eine Schwalbe macht noch keinen Sommer. Und eine Frau wie Emily steckt man nicht in eine Blockhütte.«

»Verstehe. Wie stehen denn Sie selbst zu Frau Noller?«, wollte Struve wissen.

Frank Moosburger fuhr sich mit der Zunge über die schmale Oberlippe, um sie zu befeuchten. »Wir haben ein gutes Verhältnis. Sie sollte nach der Geschäftsübergabe als meine Marketingleiterin arbeiten. Sie ist sehr gewissenhaft und hat mich gleich mit ihren fachlichen Fähigkeiten überzeugt.«

Struve kam das alles zu glatt vor. Spielte sich mehr zwischen den beiden ab?

»Ein Mann wie Sie müsste eigentlich die Frau fürs Leben schon gefunden haben«, bemerkte der Kommissar, der gern mit intuitiven Ködern operierte, um seine Gesprächspartner emotional aus der Reserve zu locken.

»Frau fürs Leben – in welcher Zeit leben Sie eigentlich, Herr Struve? Frauen kommen, Frauen gehen. Man nimmt sie sich, man lässt es wieder bleiben. Bloß kein Stress.«

Struve dachte unwillkürlich an Corinne. Ob sie etwas für ihn empfand, wusste er nicht. Wenn sie einer ähnlichen Philosophie wie dieser Moosburger anhing, würde sie vielleicht auch kommen und gehen, dann würde er selbst kommen und gehen, und überhaupt würden alle an allen vorübergehen. Auf die Bäumchen-wechsel-dich-Spiele würde er sich jedoch nicht einlassen. Wenn er sich auf einen Menschen einließ, dann voll und ganz. Das hatte er schon immer so gehalten, alles andere würde seine Gefühlswelt in ein Chaos stürzen. Das wusste er. Corinne hatte es noch nicht geschafft, ihn emotional so zu fesseln, dass es kein Zurück mehr gab. Ihre Beziehung stand noch am Anfang, und Struve bedauerte, dass er sich gleich hatte abschleppen lassen. Er brauchte Distanz, nur so konnte das reifen, was ihm wertvoll schien, sich aber wegen der kriselnden, aber immer noch vorhandenen Bindung zu Marie nicht entfalten konnte. In diesem Moment vermisste er Marie. Was sie wohl gerade trieb? Er hatte sich viel zu wenig um sie gekümmert. Dieser Dienst, dieses ständige Unterwegssein, was hatte das aus ihm gemacht? Einen Nomaden, einen, der sich in seinen eigenen vier Wänden wie ein Fremder vorkam, und der es auch nicht schaffte, zur Ruhe zu kommen, auch wenn er alles tat, um sein Leben zwischen den Einsätzen zu entschleunigen. Aber selbst Saunabesuche, Waldspaziergänge und

Kurzurlaube konnten nicht darüber hinwegtäuschen, dass er nur noch reagierte, aus einer Apathie, die ihn seit einigen Jahren befallen hatte, wie eine schleichend fortschreitende Krankheit. Warum tat er sich so schwer, das einzusehen? Und was hinderte ihn daran, mit Marie ein neues Kapitel aufzuschlagen? Corinne wirkte auf ihn verführerisch, aber er spürte, er stand neben sich. Die Jahre mit Marie waren nicht so leicht abzustreifen. Wenn er ehrlich war, brauchte er sie. Peter Struve nahm sich vor, seine Frau bald anzurufen.

12.

Alles lebt, um traurig wieder zu sterben. Wir interessieren uns nur darum, wir gewinnen nur darum, dass wir wieder mit Schmerzen verlieren. (Amalia, IV, 2)

Warum ist dieser Karl Moor eigentlich damals weggelaufen, wenn er dabei seine große Liebe Amalia sitzen lassen musste, fragte sich Corinne Lennert, als sie den vierten Akt las. Amalia und Karl parlieren da ganz munter und raspeln Süßholz, wenn auch nur andeutungsweise und jeder für sich im Vagen. Das ist möglich, weil Karl sich verkleidet hat und als Reisender im Schloss Moor aufgenommen wird. Irgendwie glaubt Amalia, ihn doch zu erkennen, durchschaut es aber nicht ganz. Und im Hintergrund die romantische Erkenntnis: Liebe vergeht nicht. Corinne fand das schmalzig. Wahrscheinlich hätte sie damit am Ende ähnlich kurzen Prozess gemacht wie Schiller.

Luca Santos schlich mit Kai Moosburger durch den Wald. Sie wollten die Wildschweinfalle kontrollieren. Die anderen aus dem Camp waren damit beschäftigt, Holzhaken zu schnitzen, um sich Fische aus dem Bach zu holen. Luca wollte mit Kai unter vier Augen reden. Er hatte angesichts der Vorfälle am Schloss einige Fragen. Plötzlich drangen Stimmen zu ihnen.
»Hörst du das auch?«, fragte er Kai Moosburger. Der legte jedoch den Zeigefinger auf den Mund und

bedeutete ihm, ruhig zu sein. Sie legten sich flach ins Gebüsch. Wenig später tauchten zwei Polizisten auf. Einer von ihnen schien am rechten Fuß verletzt zu sein. Er humpelte und hatte seinen Schuh ausgezogen. Der andere stützte ihn schwer atmend.

»So brauchen wir mindestens noch eine Stunde bis zum Wagen«, keuchte der Unverletzte, es war Siegfried Bach.

»Blöde Grube. Die hat bestimmt dieser Moosburger ausgehoben mit seiner Survivaltruppe«, fluchte Golz, der mit seinem rechten Fuß nicht auftreten konnte.

»Den hier zu finden, wird ein hartes Stück Arbeit«, meinte Bach, »vielleicht ist schon Verstärkung gekommen, und die haben das Gebiet abgeriegelt.« Er fluchte, denn er wäre fast über einen Stein gestolpert. Allmählich entfernten sich die Polizisten aus dem Blickfeld.

»Die suchen dich, Kai«, stellte Luca fest, als er sicher war, dass sie nicht mehr gehört wurden. Er klopfte sich das Laub ab, das an seiner Kleidung hing.

»Sieht fast so aus«, antwortete sein Begleiter. Kai Moosburger nahm einen kräftigen Schluck aus der Wasserflasche.

»Es ist besser, wenn du dich stellst. Immerhin geht es um Mord, und du hast ja nichts zu verbergen.«

Kai Moosburger packte seine Wasserflasche wieder in den Rucksack. »Weglaufen bringt nichts, da magst du richtig liegen.«

Für Luca stand fest: Wer nichts auf dem Kerbholz hatte, musste von der Justiz auch nichts befürchten. Im Zweifelsfall für den Angeklagten, sagte er sich und vergewisserte sich, dass die Polizisten nicht zurückkehrten. Plötzlich durchzuckte ihn ein jäher

Schmerz. Sein Hinterkopf glühte, ihm wurde schwarz vor Augen.

Als Santos wieder aufwachte, wusste er nicht, wie viel Zeit vergangen war. Von Kai Moosburger fehlte jede Spur. Sein Schädel brummte. Fühlte sich an, als ob er platzen könnte. Kai war also geflohen und hatte ihn hier einfach zurückgelassen. Luca schaute zum Himmel. Die Sonne stand tiefer. Er vermutete, dass Moosburger ihn vor einer halben Stunde ins Land der Träume geschickt hatte. Warum er das getan hatte, konnte sich der junge Journalist nicht wirklich erklären. Vermutlich stand er seinen Plänen im Weg, offenbar wollte Moosburger etwas auf eigene Faust unternehmen. Aber was? Es musste mit der Fahndung zu tun haben. Wahrscheinlich durchkämmte die Polizei das Gebiet bereits. Sollte sie ruhig. Luca konnte jedoch den Angriff nur schwer wegstecken. Er fand ihn als Panikreaktion zwar nachvollziehbar, fühlte sich aber dennoch verletzt, getäuscht und abgewiesen. Sah so die Fürsorgepflicht eines Survivaltrainers aus? Nein, Solidarität unter Männern konnte man diesen Angriff nicht nennen. Er würde den anderen im Lager baldmöglichst reinen Wein einschenken. Kai Moosburger war jetzt auch für ihn nur noch ein Verdächtiger auf der Flucht. Luca schaute auf die Uhr, er musste so schnell wie möglich in die Redaktion fahren, um den Artikel zu schreiben. Aber was würde jetzt noch hier im Wald geschehen? Je länger er bliebe, desto mehr würde er berichten können.

Kai Moosburger kämpfte sich durchs Gebüsch. Er hörte Hundegebell und das Knattern von Hubschrauberrotoren. Die Polizei würde ihn bald haben, wenn er nicht rasch sein Versteck erreichte. Er lief durch einen Bach, um die Hunde zu irritieren. An einem überhängenden Ast schwang er sich in einem weiten Satz über den Bachlauf und landete meterweit entfernt. Diesen Trick hatte er in einem Handbuch für Fallschirmjäger gelesen. Jetzt war also die Stunde der Anwendung gekommen. Katzengewandt wechselte Moosburger gleich mehrmals die Seite und setzte seine Flucht rennend fort. Vielleicht schaffte er es noch zu der kleinen Höhle, die er als Unterschlupf ausgebaut hatte. In ihr könnte er es locker zwei oder drei Tage lang aushalten. Die Polizei würde die Suche irgendwann abbrechen, dann käme seine Zeit. Die Zeit, mit einigen Herrschaften abzurechnen, die ihn offenkundig in eine Falle gelockt hatten, um ihn endgültig loszuwerden. Tatsächlich schaffte es Moosburger unter den Felsvorsprung. Er kletterte hinter eine uneinsehbare Ecke am Felsen etwa vier Meter höher. Normalerweise sicherte er sich mit Stahlhaken, diesmal jedoch war Eile geboten. Er hörte wieder Hundegebell, die Verfolger nahten.

Peter Struve und Melanie Förster hielten den Kontakt zu Littmann. Von ihm erfuhren sie, wie weit die Fahndung gediehen war. Sie beschlossen, möglichst schnell zu Moosburger zu stoßen und ließen sich von einem Polizeihubschrauber nach Großhöchberg bringen. Struve hatte im vergangenen Jahr ein Anti-Flugangst-Training absolviert, sodass er zumindest an solchen Einsätzen teilnehmen konnte. Sein striktes Nein zu Interkontinentalflügen gab er allerdings nicht auf – was ihm Marie immer wieder aufs Neue als unverbesserlichen Starrsinn auslegte. Es war wie verhext. Er wollte im Siebengebirge mit ihr wandern gehen, sie dagegen zu Freunden nach Japan fliegen. Und plante er mit der Fähre nach England überzusetzen, hatte sie schon längst im Internet die passenden Verbindungen zum Flughafen nach Heathrow herausgesucht. Sie kamen auf keinen gemeinsamen Nenner.

Wenig später standen Struve und Förster dem Einsatzleiter gegenüber.

»Unsere Suchtrupps konzentrieren sich auf das Planquadrat R2«, bekamen sie vor einer topografischen Karte zu hören. »Fünf Teilnehmer des Survivalcamps sind bereits aufgegriffen und in Gewahrsam genommen worden. Allerdings vermisst man noch Kai Moosburger und einen gewissen Luca Santos, der offenbar mit Moosburger im Wald unterwegs sein musste, um Wildschweinfallen zu untersuchen. Zwei Polizisten, die in eine solche Grube gefallen waren, sind inzwischen zurückgekehrt.«

»Gut, wir müssen Moosburger finden«, ordnete Struve an, »bitte sagen Sie Ihren Männern, sie sollen auf keinen Fall ihre Schusswaffen gebrauchen. Im Zweifelsfall werde ich versuchen, Moosburger aus dem Hubschrauber heraus mit einem Lautsprecher zu beruhigen.«

Bald darauf meldeten Suchtrupps, sie hätten Moosburger in einer Höhle an einer Felswand gestellt. Struve und Förster stiegen wieder in den Helikopter, der bald darauf neben einem anderen, der mit einer Wärmebildkamera ausgestattet war, über der Felswand kreiste.

»Er soll wegfliegen«, wies Struve den Piloten an. Der gab den Befehl per Funk an seinen Kollegen weiter. Struve schnappte sich das Megafon.

»Hören Sie, Herr Moosburger, wir wissen, dass Sie da unten stecken«, rief er ins Höllental hinein. »Wir haben das Gebiet abgeriegelt. Sie brauchen nichts zu befürchten, wir wollen nur mit Ihnen reden.« Struve wusste, dass er sich auf einem schmalen Grat bewegte. Natürlich wäre es wichtig, zunächst die Kontrolle über Moosburger zu gewinnen. Er konnte ihm eigentlich nichts versprechen. »Unsere Leute schießen nicht. Ich wiederhole: Unsere Leute schießen nicht.« Zumindest das schien ihm sicher.

Die Sonne stand jetzt als glühender roter Feuerball über dem Wald. Wenn es erst einmal dunkel war, könnte Moosburger leicht entkommen. Struve ahnte, dass der Flüchtige auf diese Chance lauerte. Er musste auf diesen Moosburger psychischen Druck ausüben.

»Hören Sie, Moosburger. Wir suchen den Mörder Ihres Vaters. Wir wissen, dass Sie es nicht waren. Helfen Sie uns, den Richtigen zu finden – damit beweisen Sie mehr Mut als mit allen Survivalaktionen.«

Immer noch regte sich an der Felswand nichts. Struves Notlüge verlor sich unbeantwortet in der engen Schlucht.

»Wenn er nicht antwortet, müssen wir stürmen«, hörte Struve den Einsatzleiter über Funk.

»Warten Sie noch fünf Minuten, ich muss näher ran.«

Moosburger empfand das Megafon als Bedrohung, vermutete der Kommissar. Er ließ eine Strickleiter herab und kletterte auf den Felsvorsprung, den er für den richtigen hielt.

»Kai Moosburger, sind Sie hier?«, rief er in das Dunkel der Höhle.

Nichts regte sich. Struve zog seine Walther. »Kommen Sie, Moosburger, lassen Sie das Versteckspiel, wir müssen miteinander reden. Geben Sie mir eine Chance.«

»Legen Sie zuerst die Waffe weg«, schallte es aus der Höhle.

»Okay, ich lege sie hier an den äußeren Rand.« Struve wusste, er pokerte hoch. Er wollte sich die Demütigung ersparen, als Geisel genommen zu werden. Er konnte nur hoffen, dass Moosburger keine Waffe hatte.

»Kommen Sie näher!«, befahl Kai Moosburger. Struve betrat die Höhle. Er erkannte nichts, denn seine Augen mussten sich erst an die lichtlose Umgebung gewöhnen.

»Was möchten Sie von mir wissen?« Moosburgers Stimme klang nahe. Struve schätzte den Abstand zu ihm auf etwa fünf Meter. Er fühlte sich bedroht. Führten Survivaltrainer nicht lange Messer mit sich? Oder erlag er mit dieser Vermutung einem Klischee? Jedenfalls würde er sich nichts anmerken lassen, um nicht in die Opferrolle zu verfallen.

»Ihr Wagen wurde gestern Nacht am Monrepos-See gesehen. Was haben Sie dort getan?«

»Ich habe zwei junge Männer gesucht. Sie waren aus meinem Camp abgehauen, um einen Dummejungenstreich zu spielen.«

»Was hatten die beiden denn vor?« Struve blinzelte, er strengte sich an, etwas zu erkennen. Es schien ihm, als ob sich jemand direkt vor ihm bewegte.

»Sie haben im Favoritepark ein Reh geklaut und dann auf einer der Seeinseln ein Feuerchen gemacht.« Moosburger erzählte ganz offen von der vorausgehenden Prahlerei der beiden Jungen und wie er das Fehlen von Mattse und Lars bemerkte. Da er die Jungen nicht fand, fehlte ihm ein Alibi. Mit anderen Worten: Kai Moosburger konnte nicht nachweisen, dass er zur Tatzeit nicht am See gewesen war. Im Gegenteil, die Aussage des Bäckers belastete ihn. Struve behielt die Einschätzung für sich. Er wollte Moosburger, den er immer noch nicht im Dunkel der Höhle orten konnte, nicht zusätzlich beunruhigen.

»Auf welcher Insel waren die jungen Männer?«

»Sie müssen das Feuer auf der Kapelleninsel angezündet haben.«

»Waren auch Sie auf der Insel?«

»Ja. Als ich kam, war die Asche aber schon kalt.«

»Wann war das?«

»Vielleicht gegen halb drei.«

Das deckte sich mit den Aussagen des Bäckers. Die Todeszeit hatte Besold jedoch auf zwei Uhr datiert. Der Verdacht lag nahe, dass Moosburger früher gekommen war und den Mord verübt hatte. Angenommen, er wusste, in welchem Zimmer sein Vater übernachtete. Er klopfte ans Fenster, lockte ihn heraus an den See, es kam zum Streit. Denkbar war diese Variante auf jeden Fall, überlegte Struve.

»Herr Moosburger, wie standen Sie zu Ihrem Vater? Beantworten Sie mir diese Frage bitte so ehrlich wie möglich.«

Eisiges Schweigen.

»Haben Sie meine Frage nicht verstanden?«

»Doch. Sie ist nicht leicht zu beantworten.«

»Konzentrieren wir uns darauf, warum Sie den Kontakt zu Ihrer Familie vor 20 Jahren abgebrochen haben. Was war da los?« Struve sah jetzt in der Höhle etwas mehr. Er bemerkte, wie sich ein Schatten weiter hinten fortwährend bewegte. Immer noch fühlte er sich bedroht.

»Ich habe damals mit meinem Vater und Frank gebrochen. Wir waren zu unterschiedlich.«

»Warum haben Sie sich so radikal abgewendet? Sie hätten ja wenigstens von Zeit zu Zeit auf eine Tasse Kaffee vorbeikommen können.«

Wieder bewegte sich der Schatten. Struve wähnte Moosburger fast links von sich, hinter einem Felsvorsprung am Höhleneingang.

»Ich hatte meine Gründe, und die waren sehr persönlich.«

»Die müssen Sie mir verraten. Sonst bleibt der Verdacht an Ihnen haften und wir kriegen den Täter nie. Na, kommen Sie schon und geben Sie sich einen Ruck.«

Struve zuckte zusammen. Er hatte ein metallisches Klicken gehört. Genau an der Stelle, an der er sein Gegenüber zuletzt vermutet hatte.

»Mensch Moosburger, lassen Sie die Dummheiten«, entfuhr es ihm. Hatte er doch eine Waffe? Die Antwort auf diese Frage schoss Struve in einem grellen Lichtblitz entgegen. Für einen Moment konnte er nichts mehr erkennen. Es musste das Blitzlicht eines Fotoapparates gewesen sein. Struve wankte, hielt sich an einem Felsen fest, um nicht zu fallen. Er hörte, wie ihn ein Luftzug streifte, als ob jemand an ihm vorbeischlich, dann drehte er sich um. Sekundenbruchteile später hielt Kai Moosburger Struves Walther in der Hand und richtete sie auf ihn.

»Mensch, machen Sie keinen Scheiß!«, rief Struve ihm zu. »Sie haben nichts davon, wenn Sie mich umnieten, hier wimmelt es von Scharfschützen.«

»Sie werden mir den Weg schon freimachen, wenn Ihnen Ihr Leben lieb ist.« Kai Moosburger drängte ihn mit der Pistole ins Innere. Moosburger stand direkt neben ihm.

Auf diesen Moment hatte Struve gewartet. Er wirbelte mit dem angewinkelten Arm herum und traf Moosburger mit dem Ellenbogen genau an der Halsschlagader. Die Walther klickte, es löste sich jedoch kein Schuss. Struve hatte das Magazin noch im Helikopter aus der Waffe entfernt. Moosburger wankte und sank im nächsten Moment bewusstlos zu Boden. Der Kommissar holte seine Handschellen hervor und legte sie dem Verdächtigen an – nicht ohne Stolz, denn er hatte schon lange niemanden mehr eigenhändig dingfest gemacht. Als Moosburger gefesselt am Boden lag, tätschelte Struve ihm die Wange.

»So, aufwachen, mein Bester.«

Moosburger kam schnell wieder zu sich. »Ich habe Sie unterschätzt. Gratuliere«, flüsterte er immer noch leicht benommen.

Struve kramte sein Magazin aus der Jackentasche. Er setzte es in die Walther ein, die er wieder in seinen Halfter schob. »Ich habe das Gefühl, Sie wollen mir etwas wirklich Wichtiges mitteilen. Kommen Sie, betrifft es Frank? Oder Emily? Raus mit der Sprache. Ich will jetzt alles wissen.«

Moosburger schwieg beharrlich.

»Na los«, forderte der Kommissar, »dann vergesse ich auch unsere kleine Geschichte hier, die würde Ihnen nämlich mindestens einige Monate Knast einbringen, vorausgesetzt ich bin gesprächiger als Sie.«

Das Argument zog. Kai Moosburger überlegte nicht

lange, dann begann er zu erzählen: »Also gut, Sie haben gewonnen. Ich verrate Ihnen, warum ich mich damals zurückgezogen habe.«

»Bitte sehr.«

»Ich habe vor 20 Jahren etwas erfahren, das mich meinen Vater in einem anderen Licht sehen ließ.«

»Das muss etwas Schwerwiegendes gewesen sein.«

»Sie sagen es. Mein Großvater war sich nicht zu schade, in der Nazi-Zeit ein jüdisches Druckhaus zu schlucken und als Parteimitglied deren Schmähschriften zu drucken. Mein Vater hat die ganze Sache totgeschwiegen und weitergemacht.«

Struve schwieg. Er wollte Moosburger in Ruhe von dem erzählen lassen, was er schon jahrelang mit sich herumschleppte.

»Ich bin durch Zufall darauf gestoßen«, erinnerte sich Kai Moosburger, »eine kleine Anzeige im Ludwigsburger Kurier des Jahres 1939. Ich promovierte in Geschichte und stöberte in Archiven. Sie können sich vorstellen, dass ich einigermaßen schockiert war, so etwas zu entdecken.«

»Ihr Vater hat mit Ihnen niemals darüber gesprochen?«

»Nein, der hat die Jahre 1933 bis 1945 glatt ausgeblendet.«

»Vielleicht wollte er Sie nicht mit alten Geschichten belasten?« Struve fiel es schwer, sich in jemanden hineinzuversetzen, der sich über Dinge aufregte, die vor 70 Jahren passiert waren.

»Ich hätte es vielleicht akzeptieren können, wenn mein Vater etwas gegen das Unrecht getan hätte. Wenn er zum Beispiel die damals enteignete Familie entschädigt hätte. Oder sich bereit erklärt hätte, an den Fonds der Industrie für Nazi-Opfer zu zahlen. Aber all das wollte er auch vor 20 Jahren nicht tun. Er hat alles schön unter den Teppich gekehrt und sah keinen Grund, öffentlich zu bereuen. Das hat uns auseinander getrieben.«

»Emily Noller und die Aufsichtsräte haben uns Ihren Vater in ganz anderen Farben geschildert«, hielt Struve entgegen. »Fürsorglich, verantwortungsvoll gegenüber den Mitarbeitern. Haben Sie das nicht sehen wollen?«

»Ha, ausgerechnet Emily!« Kai Moosburger unterdrückte ein Lachen. »Entschuldigen Sie, aber ich habe sie nie so ganz verstanden.«

»Was meinen Sie?« Struve blickte ihn verwundert an. Er wäre so oder so auf Kai Moosburgers Verhältnis zu der Sekretärin zu sprechen gekommen.

»Ihr macht es nichts aus, in einem Unternehmen zu arbeiten, das seinen Wohlstand einer braunen Vergangenheit verdankt.«

»Sie wird mit Ihnen darüber gesprochen haben.«

»Ja, wir haben Tage und Nächte darüber diskutiert. Sie war der Meinung, man müsse nach vorn blicken. Das klang mir zu glatt, zu positivistisch, zu sehr nach Schlussstrich-Denke.«

»Aber Sie beide haben sich doch geliebt. Sieht man im anderen nicht das Körnchen Wahrheit, das einem selbst fehlt?«

»In anderen Dingen bestimmt. Aber diese Meinungsverschiedenheit hat mir gezeigt, wie gegensätzlich wir im Grunde sind.«

»Vermutlich war es auch die Art und Weise, wie Sie über das Problem geredet haben. Hat Sie nicht eher das entzweit?«

»Mag sein. Wir kamen einfach nicht auf einen Nenner.«

Struve erinnerte sich an die Kartons, die wohl immer noch im Flur ihres Hauses in Steinheim standen. Er würde Marie bald anrufen, damit sie nicht dachte, die Last wäre ihm egal.

»Emily ist bei Ihrem Vater geblieben.« Struve schaute kurz aus der Höhle heraus. Im Licht der untergehenden Sonne sah er einen Gewehrlauf in einer Baumkrone blinken. Jemand hatte also seine Anordnung missachtet - was ihn ärgerte. Na, wenigstens machte man sich um ihn Sorgen. Viel Zeit würde ihm mit Moosburger nicht bleiben. »Da draußen braut sich was zusammen«, sagte er zu seinem Gefangenen. »Warten Sie, ich sage denen, sie sollen das lassen.« Moosburger nickte. Struve trat aus der Höhle und winkte mit beiden Händen und nach oben gestrecktem Daumen den Scharfschützen entgegen.

»Emily hat sogar Karriere gemacht bei meinem Herrn Vater.« Moosburgers Stimme klang belegt. War er verbittert? Struve ahnte, der Abtrünnige hasste den gesamten Clan. Möglicherweise hatte sich Moosburger in eine Ideologie verrannt, eine Mischung aus Missgunst und Ökologismus, die explodierte, als er im falschen Moment an der falschen Stelle war.

»Lassen Sie uns noch über Ihren Bruder Frank reden - hat er Sie vielleicht in der Nacht zum See bestellt?«

»Quatsch. Mit diesem Affen rede ich kein Wort, der sieht die Welt als riesige Spielwiese und sich selbst als goldene Mitte, um die alle zu springen haben.«

»Okay.« Also echte Bruderliebe, dachte Struve. »Halten Sie es denn für möglich, dass er Ihren Vater umgebracht hat?«

»Möglich ist vieles, aber eins ist sicher, ich war's nicht«, antwortete Kai Moosburger.

Wenig später holten ihn die Sicherheitskräfte ab und brachten ihn ins Stuttgarter Polizeipräsidium.

13.

Das ist das Ende vom Lied – der morastige Zirkel der menschlichen Bestimmung, und somit – glückliche Reise, Herr Bruder! (Franz Moor, IV, 3)

Corinne Lennert wartete an diesem Abend vergeblich auf ihren Kommissar. Das gab ihr Gelegenheit, weiter in Schillers Werk zu lesen. Was ist eigentlich mit diesem Bösewicht Franz? Dem lässt es keine Ruhe, als ein Fremder im Schloss mit Amalia flirtet. Schnell stellt der Eifersüchtige fest, es ist Karl. Natürlich will Franz ihn beseitigen. Er heuert den Knecht Daniel an, der Karl mit einem Glas Wein vergiften soll. Ob es klug war, einen 71-Jährigen mit einem Meuchelmord zu betrauen? Corinnes Gespür für Dramaturgie ließ sie die Frage glatt verneinen. Und tatsächlich kommt Karl Moor mit dem Leben davon, weil sich der alte Daniel an gemeinsame Tage in der Kindheit Karls erinnert und sich seinem Opfer öffnet.

Müde stieg Peter Struve die Treppen des Stuttgarter Polizeipräsidiums hinunter. Das Verhör von Kai Moosburger war ein hartes Stück Arbeit. Er beteuerte weiter seine Unschuld. Der Fall war vertrackt. Struve selbst zweifelte, ob er den Richtigen hatte. Aber das Alibi seines Bruders Frank stand wie eine Eins. Mitarbeiter des SI-Spielcasinos bestätigten die ständige Anwesenheit der drei Männer von etwa 1 bis 5 Uhr.

»Soll ich dich nach Hause fahren, Peter?«

Melanie Förster trottete ebenso müde neben ihm die Treppe hinunter. Dankend nahm Struve das Angebot an. Er musste sich unbedingt um seinen Porsche kümmern. Irgendein Abschleppunternehmen bewahrte vermutlich den Wagen auf. Er würde morgen beim Ludwigsburger Ordnungsamt nachfragen.

»Nimm dir doch morgen einen Dienstwagen«, schlug die Kollegin vor. »Schließlich sind wir auch am Wochenende im Einsatz.«

»Egal, was die mir geben, ist alles kein Ersatz für den 911er«, haderte Struve.

»Ha, die haben schon ein paar flotte Kisten.« Melanie Förster lächelte ihm aufmunternd zu. Sie verließen das Gebäude.

Vor ihrem Auto rückte Struve mit der Sprache raus. »Kottsieper ist natürlich froh, dass er der Presse schnell einen Tatverdächtigen präsentieren kann, aber so wie es aussieht, sollten wir den Fall unbedingt weiterverfolgen.«

»Eigentlich ist die Sache doch klar«, antwortete Melanie Förster, als sie einstiegen. »Kai ist schon lange sauer auf seinen alten Herrn, jetzt hört er, dass es ums Erbe geht.« Sie steckte sich einen Kaugummi in den Mund. »Na, und dann schlägt er im Affekt zu, weil er mit seinem Vater am See gestritten hat, enttäuscht darüber, dass er als Sohn ihn nicht mehr erreicht.«

»So könnte es gewesen sein, Melanie. Aber mir leuchtet das Motiv trotzdem nicht ein. Kai Moosburger hat 20 Jahre lang völlig bescheiden gelebt, sein Ding gemacht. Er würde sich doch jetzt selbst widersprechen, wenn er das Geld aus der Firma haben wollte, deren Reichtum er als zutiefst ungerecht begründet sieht.«

»Ja, aber wer sonst als Kai Moosburger kommt als Täter infrage? Frank hätte ein starkes Motiv gehabt, aber er hat ein wasserdichtes Alibi.« Sie startete den Wagen. »Die beiden Aufsichtsratsvorsitzenden haben kein Motiv, und Emily kommt nicht in Betracht, weil sie auch kein Motiv hat und außerdem als Frau wahrscheinlich eher mit Gift als mit bloßer Muskelkraft töten würde.«

»Wir haben noch die beiden Jungen. Die waren auch am See«, gab Struve zu bedenken.

»Sie könnten den Alten erschlagen haben, vielleicht sogar im Auftrag von jemandem.«

Peter Struve entwickelte den Gedanken weiter. »Frank Moosburger hätte ihnen bestimmt etwas bezahlt. Aber dass er sie gezielt in Kais Camp eingeschleust hat, ist doch eher unwahrscheinlich.«

»Wir können das prüfen, Peter. Wir besorgen uns einen Durchsuchungsbefehl für Kai Moosburgers Wohnung, holen uns die schriftliche Anmeldung der beiden oder kommen über die Liste der registrierten Telefonanrufe weiter. Wenn die Anmeldung früher eingegangen ist als die Einberufung des Krisengipfels, sind die Jungen aus dem Schneider. Ansonsten …«

»… ergäbe sich ein Verdacht«, räumte Struve ein. »Aber auch ohne Auftrag können die Jungen mit dem alten Moosburger aneinandergeraten sein. Spielen wir es doch einmal durch: Die beiden haben also keinen Mordauftrag. Sie machen in der Nacht ihren Streich, sie haben sich ein Boot geholt oder stellen sonst was an, werden dabei aber vom alten Moosburger erwischt. Sie rangeln und der Alte fällt hin, schlägt mit dem Hinterkopf unglücklich auf, ist bewusstlos, vielleicht schon tot. Und die beiden Jungen wissen sich nicht anders zu helfen, als den alten Moosburger in den See zu werfen.«

»Der Moosburger hat seine Schuldigkeit getan, er kann gehen.« Melanie Förster grinste.

»Das kenne ich, woher ist das?«, fragte Struve.

»Keine Ahnung, ich weiß nur, dass es von Schiller ist.« Sie schwiegen, Melanie reflektierte die Hypothese ihres Kollegen. Sie passierten den hell erleuchteten Pragsattel. »Der Tathergang klingt nicht schlecht, aber wie willst du ihn beweisen?«

Struve starrte auf die Fahrbahn.

»Ich gebe zu, das ist alles weitaus unwahrscheinlicher als das, was Kai Moosburger bewegt haben könnte«, brummte er. »Dieser Survivaltrainer kann das alles gezielt eingefädelt haben. Bei den beiden Jungen wirkt dagegen alles rein zufällig – und dann bliebe überhaupt die Frage, ob sich Hermann Moosburger über solche Streiche aufregt und ob er sich zu Handgreiflichkeiten hätte hinreißen lassen.«

»Wie wäre es, wenn Besold die Feuerstelle untersucht? Vielleicht kann er sagen, wann sie gelöscht worden ist?«

»Hört sich schwierig an, aber versuchen können wir es ja mal.« Struve dachte mit einem schlechten Gewissen an den armen Besold, dem er früher Feierabend gegeben hatte. Jetzt müsste er ihn wieder rausklingeln.

»Wir können nicht bis morgen warten«, rechtfertigte er sich am Telefon. »Jede Stunde zählt, und es könnte bald regnen. Sorry, Besold. Schreiben Sie sich die Überstunden auf.«

Struve schaute auf seine Armbanduhr. Es war noch nicht zu spät, um für einen Absacker in eine Bar zu gehen. Melanie Förster setzte ihn vor dem Marstall-Center ab. Er gähnte, als er allein im Aufzug stand und die elektronische Anzeige angaffte. An seiner Tür hing diesmal nichts. Er blickte zur Wohnung von Corinne. In ihrem Flur brannte Licht, es leuchtete einladend. Struve zögerte, wollte klingeln, dann schloss er doch lieber seine Wohnungstür auf und schaltete das Licht ein. Er fühlte sich leer und müde. In dem großen Raum standen immer noch die Kartons herum. Die Bettwäsche lag wie am Morgen auf dem Bett. Struve kochte sich einen Pfefferminztee.

Zur selben Zeit betrat Marie Struve aufgeregt das Café Provinz in Marbach. Batista Sardos begleitete sie und bot ihr einen Platz am Fenster an. Beide bestellten ein Glas Rotwein. Marie fühlte sich so gut wie lange nicht mehr. Der feurige Argentinier hatte ihr auf dem Tanzparkett in seinem Studio in der Mittleren Holdergasse alles abverlangt. Noch ganz außer Atem nahm sie sein Angebot an, mit ihm ins Lokal zu gehen.

»Marie, ich habe heute gefühlt, dass du mit ganzer Hingabe dabei bist. Ich freue mich sehr darüber.« Batista, ein etwa 50-jähriges dunkelhäutiges Kraftpaket mit längeren schwarzen Haaren, Schlangen-Tattoos an den Armen und einem gepflegten, kurz geschnittenen Oberlippenbart, hob das Glas Wein.

»Danke, Batista. Für mich war die Stunde bei dir ein einziger Genuss. Ich hätte noch die ganze Nacht weitertanzen können.«

Sie prosteten sich zu. Marie nahm einen tiefen Schluck Wein, ein aromatischer, nicht zu trockener Merlot, der im Abgang nach Vanille und Brombeeren schmeckte.

Sardos hatte ihn der Wirtin vor Jahren aus seinem Heimatland mitgebracht. Inzwischen gehörte der gute Tropfen längst zum festen Repertoire des Lokals, das in der Schillerstadt als Szenetreff der Kulturschaffenden galt.

Das Kompliment aus dem Munde Maries schmeichelte Batista. Er wünschte sich, dass seine Begeisterung für den feurigen Tanz weite Kreise zog, aber die Schwaben erschienen ihm sehr nüchtern. »Sie machen sich lieber auf Bierbänken breit, als zu tanzen und nennen das dann Hocketse«, beschrieb der Argentinier seine Eindrücke.

Aus Sicht von Batista, dem gelernten Koch aus Córdoba, war der Mensch nicht dafür geschaffen, wie ein Huhn in der Legebatterie zu hocken. Er liebte die eigenwillige Rhythmik des Tangos und seine starke Posen. Und er brauchte die Entladung des Temperaments, das ihm die heiße, oft unbarmherzige Sonne seiner Heimat eingebrannt hatte. Er liebte den Tanz, der die dunklen Seiten der Existenz nicht ausklammerte und von den Instinkten der Partner lebte.

Marie Struve eröffneten sich an diesem Abend völlig neue Horizonte. So vieles wollte sie von Batista wissen, aber sie stellte ihm nur wenige Fragen. Stattdessen lauschte sie seiner harten, aber zugleich weichen Tonlage, dem südamerikanischen Akzent, der Tausende von Kilometern zwischen Marbach und Córdoba im Nu aufzuheben vermochte. Lange noch saßen sie beisammen, und Marie entdeckte ihr Lachen wieder, ihre Herzlichkeit, die ihr im Zusammenleben mit Peter, diesem westfälischen Sturkopf, unmerklich aber stetig abhandengekommen war.

Es wurde Nacht in Ludwigsburg, und das Staatsarchiv schlummerte mit der Stadt, so wie die meisten Bürger gegen 3 Uhr schliefen. Nur vereinzelt huschten an diesem frühen Freitagmorgen noch Nachtschwärmer über den Arsenalplatz. Er würde bei seinem Einbruch vorsichtig sein müssen. Eine bessere Zeit als diese gab es nicht. Die beiden Gebäude des Archivs wirkten verlassen, doch er wusste, dass Pförtner über die Eingänge wachten. Der Nachtwächter in dem dunkelroten Gebäude, dem ehemaligen Zeughaus, war zum Kontrollgang aufgebrochen. Wie immer. Wie in den Nächten zuvor. Er hatte das ausgekundschaftet. Er spürte den aufgeregten Herzschlag in seiner Brust. Dann nahm er seinen ganzen Mut zusammen und näherte sich der rückwärtigen, unbewachten Tür des weißen Nachbargebäudes. Er würde fündig werden, zumal der Lesesaal erst kürzlich die Akte mit dem entscheidenden Dokument bekommen hatte. Jetzt aber, zum Hintereingang. Wenn ihn jemand fragte, würde er den Betrunkenen spielen und wieder abhauen. Er steckte den Draht in die Tür, fingerte und stocherte hektisch, die Sekunden verrannen ergebnislos, Schweiß perlte in seinen Nacken und lief ihm kalt den Rücken herunter, alles dauerte schon viel zu lange. Endlich! Das Schloss reagierte. Das Staatsarchiv war zwar schon ein halbes Jahrhundert alt, jedoch zuletzt aufwendig modernisiert worden. Wer aber mochte heute noch hinter Nazi-Schergen herjagen? Vielleicht gab es noch einige irgendwo auf der Welt, aber das war jetzt nicht sein Problem. Katzenartig huschte er durch den kaum beleuchteten Flur. Seinen Weg kannte er, er hatte hier einige Male geforscht. Die Akte würde er entweder im Lesesaal oder in den

Containern für den Rücktransport ins andere Gebäude finden. Monatelang hatte er Hinweise gesammelt und sich vorsichtig umgehört. Er durfte sich heute Nacht nur nicht erwischen lassen. Plötzlich hörte er das dünne Scheppern eines Schlüsselbundes. Der Nachtwächter! Zum Glück standen dicke Wagen mit ungebrauchten Aktenordnern herum. Er kroch in die hinterste Ecke unter einen der Containerwagen. Das Licht ging an, ein grelles Neonlicht, weiß und kalt. Er fasste an sein langes Messer unter seiner Jacke und hielt sich daran fest, während er auf die ungeputzten Schuhe des Wärters blickte. Es waren große Füße, ein massiger Spann, und er fragte sich, welchen Schmerz die Tritte nach sich zögen, wenn diese Füße auf seine Rippen träfen, sollte er nach den ersten Schlägen am Boden liegen. Der Schein einer Taschenlampe kreiste auf dem Boden und leuchtete in die dunklen Ecken des Raumes. Er hielt den Atem an, langsam schlurfte der Sicherheitsbeamte an ihm vorbei. Mit jedem Schritt entfernte sich das regelmäßige Klirren des vielgliedrigen Schlüsselanhängers. Endlich, eine Tür fiel ins Schloss. Er hatte die Patrouille überstanden. Damit war die Bahn frei. Er würde jetzt die Akte suchen, sie finden und das entscheidende Blatt Papier austauschen, anschließend verschwinden, ehe der Nachtwächter in einer Stunde seinen nächsten Kontrollgang unternahm.

Zum Lesesaal war es nicht mehr weit, er musste über ein Fließband robben, das die beiden Archivgebäude miteinander verband. Er verließ sein Versteck zwischen den Aktenordnern und kletterte hinauf. Er zwängte sich in die schmale Öffnung, er war athletisch genug, um mit einem Klimmzug den Einstieg zu schaffen. Aber, was war das? Er fluchte, denn er steckte mit seiner Hüfte fest. Für einen Moment konnte er nicht vor oder zurück. Er beschloss, den Rückzug anzutreten, und wuchtete sich nach hinten. Sein Plan war nicht aufgegangen, er kam nicht weiter, fluchte leise. Minutenlang überlegte er, was er tun könnte. Hatte er schon probiert, die Tür dort hinten zu öffnen? Seines Wissens ein Zwischengang. Hoppla, die Tür stand ja offen. Leichtsinn des Wachpersonals? Oder Vorschrift aus Brandschutzgründen? Egal, er musste es probieren. Vorsichtig öffnete er die Tür und schloss sie behutsam, um Geräusche zu vermeiden. Eine weitere Tür stand offen. Er sah das Hinweisschild mit den Buchstaben M bis Z.

In dem Raum erwartete ihn völlige Dunkelheit. Er versuchte, seine Augen daran zu gewöhnen. Mit den Händen berührte er Stuhllehnen und Tischkanten. Er schob sich an ihnen vorbei und erreichte die schmalen Gänge mit den Aktenordnern. Hier konnte er endlich die kleine Taschenlampe einschalten, die er sich extra für diese Aktion zugelegt hatte.

»Mahnstein, Mengele, ah … Moosburger, da ist sie«, murmelte er und zog den Aktenordner hervor. Er fand sofort das Papier, das er am Montag hineingelegt hatte. Er nahm es, faltete es zusammen und steckte es in die Innentasche seiner schwarzen Jacke. Jetzt nur nicht die Blätter verwechseln, sagte er sich und legte das Dokument, das er mitgebracht hatte anstelle des anderen in die Mappe, die über die Verstrickungen der Familie Moosburger in die Machenschaften des NS-Regimes Informationen lieferte.

Wieder schreckte ihn ein Geräusch auf. Schritte

näherten sich, das Licht ging an. Er saß in der Falle. Zwischen den Gängen gab es kein Entkommen. Würde der Wärter einfach die Reihen durchstreifen, wäre er geliefert. Fast schleppend hörten sich die Schritte an. Er schaute nach oben, entdeckte auf dem Regal eine Freifläche. Aber er würde Lärm machen. Und unten? Er machte sich klein, ganz klein, schob sich zwischen zwei dicke Ordner. Zum Glück war er kein Riese. Er sah den langen Schatten der Aufsichtsperson, der bis vor sein Gesicht in den Gang ragte. Wenig später hatte er auch diese Schrecksekunde überstanden. Er musste jetzt nur noch den Ausgang finden.

14.

Der Radiowecker warf Peter Struve an diesem wolkenverhangenen Morgen um halb acht aus dem Bett. Er hatte schlecht geschlafen, davon geträumt, aus dem Hochhaus zu stürzen, knapp am Sprungtuch vorbei, das ihm die Feuerwehr in Briefmarkengröße entgegenhielt. Struve zerquetschte eine Banane für sein Müsli und stellte sich vor, wie viel von ihm übrig bleiben würde, sollte er tatsächlich einmal aus diesem Hochhaus springen müssen. Aber er litt weder unter Höhenangst, noch hatte er in der Vergangenheit von Löscheinsätzen am Marstall-Center gehört. Struve ertränkte sein Müsli in einem Viertelliter Milch. Landunter in der Bananenrepublik, taufte er sein kleines Kunstwerk, das er an dem kleinen Tisch löffelweise seiner Bestimmung entgegenführte.

Nach der Verhaftung Moosburgers hätte er zufrieden sein können, aber trotz des Fahndungserfolges beschlich ihn eine seltsame Unruhe. Er kannte dieses Gefühl. Manchmal befiel es ihn noch nach Wochen, wenn ihm ein Detail eines abgeschlossenen Falls in den Sinn kam. Er nahm diese Momente ernst, befasste sich mit den Unstimmigkeiten. So lange, bis er endgültig Gewissheit hatte. Struve schaute in den kleinen runden Spiegel am Esstisch, er hatte ihn aufgestellt, damit er sich nicht so allein fühlen musste.

»Sonst kommst du in diesem Riesenaquarium hier noch ins Schwimmen«, rief er dem Kameraden zu. Er mochte es sich nicht eingestehen, aber eine unangenehme Kälte kroch in ihm empor, und er wusste, dass Marie ihm früher die Wärme gegeben hatte, die er jetzt so sehr vermisste.

»Es wird Zeit, der Ehefrau einen Besuch abzustatten«, murmelte er mürrisch und zog seine Schuhe an. Als er die Wohnungstür öffnete, fand er einen kleinen Zettel. »Lieber Peter, bin heute den ganzen Tag und abends ausgebucht. Tausend Küsse, Corinne.«

Struve steckte den Kurzbrief in die rechte Gesäßtasche. Das einzig Erfreuliche daran waren die Küsse, aber er war nicht der literarische Typ, der auf eingebildete Zärtlichkeiten abfuhr, er brauchte das Original. Er stieg in den Aufzug. Unten kontrollierte er mechanisch den Briefkasten. Es war klar, dass ihn weder Freunde noch irgendwelche Vertreter hier so schnell aufstöbern würden. Er müsste sich ummelden, und vielleicht hatte Marie schon einen Postnachsendeantrag ausgefüllt auf dem Küchentisch liegen. Was sie sich vornahm, erledigte sie gründlich.

Im Gegensatz zu ihm. Immer noch stand der Porsche irgendwo, bestenfalls auf dem Hof eines Abschleppunternehmens, im schlechtesten Fall auf einem Hochseefrachter auf dem Weg nach Gottweißwo. Struve trottete über den Marktplatz zum Polizeirevier an der Stuttgarter Straße. Er zeigte den Verlust des Porsche an und fragte, ob er einen Wagen haben konnte.

»Einen Porsche haben wir nicht«, grinste ihn der Kollege an.

»Dafür gleich aber eine blutende Lippe«, drohte Struve zum Scherz.

Wenig später stieg der Kommissar in einen silbermetallicfarbenen Opel Vectra. Nicht schön, aber auch nicht selten, sagte er sich. Offenbar ein relativ neues Auto, das sich wegen seiner unauffälligen Karosserie für Observationen hervorragend eignete.

Eine halbe Stunde später stand Struve vor dem Haus, in dem er bis vor kurzem noch mit seiner Frau Marie gewohnt hatte. Sie öffnete die Tür, noch bevor er klingeln konnte.

»Na, bist du jetzt unter die Opel-Fahrer gegangen?«, fragte sie spöttisch.

»Die muss man fahren, solange es sie noch gibt«, brummelte Struve, der sich verlegen mit der Hand übers Kinn fuhr und dabei feststellte, dass er vergessen hatte, sich zu rasieren. Mochte sie denken, was sie wollte, ihn für verwahrlost halten. Wenn er ehrlich war, genoss er es, die Routine zu durchbrechen. In den zehn gemeinsamen Jahren hatte er sich täglich präzise wie ein Uhrwerk nach dem Frühstück eingeseift und rasiert. Tja, jetzt war nicht die Zeit für blumig duftende Wangenwässerchen.

Marie bat ihn einzutreten. »Magst du einen Kaffee? Unsere Espressomaschine ist repariert worden.«

»Gern.« Der Nescafé in seiner Unterkunft war eine einzige Zumutung, und er fragte sich, warum George Clooney sein Konterfei dafür hergab. Aber daran mochte er nicht weiter denken. »Wie geht's dir?«, fragte er, als der Kaffee, wie immer als Cappuccino mit reichlich aufgeschäumter Milch, vor ihm stand.

»Gut«, antwortete sie. »Ich gehe jetzt Tango tanzen.«

»Okay, schön.« Er hätte nicht gedacht, dass sie die Träume, die er ihr nicht erfüllen konnte, so schnell in die Tat umsetzte. »Wer tanzt mit dir?«

»Ein arschgeiler Argentino.« Sie verzog keine Miene.

Struve wusste nicht, ob er lachen oder betreten dreinschauen sollte. »Und ich bin mit einer Rothaarigen ins Bett gegangen«, rutschte es ihm raus.

Marie Struve lachte herzhaft. Ja, schlagfertig war ihr Peter. »Mich hat übrigens der argentinische Tanzlehrer zum Essen eingeladen.«

»Und? Nimmst du an?« Struve gestand sich seine Eifersucht ein, hütete sich aber, sie zu zeigen.

»Weiß nicht, hab mir Bedenkzeit erbeten, ich bin ja schließlich verheiratet.«

»Nimmt das nicht ein bisschen den Drive?«, stichelte Struve. Er wollte sehen, wie weit er gehen konnte.

Sie nahm einen Schluck Kaffee und blickte ihn mit gespielter Entrüstung an. »Am Ende hast du es wirklich noch mit der Rothaarigen getrieben?« Sie stand auf und zeigte ihm den Flur. »So, jetzt schau mal, da stehen noch ein paar Kisten, die müssten problemlos in deinen Opel passen.«

Struve lud einige Kartons ein, stand schließlich mit den letzten beiden beladen vor ihr, wusste nicht so recht, was er sagen sollte. Er fürchtete, es würde ein Abschied auf längere Zeit. Etwas in ihm wehrte sich dagegen.

»Marie, du fehlst mir, lass uns von vorn anfangen, wir haben beide Fehler gemacht.«

»Ach, Peter. Gib uns doch die Zeit. Die drei Monate brauchen wir, es ist keine Willkür, glaub mir. Vielleicht spürst du auch, dass die Distanz vieles klären hilft.«

Es fiel ihm schwer zu gehen. Er packte die Kartons in den Vectra und winkte ihr zu. »Telefonieren wir?«

Ihr Lächeln wirkte undurchsichtig, aber sie nickte. »Ja, wir sollten gelegentlich mal voneinander hören.«

Er spürte darin Abweisung, wollte ihr aber beim Abschied das Gefühl von Freiheit geben. »Melde dich einfach, wenn dir danach ist.«

Sie nickte, er stieg ein und fuhr los. Im Rückspiegel schmolz ihre Silhouette mit jeder Sekunde.

In Ludwigsburg parkte er in der Tiefgarage des Marstall-Centers. Das Gebäude aus den 70er-Jahren verschandelte die Ludwigsburger City, einige Läden in den unteren Etagen standen leer. Trotzdem bevölkerten an diesem Vormittag hunderte Kunden das Einkaufszentrum. Struve nahm zwei Kartons und bahnte sich einen Weg zum Aufzug. Er trug die Kisten hoch und räumte sie aus. Seine Gedanken kreisten um den Fall. Irgendetwas passte nicht. Er stand am Fenster und blickte auf das Blühende Barock, die herrliche Gartenanlage am Residenzschloss, Hunderttausende von Besuchern durchstreiften sie jährlich. Auch Schloss Monrepos zog die Massen an, vielleicht auch, weil kein Eintritt bezahlt werden musste. Jedenfalls hatte er den Eindruck, dass mehr Ludwigsburger denn je sich an den Wochenenden bei einer Runde um den See entspannten. Seltsam, dachte der Kommissar, dass sich ausgerechnet an solchen malerischen Orten brutale Verbrechen ereigneten. Innerhalb weniger Sekunden entlud sich Hass, raffte Habgier Menschenleben hinweg, beseitigte Neid unliebsame Rivalen. Die Motive ähnelten sich, mit den Jahren hatte der Kommissar einen Riecher dafür entwickelt, wessen Bahnen sich in bestimmten Fällen kreuzten. Ein Tatort hatte etwas Unausweichliches, hier drängte jemand auf eine schnelle Lösung seiner Probleme.

Struve wanderte in Gedanken nochmals hinab, er selbst hatte es nicht weit zum Monrepos-See, diesem vormals sumpfigen Gewässer, dessen Kultivierung der mächtige Landesfürst Herzog Carl Eugen Ende des 18. Jahrhunderts hatte fallen lassen, auch weil die Feuchtigkeit, die vom See aufstieg, zu unliebsamen Begleiterscheinungen geführt hatte. Erst sein Nachfolger Friedrich II. bekam das Problem 1801 in den Griff, indem er den Wasserspiegel des Sees absenkte. Struve öffnete die Schiebetür seines Wohnzimmers und betrat den Balkon. Er atmete die kühle Herbstluft ein und blickte hinüber zum Favoritepark. Hinter diesem Wald führte die kleine Chaussee hinunter zur feuchtmodrigen Problemzone von einst. Wessen Bahnen mochten sich wirklich gekreuzt haben, da unten am nächtlichen Seeufer? Wäre er anstelle des alten Moosburgers überhaupt um diese Uhrzeit hinausgegangen? Das Bett im Schlafzimmer war unbenutzt gewesen. Hermann Moosburger mochte sich in der Nacht noch lange mit einer Entscheidung gequält haben. Jetzt hatten andere das Sagen.

Das Klingeln des Handys riss den Kommissar aus seinen Gedanken. Er nahm ab.

»Hier Besold. Na, gut geschlafen, Herr Kommissar?«

Struve hörte in der plumpen Begrüßung seines Kriminaltechnikers dessen gute Laune heraus. »Warum so vergnügt, Herr Pathologe?«

»Wir haben heute Morgen noch ein bisschen nachgearbeitet. Vermutlich zu einer Zeit, in der Sie noch im Pyjama steckten.« Offensichtlich konnte es Besold kaum erwarten, mit seinen neu gewonnenen Erkenntnissen loszuplatzen.

»Meinem Pyjama geht's glänzend. Also, schießen Sie los. Was gibt es Neues?«

»Wir konnten die Feuerstelle dieser jungen Männer aufgrund des verbrannten Kohlenstoffs ziemlich genau datieren. Das Feuer brannte höchstens bis ein Uhr, auf keinen Fall später.«

Struve hatte es geahnt, ja, fast damit gerechnet. »Das bedeutet, es ist eher unwahrscheinlich, dass die Jungen dem alten Moosburger begegnet sind«, kombinierte er. »Der Todeszeitpunkt lag bei zwei Uhr, es ist doch sehr fraglich, ob die beiden noch eine Stunde brauchten, um wieder ans andere Ufer zurückzukommen. Warum sollten sie sich auch noch länger auf der Insel oder am Schloss aufhalten, wenn sie das Feuer gelöscht und ihren Spaß gehabt hatten?«

»Hm ...« Besold schien noch nicht aufgeben zu wollen. Schon oft hatte er sich zum Advocatus Diaboli aufgeschwungen, um Struves Hypothesen mit eigenem Gehirnschmalz etwas entgegenzusetzen. So auch diesmal. »Die Jungen könnten dem alten Moosburger trotzdem noch begegnet sein, es kam zur Rangelei, und er ist dann möglicherweise erst später seinen Verletzungen erlegen.«

»Möglich wäre das, auch wenn ich mich frage, womit sich die Jungs die Zeit auf dem Gelände vertrieben haben sollen.« Struve ärgerte sich. In diesem Fall ging so gut wie nichts voran. Es blieben zu viele Fragen offen. Auch Besold schwieg, was Struve wunderte. »Hat's Ihnen die Sprache verschlagen?«

»Eine Sache gibt's noch.«

»Ach ja?« Struve stellte seine Antennen auf Empfang. Wenn ihm sein Kollege so kam, hielt er noch etwas Wichtiges in der Hinterhand.

»Wir haben das komplette Ufer abgesucht, weil wir eine Rangelei da irgendwo in Betracht gezogen haben.«

»Ja und? Menschenskinder, Besold, machen Sie es nicht so spannend!«

»An einem der Steine am Rand der Seetreppe zum Schloss klebte Blut, Hermann Moosburgers Blut.«

»Ist nicht wahr!«

»Es besteht kein Zweifel. Wir haben eine Probe entnommen und inzwischen festgestellt, dass es um zwei Uhr dort abgesondert wurde.«

»Aber das heißt ja nichts anderes, als dass der alte Moosburger in dem Moment gestorben ist, als er gegen den Stein gefallen ist.«

»Höchstwahrscheinlich – es verringert auch die Wahrscheinlichkeit, dass es die Jungen waren und belastet eher Kai Moosburger, der später gekommen ist.«

»Außerdem hat sich der Tatort verschoben – weg vom Hotel hin zum Schloss, was allerdings nichts heißen muss.«

»Richtig«, bestätigte Besold. »Auch jemand aus dem Hotel könnte mit dem alten Moosburger dorthin spaziert sein.«

Struve hielt es nicht mehr in seiner Wohnung. Er spürte, wie sein Jagdtrieb erneut entfacht wurde und er seinem Misstrauen vom Morgen immer stärker vertraute. »Wie auch immer, Besold. Sie wissen ja, was Schiller sagen würde: Wer gar zu viel bedenkt, wird wenig leisten. Ich möchte mir den Tatort auf jeden Fall gleich noch einmal anschauen.«

»Unsere Leute sind noch da.«
»Gut«, antwortete Struve. Er legte auf und informierte Melanie Förster.

Eine Viertelstunde später trafen sie sich an der Treppe, die in den See führte. Enten quakten, einige Kinder fütterten die Tiere mit Brotkrumen. Auf einer Bank saßen zwei Verliebte, die sich zärtlich umarmten.
»Eigentlich sind wir so schlau wie vorher«, seufzte Melanie Förster.
»Mit einer Ausnahme«, hielt ihr Struve entgegen, »wir wissen jetzt, dass Hermann Moosburger wahrscheinlich durch einen Sturz auf den Hinterkopf ums Leben kam.«
»Das wäre ein Unfall oder eine Körperverletzung mit Todesfolge – oder Totschlag, aber kein Mord«, konstatierte die Kommissarin.
»Sehr richtig, Melanie.« Struve schritt die Treppenstufen ab. Hier also musste es passiert sein. Er versuchte ein Gefühl für die Bewegungen zu bekommen, die zu einem Sturz geführt haben könnten. »Hier ohne Fremdeinwirkung hinzufallen, wäre selbst bei Nacht ein Kunststück.«
»Stimmt, Peter. Außerdem ist das Schloss nachts indirekt beleuchtet. Moosburger hat also auf jeden Fall noch etwas sehen können, auch wenn er nicht mehr der Jüngste war.«
Struve nickte und kniete sich hin, um den Stein, der dem alten Moosburger zum Verhängnis geworden war, zu betrachten. Der sperrige, spitz zulaufende Fels markierte den Übergang zwischen Treppenmauer und Seeoberkante. »Moosburger muss nach hinten gefallen

sein, um mit dem Kopf so aufzukommen, wie er es tat«, meinte Struve und erntete von Melanie Förster und dem zwischenzeitlich wieder eingetroffenen Werner Besold zustimmendes Nicken.

»Kein Mord, eher ein Unfall«, murmelte Melanie Förster nachdenklich.

»Jemand könnte sich mit dem alten Moosburger gestritten und ihn frontal weggestoßen haben, sodass er fiel«, mutmaßte Struve, der immer noch vor dem Stein kauerte und Besold aufforderte, mit ihm die Szene nachzustellen. Dabei entdeckte er eine Lücke in einer Stufe, in der man wegknicken konnte.

Struve drückte mit der flachen Hand gegen Besolds Brust. Tatsächlich wankte er leicht, stützte sich aber an der Mauer ab. »Ach, was ist das denn? Taubenkacke.« Besold wischte sich verärgert die Hand ab. »Na, viel Kraft hat der Täter nicht gebraucht, Moosburger war ja auch nicht mehr der Jüngste, die Treppen hat er vielleicht doch nicht richtig einschätzen können.«

August 1943

Ich bin es, der Schatten der Welt. Ghetto. Gefangen. Abtransportiert. Gekreuzigt schon im Viehwaggon. Verwesungsgeruch. Wohin urinieren, und das Wimmern der Kinder. Tagelang keinen Tropfen in der Kehle. Sommer, wogende Felder, aber nur geahnt aus der Finsternis. Am Ende meiner Kräfte. Doch da, ein Turm, ein Wachtposten, der Zug verliert an Fahrt. Hält. Sich öffnende Tür. Nacht ist, dunkle Nacht. Ein roter Schein. Eine Wolke aus Ruß, ein Tor, schmale Sackgasse. In den

Tod. Davon erzählten sie, nur leise. Das Gefrieren der Adern, das Erstarren am Sofortigen. Unausweichlichen. Da ist es. Banaler als das, was ihm voranging. Stopp. Halt an, Lebensrad. Alle wissen, was kommt. Und dennoch kein Entrinnen. Auf ein Morgen in Jeruschalajim. Nur gut, dass Jakub entkommen war. Wir hätten niemals ins Ghetto nach Warschau gehen sollen. Aber ich war verzweifelt. Hörte, meine Familie wäre dort. Wie hätte ich sie allein lassen können? So schlichen wir beide uns hinein, in diese Hölle, aber von Judith und den Kindern fehlte jede Spur. Dann die Razzia, der Abtransport. Ich hoffe auf Jakub. Der Junge trägt das Geheimnis unserer Familie. Vielleicht kann er etwas bewirken, wenn die Justiz in Deutschland wieder ein menschenfreundliches Antlitz bekommt. Adonai, ich übergebe mich dir, der du mich diesen dunklen Weg gehen lässt. Amen.

15.

Oh, sie ist ein unglückliches Mädchen! Ihre Liebe ist für einen, der verloren ist, und wird – ewig niemals belohnt. (Karl, IV, 4)

Nein, sie wird im Himmel belohnt. Sagt man nicht, es gebe eine bessere Welt, wo die Traurigen sich freuen, und die Liebenden sich wiedererkennen? (Amalia, IV, 4)

Corinne Lennert aß morgens ihr Müsli, von Nachbar Peter keine Spur. Irgendwo im Niemandsland zwischen One-Night-Stand und Verliebtheit wartete sie geduldig ab und las weiter ihren Schiller. Karl und Amalia kommen auch nicht zusammen, tröstete sie sich, als sie den vierten Akt las. Dabei schien doch alles gut zu werden. Franzens Mordpläne scheitern, weil der alte Knecht Daniel sich frühzeitig Karl zu erkennen gibt und ihm nicht den vergifteten Wein reicht. Und im Gespräch zwischen Karl und Amalia sieht es zunächst nach einem Aufflackern der alten Liebesglut aus. Aber, es kommt anders, was auch Corinne bedauerte.

Am liebsten würde Frank Moosburger sich umdrehten und weiterschlafen. Daran hinderte ihn jedoch das unnachgiebige Klingeln seines Telefons. Ein besonders schriller Signalton, wie in den 70er-Jahren, passend zur Nostalgie in seiner Villa. Zumindest diese Wahl bereute er jetzt, auf dem Bauch liegend, mit seinem rechten Arm vage auf dem Nachttisch umhertastend. Er stieß eine Mineralwasserflasche um, sofort lief Wasser auf den Parkettboden seines Schlafzimmers. Alarmiert von dem Geräusch, richtete sich Moosburger ruckartig auf. Erschreckt nahm er die Zeitanzeige seines Weckers wahr. Schon zehn Uhr, er hatte vergessen, das digitale Gerät zu programmieren. Noch immer benommen, schnappte er sich sein Unterhemd vom Vortag und wischte mit ihm den Fußboden ab. Gleichzeitig stellte er die Flasche wieder auf den alten Platz. Endlich nahm er den Hörer ab.

»Moosburger.«

»Hallo Frank, hier ist Emily.«

»Hi, was kann ich für dich tun?«

»Hast du heute schon den Stuttgarter Kurier gelesen?«

»Nein.«

»Solltest du aber. Sie haben Kai gestern verhaftet.«

»Was? Dann hat er …?«

»Er steht unter Verdacht, jemand hat seinen Wagen in der Nacht am Schlosshotel gesehen, aber im Artikel heißt es auch, dass weitere Beweise fehlen und er alles abstreitet. Alles deutet auf eine unsichere Indizienlage hin.«

Frank Moosburger rieb sich die Augen, langsam tastete er sich mit dem Hörer in der Hand die Treppe hinunter. Er nahm die Zeitung aus dem Briefkasten und schlug sie auf dem Küchentisch auf. Tatsächlich: ein großer Artikel auf der Regionalseite von einem gewissen Luca Santos. Na, dass die Migranten schon besser Deutsch können als die Alteingesessenen, muss man wohl hinnehmen, dachte Moosburger, dem in der Stuttgarter High Society der Ruf vorausging, ein patriotisch gesinnter Liberaler mit guten Kontakten zur extrem rechtslastigen Partei der Neorepublikanischen Erneuerung zu sein.

»Hey, du hast recht, Emily. Kai sitzt, das ist ja voll der Hammer, aber wahrscheinlich war er es auch, oder denkst du nicht?« Frank goss sich ein Glas Orangensaft ein. »Er war ja schon immer ziemlich gefühlsduselig …«

Emily Noller schluckte. Ihr ehemaliger Geliebter Kai bedeutete ihr auch nach all den Jahren noch viel. Trotz mancher Gegensätze empfand sie das eine Jahr mit ihm als das schönste ihres Lebens. Sie wusste, er brauchte die Distanz, doch das Feuer zwischen ihnen glaubte sie noch nicht erloschen. Daran konnte nichts und niemand etwas ändern. Wen sie einmal geliebt hatte, den würde sie nie vergessen. Und dass ihr Kai unschuldig war, davon war Emily mehr als überzeugt.

»Du tust ihm Unrecht, Frank. Er würde so etwas nie und nimmer tun. Wir sollten ihn da rausholen.«

»Ihn rausholen? Aus der Untersuchungshaft? Und wie stellst du dir das vor? Sollen wir Fort Knox auf zwei Pferdchen stürmen?«

»Quatsch. Wir müssen ihn mit Anwälten rauspauken, Kaution zahlen. Da gibt es bestimmt irgendwelche Gummiparagrafen.«

Frank Moosburger musste lachen. »Das stellst du dir so einfach vor. Es geht um Mord, meine Liebe, und nicht um geklaute Silberlöffel.«

Wütend trat Emily mit dem rechten Fuß gegen das Bein ihres schweren Buchentisches. »Verdammt, Frank. Niemand hat gesehen, was dort am See passiert ist. Kai würde niemals seine Hand gegen seinen Vater erheben.

Die beiden sind sich fremd gewesen, haben sich aber nicht gehasst.«

»Das hat schon so mancher von sich behauptet«, antwortete Frank kühl. »Ich kann mich noch gut daran erinnern, wie Kai ihn als Handlanger der Bourgeoisie beschimpft hat.«

»Das ist doch alles Schnee von gestern«, hielt ihm Emily entgegen. »Wäre es nicht an der Zeit, sich die Hände zu reichen? Wenigstens ihr als seine Söhne solltet das schaffen. Ich weiß, wie sehr sich Hermann das gewünscht hat.« Sie schlug Frank vor, den Anwalt der Familie mit dem Fall zu betrauen. »Setz Wellmann darauf an, dann weiß Kai, dass wir ihn nicht hängen lassen.«

Frank schwankte, er wollte es sich mit Emily nicht verscherzen. Er mochte sie, ja mehr noch, er begehrte sie. Mit der Freilassung von Kai würde er jedoch ein Risiko eingehen, ahnte er, zumal er immer versucht hatte, einen Keil zwischen ihn und Emily zu treiben. Wenn er aber jetzt nein sagte, würde er Emily für alle Zeiten verlieren. »Besser als ein Pflichtanwalt wäre Wellmann allemal«, dachte er laut.

»Na, siehst du«, freute sich Emily, »ich bin sicher, der hängt sich total rein und schafft das.«

Der Anwalt erreichte die Freilassung binnen weniger Stunden. Emily und Frank holten Kai gegen 14 Uhr aus dem Gefängnis in Stammheim ab. Frank zahlte eine Kaution von 50 000 Euro, der Bruder durfte die Region nicht verlassen und musste sich täglich bei der Polizei melden. Von Dankbarkeit war der Befreite jedoch weit entfernt.

»Jetzt fühlt ihr euch wie barmherzige Samariter, was?«, schimpfte Kai, als die beiden vor ihm standen. Er bereute, Wellmann nicht einfach weggeschickt zu haben. Die Vernunft riet ihm, die Hilfe anzunehmen, denn er selbst schätzte seine Lage als nicht besonders rosig ein.

»Wir wünschen uns einen Neuanfang mit dir«, bekannte Emily. »Das ist doch längst überfällig.«

»Neuanfang, dass ich nicht lache. Und mit dem da ...«, er zeigte auf Frank, »will ich schon mal überhaupt nichts zu tun haben.«

»Mensch, Kai. Frank hat die Kaution gezahlt, er ist dein Bruder. Jetzt sei nicht so starrköpfig.«

»Geht nicht anders. Das kann ich nicht abstellen, Emily, er soll uns allein lassen.«

Sie bat Frank, den Wunsch des Bruders zu respektieren. Der ging zwar, brauste jedoch auf. »Du kannst mich zwar jetzt wegschicken, Bruder, aber so deppert wie jetzt werde ich mich nicht noch mal anstellen, da lass ich dich lieber schmoren, und wenn es lebenslänglich ist.«

Wutentbrannt ließ er sie stehen.

»Lass ihn nur bruddeln, er meint es nicht so«, erklärte Emily. Sie freute sich, Kai nach all den Jahren wiederzusehen, trotz der ungünstigen Umstände. »Wollen wir zum Max-Eyth-See fahren? Da haben wir ein bisschen Ruhe, um zu plaudern«, bat sie mit warmer Stimme.

Kai war ehrlich genug, sich einzugestehen, dass er jetzt jemanden brauchte. Jemanden wie Emily, die ihn kannte und ihm zuhören konnte. »So wie damals«, stellte er lächelnd fest.

»So wie damals«, bekräftigte Emily, die ihn zur U-Bahn-Haltestelle mitnahm. Während der Fahrt berichtete er von seiner miserablen Nacht in der Zelle. Von dem wortlosen Wärter mit der vernarbten Akne und dem steinharten Laugenweckle zum Frühstück, das er in eine scheußlich schmeckende schwarze Brühe eintunken musste, die den Namen Kaffee nicht verdiente. Das konnte selbst einem Survivaltrainer zusetzen.

Die Wolken hatten sich verzogen, als sie am See ankamen. Die Sonne strahlte und blendete ihn. Tief atmete Kai durch, er spürte erst jetzt, wie sehr er in den wenigen Stunden seiner Gefangenschaft die Freiheit vermisst hatte. Die Freiheit, das wichtigste Gut, das er so sehr schätzte, dass er immer wieder gegangen war, wenn ihn andere in ihre Abhängigkeiten ziehen wollten. Sie spazierten an dem wenig frequentierten Ufer entlang und genossen die herrliche Aussicht. Es tat Kai gut, mal wieder mit Emily zu quatschen, und er fand nichts an ihr, was ihn damals in die Flucht getrieben haben mochte. Als sie den See schon fast umrundet hatten, blieb Emily stehen.

»Kai, sag mir, dass du es nicht warst.«

Überrascht von dieser Äußerung brach Kai in schallendes Gelächter aus. Er kannte Emily und wusste um die seelischen Bedürfnisse von Frauen, die, selbst wenn sie an einen Mann glaubten, immer noch Bekenntnisse einforderten. Es schien ihm, als ob ihr Insistieren in diesen Sekunden mit seiner damaligen Liebesbekundung am Max-Eyth-See verschmolz. Vielleicht prustete er deshalb aus sich heraus. Emily starrte ihn mit großen Augen an. Bestimmt war sie verletzt, da er lachte und sie nicht anders konnte, als zu denken, er lache sie aus. Kai hätte sie am liebsten noch ein wenig auf die Folter gespannt, aber die Intensität ihrer Begegnung verbot einen leichtfertigen Umgang. Nein, er wollte nicht das aufs Spiel setzen, was sich in dieser Stunde zwischen ihnen aufgebaut hatte.

»Also gut, meine liebste Vertraute, ich war's nicht.« Er zog die Augenbrauen hoch und hielt für einige Sekunden den Blick. »Zufrieden?«

Wortlos und einträchtig schritten sie weiter. Wieder blieb sie stehen.

»Sag mal, Kai. Damals, als du weggingst, bist du da nie auf die Idee gekommen, mich in dein neues Leben mitzunehmen?«

Moosburger hatte diese Frage erwartet. Anders als in den Jahren zuvor, als er stets glaubte, sich eine Antwort zurechtlegen zu müssen, schien sie ihm jetzt unglaublich einfach. Er blickte ihr in die Augen. Er spürte, wie er Dankbarkeit für die Gelegenheit empfand, das aussprechen zu können, was ihn jahrelang gequält hatte.

»Ja, Emily, dieser Wunsch war da, und ich müsste lügen, wenn ich nicht zugeben würde, dass er mich in all den Jahren verfolgt hat, immer und immer wieder.«

Sie konnte nicht aufhören, ihn anzuschauen. Kai nahm ihren Arm, hakte sich unter, schweigend gingen sie weiter, und in dieser schleppenden Bewegung musste sie spüren, wie schwer ihm die Entscheidung damals gefallen war. Tränen rannen ihr übers Gesicht, auch er weinte.

Emily spürte ihre Ohnmacht. Sie fühlte sich ihm so nah, aber sie sah sich außerstande, die quälende Distanz zu überbrücken. Wahrscheinlich erforderte es Geduld, sehr viel Geduld. »Kai, ich habe so manches Mal geweint, wenn ich an dich und deinen Vater gedacht habe.« Sie schluckte, hatte einen Kloß im Hals und setzte dann neu an: »Mittlerweile kann ich dich viel besser verstehen.«

Verständnis, ja Verständnis hat gefehlt, schoss es Kai durch den Kopf, und die Bilder von damals drängten sich ihm in diesen Sekunden mit ihrer ganzen Wucht auf. »Woher rührt dein Sinneswandel?«, fragte er sie. »Du warst doch immer auf seiner Seite.«

Emily wich einen Schritt zurück. Nein, positioniert hatte sie sich nie. Anfangs jedenfalls nicht. Aber verdammt, sie konnte sich nicht mehr an alles erinnern. An den Ärger über die Schuldzuweisungen aber schon. Und Kais Vorwurf jetzt kam diesem Mechanismus von damals schon relativ nah, fand sie.

»Kai, was heißt denn, auf seiner Seite? Du weißt genau, dass er mich damals praktisch von der Straße geholt und eingestellt hat. Und als es zwischen euch beiden krachte, habe ich zu vermitteln versucht, nicht mehr und nicht weniger. Wenn das nicht in dein Bild einer idealen Liebe gepasst hat, dann tut's mir heute leid, aber es hat mich damals aufgerieben.«

Kai schwieg. Natürlich stand er als Streithammel da, als Deserteur, der vor der Auseinandersetzung floh. Als jemand, der nicht dialogfähig war, und seinem Vater doch zumindest zuzuhören hatte. Als ob er das alles nicht schon tausendmal reflektiert hätte. Gedreht und gewendet, in einsamen Nächten an den Lagerfeuern seiner Camps, im Westerwald, in den Cevennen und am Sinai. Und immer war er zu demselben Schluss gekommen. Letztlich war das Duckmäusertum seines Vaters zu groß, seine Verstrickungen in die Nachkriegsgeschichte der frei herumlaufenden und immer noch tätigen Ex-Nazis zu deutlich gewesen, als dass er mit reinem Gewissen einer Versöhnung hätte einwilligen können. Aber damals im Kreise der Familie wollte ihn niemand verstehen. Auch Emily lebte in einer anderen Welt, schien es ihm auch heute noch.

»Ich konnte nicht anders, ich musste gehen – und mir fehlte die Kraft, dich mitzunehmen, dich überhaupt zu fragen, ob du mit einem arbeitslosen Akademiker durchs Leben gehen willst.«

Emily lachte kurz auf. »Arbeitsloser Akademiker – na und wenn schon? Mensch, begreifst du denn nicht? Ich habe dich geliebt.«

»Aber du hast das Unternehmen und den Alten mehr geliebt als mich. Vielleicht willst du dir das nicht eingestehen. Aber dein ganzes Weltbild ist dem meinen zutiefst zuwider. Während du den Kompromiss suchst, damit alles schön weiter funktioniert, suche ich nach Wahrheiten. Manche Risse kann man eben nicht kitten. Du und ich, wir sind zu verschieden, das habe ich damals gemerkt.«

Emily wendete sich ab. Es tat weh, sie spürte ein Ziehen in der Brust. Warum lief sie diesem Typen eigentlich hinterher? Kai, ihre große Liebe, so ein Schmarrn. Hinter seinem Pathos steckte der ärmliche Kern eines Rechthabers, eines Prinzipienreiters. Hätte er damals nur einen Funken Mitgefühl gezeigt, Hermann hätte ihm die Welt zu Füßen gelegt. Aber dieser Idiot, haute einfach ab und vermasselte alles. Und jetzt spielte er immer noch den Moralapostel. Ach, hätten sie ihn doch im Knast gelassen.

»Vielleicht hast du recht, zwischen uns gibt's Unterschiede«, räumte sie ein. »Aber sind sie denn immer noch so groß? Haben wir nicht dazugelernt? Und auch wenn Hermann Schuld auf sich geladen hat, kommt es doch auf uns an: Wir haben so viel Einsicht, so viel Kraft, dass wir auch seine Sünden in etwas Gutes umwandeln können.« Sie trat auf ihn zu. »Hey Kai, vergiss den ganzen alten Kram. Das Hier und Jetzt zählt.«

Moosburger schaute sie an. Ja, sie gefiel ihm, er mochte es nicht leugnen. Keine Frau hatte ihn erreicht in den Jahren ihrer Trennung. Gut, er lebte in seinen Camps vorwiegend mit Männern, kam nicht auf den Gedanken, mit Frauen etwas anzufangen, aber trotzdem, er hatte oft an sie gedacht, wenn auch mit dieser schwer verdaulichen Mischung aus Wut, Enttäuschung und Faszination.

Emily spürte, dass Kai mit sich rang. Sie nahm seine Hände. »Du, es ist noch nicht zu spät – ich bin immer noch frei.« Ihre Augen suchten die seinen, er aber schaffte es nicht, sie anzuschauen.

»Kai, ich habe mich in niemanden verlieben können. Es war mir nicht möglich, einen anderen Menschen so zu lieben wie dich.«

Moosburger starrte sie wie hypnotisiert an. Ja, sie hatte ausgesprochen, was er immer gewusst hatte. Und wie groß war in manchen Nächten seine Sehnsucht gewesen. Es gab Handys, Flugzeuge, schnelle Wagen. Nutzlose Fortbewegungsmittel für Körper und Worte. Leere Hülsen, da ihm der Mut gefehlt hatte und er den Fluch der Tat nicht abschütteln konnte, die ihn auf Jahre hin auf sein Eremitendasein festgelegt hatte.

Kai nahm sie in den Arm und hielt sie ganz fest. Er vermied es, sie zu küssen, aber er fühlte, das Zusammenstehen gab ihm Kraft.

»Vielleicht waren die Taten der Alten zu mächtig, als dass wir uns wiederfinden konnten«, flüsterte er.

»Vielleicht«, hauchte Emily. Sie war benommen von der Intensität ihrer Begegnung und atmete schwer. Was war nur mit ihr los? Kai hatte ihr erneut den Kopf verdreht, nach all den Jahren, aber ihr war so, als ob sich damit ihr innigster Wunsch erfüllte. Und doch bedrängte sie etwas. Trennte sie die Geschichte, so wie damals? Ob sie ihre Liebe zu Kai damit gefährdete oder nicht – sie musste ihm erzählen, was sie so sehr beschäftigte. »Ich hätte nie gedacht, dass eure Familie die andere, der ihr die Druckerei für einen Bruchteil des Wertes abgekauft hattet, um ihr die Flucht nach Frankreich zu ermöglichen – dass ihr genau diese Familie 1942 durch die Gestapo aufspüren und ins KZ bringen ließet, damit sie für immer schwieg.«

Kai Moosburger stutzte. Er löste sich aus der Umarmung und schaute sie entgeistert an.

»Aber das stimmt so nicht, Emily. Ich habe genau diese Frage im Rahmen meiner Doktorarbeit erforscht. Dieses Gerücht hatten damalige Nachbarn in die Welt gesetzt – es gab keine Anhaltspunkte, dass mein Großvater Kontakte zur Gestapo und SS hatte, um im Ausland agieren zu können. Das haben dann ja auch die Alliierten genau untersucht. Die Protokolle liegen noch in Ludwigsburg im Staatsarchiv.«

»Unmöglich, Kai, ich habe doch selbst im Staatsarchiv die Akte von Hermann Moosburger senior durchgesehen, erst vor wenigen Tagen«, widersprach Emily. »Da stand etwas von schwerer Schuld, dein Großvater sei SS-Mann gewesen und habe die Endlösung der Judenfrage in Parteikreisen immer wieder befürwortet.«

»Nein, Emily, ich weiß es besser. Unser Großvater war zwar ein mieser Kriegsgewinnler und in diesem Einzelfall skrupellos. Aber ein verblendeter Ideologe, der Juden ans Messer lieferte, war er nicht. Er hat die Firma billig gekauft und die Eigentümer ins Ausland befördert, das war seine Methode – schlimm genug, zumal er später nichts getan hat, um die Opferseite zu entschädigen.«

Emily Noller fragte sich nun ernsthaft, ob sie unter Halluzinationen litt. Erst vor wenigen Tagen hatte sie einen Brief erhalten. Sie dachte schon, er wäre von Kai. Der Absender forderte sie auf, nicht weiter die Augen vor der Wahrheit bei Moosburger & Moosburger zu verschließen. Sie solle ins Staatsarchiv gehen und sich davon überzeugen, was Hermann Moosburger senior für Verbrechen begangen habe. Emily hatte diesen Brief schon wegwerfen wollen, sie gab nichts auf anonyme Schreiben, aber dann war ihre Neugierde zu groß geworden. Schließlich hatte sie damals, als Kai wegging, sich selbst nicht die Mühe gemacht, die Sachverhalte zu überprüfen. Das hatte sie Kai überlassen, dem sie in allem glaubte.

Kai hörte ihr aufmerksam zu, als sie von dem anonymen Brief erzählte. »Vielleicht wollte dich jemand beeinflussen«, vermutete er. »Hast du denn etwas in der Akte gefunden?«

»Ja, es stand dort einiges über Hermann senior, was mir vorher nicht klar war.«

»Dann gehen wir am Montag gemeinsam ins Staatsarchiv, um uns die Akte anzuschauen.«

»Gut«, antwortete Emily, »ich möchte deinen Großvater und auch deinen Vater als die in Erinnerung behalten, die sie tatsächlich waren – mit allen Licht- und Schattenseiten, die sie wohl hatten.«

16.

Julia blickte Luca in dem kleinen Café am Freiberger Marktplatz so lieb an wie noch nie. Sie war aus Bologna zurückgekommen. Endlich waren sie wieder zusammen, der Cappuccino dampfte vor ihnen, und Luca, der mit Julia von Erdmannhausen hierher gefahren war, weil er den Platz mochte und sie sich in der Zeit ihres Kennenlernens öfter hier getroffen hatten, genoss die Ruhe an diesem Freitagvormittag, nach den Anstrengungen der Woche.

Natürlich hatte Julia viel zu erzählen. Das internationale Studentenwohnheim bot viel Stoff. In immer blumigeren Bildern beschrieb Julia die Flirts und Liebeleien der Flurgenossinnen. Die blasse Marte aus Norwegen knutschte mit dem kaffeebraunen Okwinde von der Elfenbeinküste. Die rothaarige Dorothy aus Edinburgh suchte mit dem ebenfalls rothaarigen Pawel aus Sankt Petersburg die Ost-West-Verständigung. Und ihre deutsche Zimmernachbarin Charlotte, wie sie Germanistin, aber aus München, flirtete mit Raffaele, der in Bologna eine Pizzeria betrieb, seine Gäste von der Uni regelmäßig mit dem Schiller-Zitat ›Seid umschlungen, Millionen‹ begrüßte und gelegentlich auch Goethesprüche aus dem Hut zauberte. Wahrscheinlich wusste nur Mephisto, wie er das ohne Sprachkenntnisse schaffte! Jedenfalls hatte die Verbindung mit Lotti zur Folge, dass sich der Studentenstammtisch des germanistischen Fachbereichs immer öfter in die Peripherie der Altstadt verlagerte, sodass Raffa, wie Julia ihn nannte, seine hormonell stark beförderte Großzügigkeit ein ums andere Mal deftig unter Beweis stellen konnte. Luca wertete indes Julias Gesprächigkeit auf diesem Sektor als eindeutiges Zeichen dafür, dass sie selbst sich in puncto amouröse Abenteuer zurückgehalten haben mochte.

»Du bist dir sicher, dass du von Charlotte erzählst?«, unterbrach er sie augenzwinkernd.

Julia verstand seine Anspielung nicht und plapperte munter weiter. »Charlotte? Ja, das war die mit dem Pizzabäcker.«

Luca lächelte. Er wusste, er konnte sich auf Julia verlassen. Trotzdem neckte er sie weiter. »Sag mal, bei dem breiten Spektrum, gab's da niemanden, der sich für dich interessiert hätte?«

»Ha, freilich. Schlange standen die alle«, witzelte Julia. »Aber ich hab ja dein Foto in der Geldbörse, und immer, wenn einer meine Rechnung bezahlen wollte, habe ich das Portemonnaie gezückt und ihm dein Bild gezeigt.«

»Und dann hat dir jeder noch 50 Euro dazugegeben, damit du das mit dem da erträgst.« Luca zeigte auf sein Porträtbild. Er liebte es, sich selbst zum Opfer seines obskuren Humors zu machen.

Julia lachte. »Nein, die meisten potenziellen Verehrer habe ich danach nicht wiedergesehen.«

Luca fühlte sich an seine Studentenzeit erinnert. Damals hatte sein Kumpel Bernd den Kampfspruch ›Fire and forget‹ in die Runde geworfen. Bernd galt allerdings als wenig solider Typ, der es nie lange mit einer Flamme aushielt. Richtig gefährlich wurde es aber nur, wenn sich seine verschiedenen Beziehungen zeitlich überlappten. Aber, soweit sich Luca richtig erinnerte, musste er nur einmal einspringen, um eine Doppelbelegung des Casanovas auszubügeln. Den Abend mit Ludmilla hatte er in guter Erinnerung behalten. Wer weiß, was aus ihnen geworden wäre, wenn nicht wenig später Julia in sein Leben getreten wäre.

»Dann gab es doch sicher einige Kerle, die dich weiter angebaggert haben«, hakte Luca nach.

Julia errötete leicht. »Nein, nicht wirklich, es wäre zwar schön gewesen, begehrt zu sein, aber du kannst beruhigt sein.« Sie streichelte mit dem Zeigefinger über seine Lippen und küsste ihn mit einem frechen Stupser auf den Mund.

Luca freute sich, Julia wieder bei sich zu haben. Er war nicht der Typ, der gern allein durchs Leben ging. Zwar legte er Wert auf Eigenständigkeit und auch sein Beruf als Journalist forderte von ihm einen unbeeinflussbaren Blick auf die Wirklichkeit, trotzdem brauchte er Julia, die ihm das Gefühl gab, einfach so sein zu können, wie er war – auch wenn er sich zu Kompromissen zwingen musste.

»Wie war denn dein Survivalcamp?«, fragte sie. Offenbar hatte sie noch keine Zeitung gelesen. Luca war doch in die Redaktion gefahren. Struve selbst hatte ihn mitgenommen und vor der Redaktionstür abgesetzt. Der Blattmacher schlug ihm 80 Zeilen frei, mit denen er die Story von der Verhaftung Kai Moosburgers erzählen konnte.

»Das Camp?«, fragte Luca zurück, »och, das war ganz nett. Ich weiß jetzt, wie man ein Wildschwein fängt.«

Julia lachte laut, sodass sich Gäste nach ihr umdrehten. »Sehr schön – wo wir uns doch vegetarisch ernähren wollten.«

Luca hob entschuldigend die Hände. »Okay, für unsere Gefriere war diese Unterrichtseinheit weniger geeignet«, schränkte er ein, »dafür war es ein saugeiles Gefühl, in der Grube auf der Lauer zu liegen.«

Wieder prustete Julia los. »Saugeil, ihr Waldschrate hattet es bestimmt nötig.«

Luca überging diese Anspielung auf die von den Umständen verordnete Enthaltsamkeit und gestand sich ein, mit der Wildschweinjagd etwas dick aufgetragen zu haben. Es war überhaupt nicht zu Jagdszenen gekommen, da die Polizei zur eigenen Jagd geblasen hatte.

Luca erinnerte sich an Kai Moosburger und daran, dass tatsächlich vieles dafür sprach, dass er in der Nacht die Gelegenheit genutzt haben mochte, mit seinem Vater abzurechnen. Aber wenn Luca alle Fakten betrachtete, kamen ihm erhebliche Zweifel. Falls Kai Moosburger tatsächlich die beiden Jungen gesucht hatte, wäre es doch ein großer Zufall, wenn Vater und Sohn aufeinanderträfen. Außerdem war dieser Moosburger nicht der Typ, der aufgrund einer sich bietenden Gelegenheit gleich jemanden umbrachte. Luca wollte das nicht glauben. Er hatte den Campleiter kennengelernt, er sah ihn als eine äußerst verantwortungsbewusste Persönlichkeit an. Gut, im Affekt konnte auch eine gurrende Friedenstaube zum hackenden Geier werden, aber die Umstände sprachen dafür, dass der Mörder doch eher im Umkreis der Tagung im Schlosshotel zu suchen war.

Lucas Handy, im Lokal auf stumm gestellt, brummte.

»Ja, Santos hier.«

»Hier ist Kai. Hallo Luca.«

»Hallo Kai.«

»Wusste gar nicht, dass du so gut schreiben kannst.«

Luca schluckte. Moosburger klang nicht unfreundlich, aber woher hatte er seine Nummer? In diesem Moment wusste er, dass es falsch war, sich mit seinem richtigen Vornamen im Camp angemeldet zu haben. Moosburger hatte beim Lesen des Artikels eins und eins zusammenzählen können. Dass ihn der Artikel im Stuttgarter Kurier auffliegen ließ, wurmte ihn, aber er konnte sowieso nichts mehr dagegen tun.

»Wahrscheinlich halb so gut wie du mit Knüppeln, die du anderen auf den Kopf schlägst. Wieso bist du dir so sicher, dass ich Zeitungsartikel schreibe?«

»Na, ich habe dich beobachtet, es passt zu dir. Du machst auf mich den Eindruck, als ob du die Dinge langsam, aber gründlich verarbeitest. Na, und dann lag auf dem Parkplatz noch dieser Presseausweis auf dem Armaturenbrett deines Wagens.«

Luca wäre am liebsten vor Scham im Boden versunken. Seine Tarnung musste demnach schnell aufgeflogen sein. Trotzdem hatte Moosburger ihn nicht zur Rede gestellt. »Okay, eins zu null für dich. Sag mal, bist du nicht mehr in Haft?«

»Nein. Ich brauche frische Luft und keine gesiebte.«

»Wie hast du das so schnell geschafft?«

»Emily und Frank – sie haben Kaution gezahlt. Die hatten wohl ein schlechtes Gewissen.«

»Heißt das, sie halten dich für unschuldig?«

»Weiß ich nicht, kann auch ein Schachzug sein, damit sie vor der Kripo sauber wirken.«

Luca fand diesen Gedanken naheliegend. So naheliegend, dass die Polizei bestimmt schon selbst darauf gekommen war. Der journalistische Jagdtrieb packte Santos. Er begriff, dass er mit Kai jemanden an der Angel hatte, der die Fortsetzung seiner Story garantierte.

»Wo steckst du?«

»Ich fahre wieder in den Wald. Es gibt noch einiges aufzuräumen.«

Luca verstand. Die Andeutung galt ihm. »Brauchst du Hilfe?«

»Ehrlich gesagt, ja. Könntest du nachher dazustoßen? Ich denke, die anderen kommen auch.«

Luca schaute zu Julia, die sich bestimmt schon darauf freute, den Nachmittag mit ihm zu verbringen. Nach Kais Einschätzung würde die Aufräumaktion etwa zwei Stunden dauern, dazu eineinhalb Stunden Fahrt. Luca sagte zu.

März 1943

Endlich dort, wo die Qual ein Ende hat. Aussortiert. Hinter der Rampe dunkle Schwaden aus banalen Kaminen. Ebenso banal wie die Aussicht, gleich das Lebenslicht ausgelöscht zu bekommen. Das Ende? Ja, das Ende. Verzweifelte Schreie. Zwischendurch die Peitschenhiebe und ein letzter Tanz vor geducktem Tiefgang. Entsetzen, ja lähmendes Entsetzen, wo nicht verlorene Ehren, geknickte Karrieren oder verloren gegangene Güter schmerzen. Nackt sind wir gekommen, nackt gehen wir. Der Schöpfer gibt, der Schöpfer nimmt, auch durch Schergenhand, und er spürt uns in den entlegensten Winkeln auf, um uns einzusammeln. Könnt ich's fassen, dürft ich schreien? Stummes Durchschreiten der Tür. Wisse, dass Arbeit niemals frei macht. Unsere Seelen, in alle Himmelsrichtungen verweht.

17.

Schon der Klang seiner Nase, wenn er sich schnäuzte, könnte dich durch ein Nadelöhr jagen. (Schweizer, IV, 5)

Peter Struve versuchte, Corinne Lennert zu erreichen. Aber er hatte ihre Handy-Nummer nicht mehr. Er klopfte an ihre Wohnungstür, sie war nicht da. Ihm fehlte ein Stift, so konnte er keinen Zettel schreiben. Er hatte es eilig, musste weiter. Corinne wiederum saß in einem Café in der Myliusstraße. Sie konnte die Räuber nicht mehr aus der Hand legen. Im Laufe der Lektüre hatte sie sich an die Charaktere der Bandenmitglieder gewöhnt. Deshalb überraschte es sie auch nicht, dass dieser Spiegelberg den abwesenden Hauptmann schlecht macht. Schließlich hatte Schiller ihn schon früh als Querulanten eingeführt. Aber Schweizer, ein anderer aus der Bande, sticht den meuternden Räuber nieder. Ganz schön blutig, dachte Corinne, die sich fragte, wozu Schiller Spiegelberg in dem Drama überhaupt brauchte. Vielleicht als groben Gegenpol zu Karl, damit dessen empfindsame Art besser durchscheinen konnte? Ja, Corinne meinte, Schiller zu verstehen. Wenn das Grundthema des Dichters, die ästhetische Erziehung des Menschen als Antwort auf eine immer mögliche Verrohung des Geistes, in den Räubern enthalten war, dann diente Spiegelberg als Negativtypus und war damit eine nicht zu unterschätzende Figur.

Corinne notierte sich diese Erkenntnis und kaufte sich im nahen Bio-Laden einen vegetarischen Bratling, den sie sich in ihrer Wohnung zubereiten wollte.

Peter Struve brauchte eine Pause, auch Melanie Förster wollte den Mittag allein verbringen. Er fuhr ins Marstall-Center, zog seine Turnschuhe an und ging joggen. Wenn er lief, kamen ihm die besten Gedanken. Er trabte langsam über die B 27, dann hoch in die Favoritegärten, an der Pädagogischen Hochschule vorbei, hinüber zum Seeschloss Monrepos. Ja, er wollte sich alles noch einmal anschauen. Allein. Er konnte sich nicht mit dem zufriedengeben, was er bisher herausgefunden hatte. Ein leichter Nieselregen fiel. Zu dumm, er hatte nur seinen Kapuzenpulli übergestreift. Ein wenig Schutz bot ihm die Allee zum Schloss Monrepos, nur wenige Tropfen drangen durch die Baumkronen.

Wenn nicht Kai Moosburger, wer dann? Gewiss, dass dieser verlorene Sohn schon lange einen Groll gegen seinen Vater hegte und jetzt endgültig leer ausgehen sollte, dann aber mitten in der Nacht aus dem Nichts auftauchte, noch dazu in der Nacht der Nächte, als wichtige Entscheidungen anstanden, konnte kein Zufall sein. Und dass die Justiz Kai Moosburger als mutmaßlichen Täter frei herumlaufen ließ, war für Struve eine krasse Fehleinschätzung. Er traute dem Weltenbummler durchaus eine Flucht zu. Sicherlich hatten die Anwälte des Moosburger-Clans auf die dünne Beweislage abgezielt, jedenfalls ließen die Andeutungen Kottsiepers darauf schließen. Der Polizeipräsident hatte ihn unmissverständlich aufgefordert, stichhaltige Beweise zu liefern. Ein reiner Indizienprozess gegen Moosburger würde ein aussichtsloses Unterfangen. Womit Kottsieper allerdings recht hatte.

Struve trabte am Schlosshotel vorbei. Er dachte über Frank Moosburger und Emily Noller nach. Seltsam, sie boxten Kai aus der Haft, konnten aber selbst in Verdacht geraten. Der Kommissar stoppte seinen Lauf. Er verlor stets seinen Rhythmus, wenn er gedanklich nicht weiterkam. Was war, wenn Emily und Frank den Bruder nicht aus reiner Nächstenliebe aus dem Knast geholt hatten? Welchen Vorteil erhofften sie sich? Emily Noller, die Frau aus Hermann Moosburgers Vorzimmer, künftige Marketingleiterin von Frank Moosburger. Und wer war dieser Frank für Emily? Offenbar zogen sie an einem Strang. Ihr Einfluss mochte nicht gering sein. Frank und Kai waren sich spinnefeind. Frank wäre vermutlich froh, wenn Kai für immer hinter schwedischen Gardinen verschwände. Kai war also aus Sicht von Frank genau zum richtigen Zeitpunkt am Tatort aufgekreuzt. Quasi auf Bestellung. Wenn Frank es geschickt anstellte, schlug er in dieser Nacht zwei Fliegen mit einer Klappe. Vielleicht waren die beiden Jungen aus dem Camp durch ihn auf die Idee gekommen, sich Rehkeulen aus dem Favoritepark zu besorgen? Immer noch hatten die Kollegen den Anmeldetermin der beiden nicht überprüft. Struve sah ein, dass er eine ziemlich weitläufige Verschwörungstheorie zu stricken begann. Ein Jet-Set-Typ wie dieser Frank Moosburger würde sich wohl niemals in Abhängigkeit von halb garen Spinnern begeben.

Struve lief weiter. Er joggte zwischen Schlossgebäude und Seetreppe, der Kiesboden knirschte, er mochte dieses Geräusch. Er bewegte sich in dem Tempo, in dem er klar denken konnte. Die Tat war eine Affekthandlung: vielleicht ein kurzer Stoß, ein Ausrutscher, dann aber mit tragischer Todesfolge, vielleicht auch unterlassene Hilfeleistung, möglicherweise hatte der Täter die Gunst der Stunde erkannt und den Bewusstlosen dem See überlassen. Warum gab er die Sache nicht einfach zu? Mit einem guten Anwalt und ohne Vorstrafen wäre nicht viel zu befürchten. Offenkundig erlaubte sich der Täter nicht, die Sache zuzugeben. Das Schema der Scham, es passte zu einer Frau. Struve beobachtete kurz vor der Unterführung der Landesstraße, wie zwei korpulente Joggerinnen an ihm vorbei in Richtung Schloss trabten. »Starke Frauen stechen alte Männer«, murmelte er und erinnerte sich an die Canasta-Runde, die Marie und er mit den Nachbarn begonnen hatten. Immer freitags, also an diesem Tag. Aber die Runde hatte mit seinem Auszug abrupt geendet.

Struve fand seinen Rhythmus wieder. Er lief die Allee hinauf, nahm den elastischen Boden rechts neben dem Asphalt, er wollte seine Gelenke schonen. Was für ein Spiel trieben die Moosburgers? Ihm fehlte die Innenansicht dieses Dreiecks zwischen Kai, Frank und Emily. Der Kommissar war überzeugt, darin die Lösung des Falls zu finden. Er brauchte jemanden, mit dem er genau darüber reden konnte. Struve nahm sein Handy und verabredete sich mit Melanie Förster. Sie besuchte gerade in der Staatsgalerie eine Ausstellung mit Werken von Toulouse-Lautrec. Sie wählten das benachbarte Café als Treffpunkt. Er lief die Strecke zurück, wusch sich, zog sich um und stieg in den Opel Vectra, den er im Parkhaus des Marstall-Centers abgestellt hatte. Eine halbe Stunde später saßen sie sich gegenüber.

»Na, was gibt's Neues, Peter?«

»Nicht viel. Kai Moosburger wurde gegen 14 Uhr freigelassen.«

»Okay, ist letztlich alles eine Frage des Geldes. Wer bürgt für ihn?«

»Brüderchen Frank. Wer hätte es gedacht?«

»Ich dachte, Frank und Kai, das geht nicht.«

»Geht auch nicht – genau das gibt mir zu denken.« Peter Struve nahm den Zuckerstreuer und füllte sich von den weißen Kristallen reichlich in seine Tasse.

Melanie Förster nippte mit dem Strohhalm kurz an ihrem Latte macchiato. »Emily und Frank arbeiten zusammen. Da ist es verständlich, dass sie nach einem tragischen Fall die familiäre Bande stärken.«

»Einverstanden. So weit die Fassade – und was für Kräfte stecken wirklich dahinter?«

Die Kommissarin lehnte sich zurück. »Vielleicht eine Frau, die sich immer noch für ihre alte Liebe interessiert?«

Struve nickte. »Schon besser. Ist aber womöglich auch nur die Spitze des Eisbergs.«

»Du denkst, da geht noch mehr ab?« Sie rührte mit dem Strohhalm in ihrem heißen Getränk herum. »Hm, wie ist das mit Frank? Der ist doch froh, dass er endgültig alles erbt. Ist der darüber so happy, dass er seinem Bruder aus der Patsche hilft?«

»Auch Fassade, Melanie.« Struve nahm einen großen Schluck von seinem Kaffee. Es tat ihm gut, nach dem Lauf etwas Warmes in den Magen zu bekommen. »Ich wette, er macht alles nur mit, um Ruhe an der Front zu haben. Diese Emily hat ihn im Griff, jedenfalls verbindet die beiden etwas, sodass er auch bereit ist, Sentimentalitäten zu ertragen.«

»Meinst du, die beiden sind so stark verbandelt, dass sie …«

»Denkbar wäre es. Wobei Frank genau aus diesem Grund eigentlich gegen eine Freilassung Kais sein müsste.« Struve löffelte den Schaum aus seinem halb geleerten Cappuccino.

»Nicht zwingend. Aber gut, wie könnte eine Frau wie Emily sonst ihren Geschäftsführer beeinflussen?«

»Sie weiß etwas, das nicht ans Licht der Öffentlichkeit darf.«

»Vielleicht etwas, das den Ruf der Firma ramponieren würde.«

»Das wäre ja noch das Geringste, aber was ist, wenn sie weiß, dass Frank in der Tatnacht seinen Vater in den See geschubst hat?« Struve schlürfte den letzten Rest Kaffeeschaum aus und winkte der Kellnerin.

»Das ist alles sehr hypothetisch, Peter. Denk an das Alibi. Wie willst du jetzt weitermachen?« Sie blickte ihn neugierig an.

»Frag mich was Leichteres. Wie sieht's bei dir heute aus? Hast du Lust, dieser Chefsekretärin einen Besuch abzustatten?«

»Klar, da kommt Toulouse-Lautrec nicht mit, obwohl er mir wirklich sehr gefällt.« Melanie trank aus und nahm ihre Handtasche, um zu zahlen.

»Stecken lassen!«, brummte Struve und gab der Kellnerin ein gutes Trinkgeld. Sein westfälischer Geiz setzte immer dann aus, wenn er sich an der Freude von Menschen erfreute, die in der Gastronomie arbeiteten.

Sie verließen das Café und beschlossen, mit Struves Opel weiterzufahren.

»Wo wohnt die Gute?«, fragte seine Kollegin.

»In den Favoritegärten, eine Straße neben dem Favoritepark.«

Sie fuhren über die B 27 in Richtung Ludwigsburg, sie fanden schnell das richtige Haus und läuteten. Eine ältere Dame öffnete, sie stellte sich als Raumpflegerin vor.

»Es tut mir leid, Frau Noller ist nicht da. Sie hat mir gesagt, dass sie sich Karten für ein Konzert morgen Abend im Ludwigsburger Forum besorgen wollte.«

»Was für ein Konzert ist das?«, fragte Struve.

»Ein Sinfoniekonzert. Sie liebt Schostakowitsch.«

»Hat sie gesagt, wann sie wieder zurückkommen will?«

»Nein, ich nehme an, sie kauft noch etwas ein, aber sie sagt mir nie, wann sie zurückkommt. Sie ist immer kurz angebunden. Der Stress, wissen Sie …«

»Haben Sie Ihre Handy-Nummer?«

Die Alte schüttelte den Kopf. »Ich kenne mich damit nicht aus, das ist eher etwas für die Jugend.«

»Schon gut.« Struve lächelte verständnisvoll. »Wissen Sie zufällig, ob sich Frau Noller in der Stadt mit jemandem treffen wollte?«

»Das weiß ich nicht, sie hatte es sehr eilig.«

»Das Ganze gefällt mir überhaupt nicht«, grantelte Peter Struve. Er blickte seine Kollegin mit sorgenvoller Miene an. »Vielleicht sollten wir eine Fahndung rausgeben.«

»Wie lange ist Emily Noller schon außer Haus?«, wollte Melanie Förster von der Raumpflegerin wissen.«

»Etwa seit zwei Stunden.«

»Kommt es vor, dass sie manchmal gar nicht nach Hause kommt?«

»Wenn sie auf Geschäftsreisen ist, sehe ich sie oft tagelang nicht. Aber wenn sie keine Außentermine hat, will sie immer im eigenen Bett schlafen – es sei denn, ihr Traumprinz käme endlich mal.« Die Alte kicherte albern.

»Drum prüfe, wer sich ewig bindet, ob sich das Herz zum Herzen findet! Der Wahn ist kurz, die Reu ist lang«, warf Struve ein, der Schillers Glocke auch 30 Jahre nach seiner Schulzeit auswendig konnte.

»Da sagen Sie aber was, junger Mann. Genau das denke ich auch immer, wenn die jungen Leute heutzutage gleich was miteinander anfangen.« Die Alte schien in ihrem Element.

Struve sah ein, dass er der Putzfrau keine Gelegenheit zu zeitraubendem Small Talk geben durfte.

»Zur Flucht hätte sie eigentlich keinen Grund«, bemerkte Melanie Förster. »Verdächtigt haben wir sie bisher jedenfalls noch nicht.«

»Nee, das passt nicht zu ihr, höchstens, sie hätte ihren Kai aus dem Knast geboxt, um mit ihm durchzubrennen.«

»Na, dazu hätte sie schon 20 Jahre lang Zeit gehabt. Ich glaube, das Traumpaar können wir uns abschminken. Es sei denn, zwischen ihnen hat's erneut gefunkt.«

Struve nahm das Handy und rief Littmann an. »Ich möchte eine Vermisstenanzeige aufgeben.« Er gab die Personenbeschreibung zur Fahndung durch. Außerdem sollten die Kollegen die aktuellen GPS-Koordinaten der elektronischen Fußfessel Moosburgers überprüfen. Vielleicht hielt sich Emily Noller in seiner Nähe auf. Er beauftragte Littmann außerdem, ihre Mobilfunknummer herauszufinden. Vielleicht würde sich ihr

Aufenthaltsort auf diese Weise schon recht schnell klären lassen. Danach nahm Struve die Putzfrau zur Seite. »Sie bleiben hier. Sollte sich Frau Noller bei Ihnen melden, geben Sie ihr bitte diese Nummer. Sie soll mich umgehend anrufen.«

Die Alte nickte. »Ich bin noch etwa eine halbe Stunde hier. Sie wird sich bestimmt bei Ihnen melden, wenn sie wieder da ist.«

»Gut«, lobte Melanie Förster.

Die Kommissare verließen das Haus. Auf dem Weg zum Parkplatz klingelte Struves Handy.

»Es ist wieder Littmann.« Er verdrehte die Augen, weil er befürchtete, der Kollege würde ihn wegen ihrer Schachpartie anrufen.

»Lieber Struve, es gibt Neuigkeiten.«

»Lassen Sie mich raten. Springer nach e5?«

»Unsere Leute haben die beiden jungen Männer gefunden. Sie wissen schon, die beiden von diesem Camp, das der Kai Moosburger geleitet hat.«

»Was ist mit denen?«

»Die leben in einer WG in Kornwestheim, mitten in der Stadt. Sie sitzen in ihrer Küche, und unsere Leute sorgen dafür, dass sie nicht abhauen. Sollen sie die Jungen ins Revier nach Ludwigsburg bringen?«

»Nein, lassen Sie mal. Wir sind in der Nähe und kommen sofort.«

Struve nahm das Blaulicht, setzte es aufs Dach und fuhr mit durchdrehenden Reifen an, nachdem er sich davon überzeugt hatte, dass Melanie Förster in den Wagen gestiegen war.

»Langsam kommt Bewegung in die Sache«, murmelte er.

»Mir wäre wohler, wir hätten endlich ein paar Anhaltspunkte«, argwöhnte die Kollegin.

»Hoffentlich erzählen die beiden uns das, was wir brauchen.«

»Was sollen sie denn sagen?«

»Na, dass Kai Moosburger sie dahingeschickt hat oder dass sie im Auftrag von Frank oder XY die Show auf der Insel abgezogen haben.«

»Du glaubst also nicht an Zufälle?« Melanie Förster schmunzelte.

»Nicht bei Mord.« Struve drückte das Gaspedal durch. Die Autofahrer auf der B 27 wichen respektvoll zur Seite. »Die beiden sind jung, da macht man Fehler. Vielleicht wollten sie Kapital aus der Angelegenheit ziehen.« Struve blickte entschlossen nach vorn. Er steuerte den Wagen mit 140 Sachen durch den dichten Verkehr auf der Schnellstraße. Bald würden sie die Stadtgrenze erreicht haben.

»Wenn wir sie nicht zum Plaudern bringen, können wir ihnen gar nichts.« Melanie Förster redete mehr mit sich selbst. Und so störte es sie auch nicht, keine Antwort zu bekommen.

Sie erreichten die Wohnung. Wenig später standen sie in der engen Küche. Zwei Schutzpolizisten spielten mit den Jungen Skat.

»Kein Zweifel, das sind sie.« Peter Struve erinnerte sich an die Gesichter. Die jungen Männer hatte er gesehen, als er Kai Moosburger im Höllental verhaftete. »Mahlzeit, die Herren.«

»Alles klar, Herr Kommissar«, witzelte Mattse. »Wollen Sie auch einsteigen? Wir zocken um Euro.«

»Na, jetzt mach mal halblang, mein Junge.« Struve

versuchte es auf die väterliche Tour. »Jetzt erzähl mir mal, wer euch da nachts auf die Insel geschickt hat.«

»Sie meinen unsere Tour zum Monrepos-See?«

»Genau die.«

»Wir wollten einfach ein bisschen Stimmung ins Lagerleben bringen.«

»Das ist euch gelungen. Aber jetzt mal im Ernst, wir könnten euch wegen Wilderei im Favoritepark drankriegen, uns liegen entsprechende Aussagen vor.«

»Ach nee, haben also die lieben Schott-Leute gepetzt?«

»Die nicht, aber der Förster hat was spitzbekommen. Also, ihr solltet uns da schon die Wahrheit sagen, wer mit euch den Ausflug angeleiert hat – dann vergessen wir die Sache schnell.«

Mattse überlegte, da meldete sich Lars zu Wort. »Von uns erfahrt ihr nichts, und das mit dem Wild war ein dummer Scherz, dafür entschuldigen wir uns.«

»Warum so unkooperativ? Wen deckt ihr? Glaubt ihr im Ernst, derjenige lässt euch laufen, wenn ihr so viel wisst? Er wird euch über kurz oder lang zum Schweigen bringen.«

»Sie haben zu viele Thriller gesehen, Herr Struve.« Lars lachte lauthals.

Der Kommissar stand auf und ging langsam zum Fenster. Er schaute für einige Sekunden schweigend hinaus, fixierte den Kornwestheimer Wasserturm und betrachtete ihn nachdenklich. Dann stellte er sich hinter die beiden Jungen, beugte sich über sie und fasste jeden hart an der Schulter.

»Gut, ihr beiden, ich weiß, wie ihr denkt und ich kann mich noch gut daran erinnern, wie ich in eurem

Alter getickt habe. Da lässt man sich von alten Säcken nix mehr predigen.«

Mattse und Lars spürten den unangenehmen Griff des Polizisten und rührten sich nicht.

»Ich lasse euch jetzt nicht einsperren, obwohl ich es, ehrlich gesagt, liebend gern täte und könnte.« Struve räusperte sich, was auf die beiden Jungen aus der Nähe besonders eindringlich wirkte. »Überlegt es euch, ich möchte nicht, dass ihr eure Zukunft verbaut. Es gibt nicht so viele Tatverdächtige, und ihr seid momentan noch voll dabei. Ihr habt Glück, dass ich einfach nicht glaube, dass ihr so bescheuert seid, euch für einen Mord einspannen zu lassen – aber, wie gesagt, ich war auch mal jung, da macht man leicht Fehler. Solltet ihr sie eingestehen, sorgen wir vor Gericht dafür, dass ihr eine gute Ausgangslage bekommt.«

Struve und Förster nahmen die Aussagen von Mattse und Lars zum Verlauf des Abends auf. Die beiden gaben an, ihre Feuerstelle bald gelöscht und das Gelände am Schloss verlassen zu haben. Von Kai Moosburger und den Ereignissen am Seeufer hätten sie nichts bemerkt.

Wenig später verließen die Kommissare die Wohnung. Auf dem Weg zum Wagen meldete Melanie Förster Bedenken an der Version der Jungen an. »Spielen wir die Sache mit den beiden Jungs doch mal durch. Wenn sie zur Tatzeit am See waren, können sie den Alten durchaus ins Wasser geschubst haben. Und wenn es ein anderer war, könnten sie Zeugen sein und jetzt vielleicht eine Erpressung versuchen.«

»Kann alles sein, muss aber nicht, Melanie. Es ist

schwer zu sagen, wer geschubst hat. Dieser Frank hat jedenfalls ein Alibi.«

»Aber er hat auch das größte Tatmotiv«, wendete Melanie Förster ein. »Er kann zum Beispiel die Jungen beauftragt haben, um sie dann kaltblütig abzuservieren. Er hat sie in diesem Fall auch in das Survivalcamp von Kai eingeschleust, um ihn in der Mordnacht in die Nähe zu holen und in Verdacht geraten zu lassen.«

»Falls der Plan aus einem Guss war, blieben Frank nur einige Tage, um ihn umzusetzen: Diese beiden Jungs waren ja schon seit Montag in dem Lager, Dienstag hat Frank aber laut Emily Noller erst von der Klausurtagung erfahren.«

»Mist, stimmt«, räumte die Kollegin ein. »Frank scheidet aus. Aber ich bleibe dabei: Diese Jungen waren nicht zufällig zur Tatzeit am See, da muss es eine Verbindung geben. Wir wissen zwar, dass sie auf der Insel Feuer gemacht haben, dass es um ein Uhr aus war, aber was sie zwischen eins und zwei getrieben haben, entzieht sich unserer Kenntnis – und um zwei Uhr war der alte Moosburger tot. Theoretisch können sie sogar die Täter gewesen sein.«

»Wie sieht es mit Kai aus?«, begann Struve nochmals. »Der hat vielleicht gewusst, dass da ein Treffen im Schlosshotel anberaumt war. Er hat Lars und Mattse an dem Abend gesucht, aber eventuell nicht so energisch, wie er sollte. Möglich, dass er mit den Gedanken eher bei der Tagung war und wie er sich am alten Herrn rächen könnte. Diese Aktion seiner Ausreißer kam ihm zupass und er hat die Gelegenheit genutzt, als er den Alten am See hatte.«

»Nimm's mir nicht übel, Peter. Aber da ist mir zu viel

Zufall im Spiel.« Melanie Förster glaubte nicht daran, dass Kai Moosburger auf einen fahrenden Zug aufgesprungen war.

18.

Die Qual erlahme an meinem Stolz, ich will's vollenden. (Karl Moor, IV, 5)

Corinne Lennert verzehrte den Bratling mit chinesischen Glasnudeln. Sie hielt das gelbe Reclamheft in der linken Hand und las im vierten Akt weiter. Eine dunkle Passage, diese fünfte Szene. Karl fuchtelt mit einer Pistole herum, er ist drauf und dran, seinem Leben ein Ende zu setzen. Ein Burnout-Syndrom, so würde man's heute wohl nennen. Oder doch Weltschmerz? Moor schnappt sich eine Laute, singt finstere römische Gesänge, zweifelt an allem – entscheidet sich dann aber doch, das Elend nicht über sich siegen zu lassen und wirft die Pistole weg. Corinne brühte sich einen Kaffee auf und beschloss, die letzten 30 Seiten sofort zu lesen.

Wie tolerant Julia sein konnte. Luca wunderte sich. Kein wenn und aber, kein Klammern und Halten, als er am ersten Tag ihres Wiedersehens gleich wieder ins Camp aufbrechen wollte. In Italien lebte es sich halt piano, sie musste davon etwas angenommen haben. Luca, selbst Nachkömmling eines deutschen Lektors und einer andalusischen Übersetzerin, vermisste bei Julia manchmal die Harmonie seiner elterlichen Umgebung. Freilich traf sie daran keine Schuld. Sie lebte mit einer anderen Frequenz. Traf spontan Entscheidungen, an denen er noch lange überlegt hätte. Vor einem Jahr erst, als er die Gelegenheit gehabt hätte, in Brasilien an einem Jungjournalistentreffen teilzunehmen. Da wäre er gern hingeflogen, und Julia hatte ihn sogar noch ermutigt, ihm das Thema ›Die Rettung des Regenwaldes als globaler Auftrag‹ als wichtige Aufgabe schmackhaft gemacht. Er überlegte, empfand die Reise als aufwendig, wollte sich in seiner freien Zeit lieber erholen, statt sich erneut journalistisch zu betätigen. Kurzum, er war zu faul, ließ die Anmeldefrist verstreichen, um sich hinterher nur noch mehr über seinen inneren Schweinehund zu ärgern. Julia war anders. Fuhr nach Bologna, ohne viel Geld. Im naiven Vertrauen, es fände sich dort schon eine Bleibe. Und immer hatte sie Glück und geriet an die richtigen Leute. Er gönnte es ihr, aber warum blieb er selbst nur so oft hocken? Das fragte er sich an einem Tag wie diesem.

Zügig passierte Luca das Bottwartal, einen landschaftlich reizvollen Landstrich zwischen Ludwigsburg und Heilbronn. Er betrachtete die Weinberge, die sich oberhalb von Großbottwar in Südlage erstreckten. Die Trauben hatten hier den Platz in der ersten Reihe, und erst später, als er sich durch den Wald auf die Prevorster Anhöhe zubewegte, begann er, über diese stille, aber zugleich wirtschaftlich ausgemostete Landschaft nachzudenken, deren Orte breit im Tal lagen und nah an die Naturschutzgebiete heranragten. Ob sich die Bewohner des Schatzes vor ihrer Haustür bewusst waren? Viele dieser Gemeinden besaßen vergleichsweise wenig Einnahmen in ihren Haushaltskassen, und die Versuchung für sie war groß, das Tafelsilber, ihren Rest an Grund und Boden, zu verscherbeln. Oben in Prevorst angekommen, bog Santos in Richtung Spiegelberg ab. In welcher Stimmung würde er die Mitglieder des Camps antreffen? Er blickte der Begegnung mit gemischten Gefühlen entgegen. Gewiss hatte sich ein kameradschaftliches Miteinander entwickelt, aber der Verdacht, der auf Kai Moosburger lastete, würde die Aufräumarbeiten für die Beteiligten zu einer zwiespältigen Angelegenheit werden lassen. Luca stellte den Wagen auf dem Wanderparkplatz ab und näherte sich dem Lager. Er entdeckte Kai Moosburger, der auf einem Stapel Holz saß. Zu seiner Überraschung stellte Luca fest, dass sämtliche Sachen bereits weggeräumt waren.

»Bist du sicher, dass du meine Hilfe überhaupt noch brauchst?«, fragte er sein Gegenüber.

»Die anderen waren schon da und haben die Arbeit erledigt«, erklärte der Survivaltrainer in freundlichem Ton.

»Na dann.« Luca blickte sich um.

»Sie sind schnell wieder gegangen.« Moosburger wirkte enttäuscht.

»Hättest du dir gewünscht, sie wären noch geblieben?« Luca setzte sich neben ihn auf den Baumstamm.

»Na, eine gemeinsame Feedbackrunde wäre nicht schlecht gewesen. Wir haben einiges zusammen erlebt.«

Pädagogengewäsch aus dem Mund eines Abenteurers, Luca mochte keine Sentimentalitäten. »Warum sind sie denn alle so schnell weg? Hast du ihnen auch mit dem Stock zugesetzt?«

»Entschuldige, es tut mir leid. Ich war in Panik und habe dich geschlagen. Wenn ich es irgendwie wieder gutmachen kann, sag es mir.«

»Schon gut, ich habe einen dicken Schädel und bin nicht nachtragend.« Luca klopfte mit der Faust dreimal gegen seine Stirn und reichte ihm die Hand.

»Um auf deine Frage zu antworten: Die anderen hatten alle etwas vor – die Älteren mit ihren Familien, und die beiden Jungen sind zum Paint Ball in irgendein Sportzentrum in Stuttgart gefahren.«

Luca ärgerte sich. Er könnte jetzt mit Julia zusammen sein.

»Weshalb hast du mich nicht angerufen, als klar war, dass du mich nicht brauchst?«

»Ha, du bist wirklich ein Vollblutjournalist. Stellst genau die richtigen Fragen.« Kai Moosburger stand auf und hob einen angekokelten Ast von der Feuerstelle auf, um ihn an einem Felsen abzuklopfen.

»Tja, und du als Survivaltrainer gibst immer die richtige Antwort.« Luca schaute ihn erwartungsvoll an. Sie hatten genug um den heißen Brei herumgeredet.

Moosburger verstand und kam zur Sache: »Ich möchte dir einige Hintergründe erzählen. Du wirst vermutlich noch weitere Artikel über diesen Fall schreiben.«

Wollte Kai ihn auf seine Seite ziehen? Luca würde wachsam bleiben. »Das ist ganz in meinem Sinne. Je mehr ich weiß, desto besser.«

»Gut. An deinem Artikel ist mir einiges aufgefallen. Du weißt zum Beispiel nicht, warum ich Survivaltrainer geworden bin.«

»Na, das habe ich doch geschrieben«, widersprach Luca, »du hast dich für einen eigenen Lebensstil entschieden, weil du quasi zurück zur Natur wolltest und der Entfremdung der Menschen von ihrer Physis, wie sie seit der Aufklärung anhält, entgegenwirken wolltest.«

»Also komm, Luca!« Kai Moosburger lächelte milde. »So weit der Text meiner Werbebroschüren – die philosophische Fragestellung hast du jedenfalls schulbubenmäßig korrekt wiedergegeben.«

Luca ärgerte sich, auf dieser Ebene mit ihm gesprochen zu haben. Dieser Moosburger stand für Klartext, und das verlangte er auch von sich selbst. Aber er kam sich unterlegen vor, weil ihm etwas fehlte, das Moosburger hatte. Eine Unerschrockenheit, so etwas konnte er an der Universität nicht studieren.

»Was hab ich vergessen?«, fragte Luca und hoffte, Moosburger mit einer coolen Mimik aus der Reserve zu locken.

»Na, ist dir nie in den Sinn gekommen, dass ich als Nachkomme von Hermann Moosburger Anspruch auf ein Millionenerbe haben könnte?«

»Schon, ja. Ich meine, klar doch«, druckste Luca herum. »Deshalb verdächtigt dich die Polizei ja auch. Wundert mich, ehrlich gesagt, dass die dich frei herumlaufen lassen.«

»Das können die sich leisten, weil sie mir so einen kleinen Chip an den Fuß geklebt haben, und weil mein Bruder einen verdammt guten Rechtsverdreher ernährt.«

»Ich denke, die haben dich freilassen müssen. Warum dann diese elektronische Fußfessel?«

»Ach, es gibt wohl neue Gesetze, die für die Untersuchungshaft gelten, mir auch wurscht, die können ruhig wissen, wo ich mich rumtreibe, ich hab nichts zu verbergen.«

»Okay, aber weshalb erzählst du mir das mit dem Millionenerbe?«

»Ich brauche es schlichtweg nicht, das wollte ich dir sagen.«

Luca schwieg. Er verstand, dass Kai ihm etwas Grundlegendes mitteilen wollte.

Moosburger stand auf und ging einige Schritte auf und ab. »Ich brauche es nicht, aber dass sich Frank alles unter den Nagel reißt, finde ich nicht in Ordnung.«

»Schon klar«, antwortete Luca. »Aber wie heißt es so schön? Er trägt das unternehmerische Risiko, und du bist, nun ja, draußen.«

Kai Moosburger nickte. »Genau, draußen – und das doch schon seit Jahren. Deshalb rege ich mich darüber auch gar nicht auf. Wie gesagt, ich komme klar, bin mit mir im Reinen und glücklich. Aber auf Frank muss man aufpassen. Das ist ein Blutsauger. Der pfändet, wo er kann. Und es würde mich nicht wundern, wenn er hinter dieser Sache am See steckt.«

Luca Santos begriff. Kai Moosburger vertraute sich ihm bedingungslos an. Was hatte er auch schon zu verlieren? »Warum boxt Frank dich dann aus dem Knast?«

»Ach, alles Augenwischerei, Luca. Angriff ist die beste Verteidigung, heißt es doch, oder?«

»Mag sein. Wie ist die Sache am See dann abgelaufen, was denkst du?«

»Ich weiß nicht, wie dieses Schlosshotel in der Nacht funktioniert, aber ich bin sicher, am Portier muss man bestimmt nicht vorbei, wenn man nachts aus dem Gebäude an den See will. Da steigt man durch ein Fenster, und die von Moosburger & Moosburger waren doch alle im Erdgeschoss untergebracht.«

»Laut Polizei hockten die alle in ihren Zimmern – und Frank war weg, mit Freunden auf Tour durch Stuttgart.«

»Ja, Frank und seine seltsamen Freunde! Und was auf den Zimmern abging, wissen wir nicht. Es gibt dafür keine Zeugen. Das macht es so schwierig für die Bullen, verstehst du?« Kai Moosburger warf den Ast mit einer weiten Ausholbewegung in den Wald. »Für mich ist das sonnenklar. Der Frank hat das Ding gedreht. Der hat unserem Vater nicht getraut, der hatte Angst, dass er vielleicht doch noch irgendeinem anderen das Geschäft übergibt. Einem, der ihn nicht nach Strich und Faden verarscht.«

»Darum ging's wohl auch bei dem Treffen«, ergänzte Luca, der von Struve einiges über die Hintergründe erfahren hatte, als der ihn in die Redaktion kutschierte.

»Siehst du, hab ich's doch geahnt«, rief Kai. »Diese Geschäftsleute sind auch nur eine Nacht in einem Haus, schon bringen sie sich um. Renditehaie, aalglatt. Freuen sich über steigende Kurse, entlassen Leute, vermehren damit ihre Moneten. Das ist die Wirklichkeit in unserem Land. Ballast abwerfen. Und wir alle machen fleißig mit bei der Jagd nach ein paar Prozenten mehr für unsere ersparten Kröten. Und wir werden richtig böse, wenn auf einmal alles weg ist. Schau sie doch an, die Anteilseigner mit ihren lächerlichen Transparenten vor den sterilen Bankgebäuden. Appellieren an Fairness, wo sie selbst bereit waren, an getürkten Zahlenspielen zu verdienen. Und das Schöne ist, es geht munter weiter, mein lieber Luca.« Wieder lachte Kai, wie ein Wahnsinniger. »Und unsere Politiker?« Kai verschluckte sich fast und musste erst einmal durchatmen. »Unsere Politiker verhandeln mit diesen Verbrechern, die auf Teufel komm raus faule Kredite weiterverscherbeln und dafür jetzt Steuergelder einstreichen.«

Dem jungen Journalisten klang das alles viel zu apokalyptisch. Er hatte gelernt, die Ordnungen des Wirtschaftssystems zu akzeptieren. Was konnte er am Bankenskandal ändern? Doch rein gar nichts. Er würde das Gespräch wieder auf den Mord am Schloss Monrepos lenken. »Noch steht nicht fest, ob dein Vater wirklich gezielt getötet worden ist. Die Polizei …«

»… lässt es offen, ich bin im Bilde, Luca. Ein Mord kann auch als Totschlag oder Affekttat getarnt sein.«

»Das wird man feststellen. Aber was hast du jetzt vor?«

»Mach dir keine Sorgen, ich bin mir meiner Sache sicher.«

»Was heißt das konkret?«

»Ich muss jetzt an den Dingen arbeiten, in denen ich mich auskenne.«

Luca verstand immer noch nicht, was Moosburger meinte. Wahrscheinlich wollte er weitere Camps vorbereiten. Hatte er nicht von einer Reise in die Nähe von Vancouver gesprochen? Die Einzelkämpfer der kanadischen Streitkräfte brauchten einen Feinschliff.

Das Handy klingelte. Erstaunlich, hier oben in diesem abgelegenen Winkel.

»Ja, hier Santos.«

»Zorn. Wo stecken Sie?«

»Im Wald bei Spiegelberg.«

»Wir brauchen Sie, Santos. In Marbach brennt es.«

»Haben Sie keine Leute mehr?«

»Nicht genug. Das alte Kraftwerk im Energie- und Technologiepark am Neckar steht in Flammen.«

»Nein!«

»Doch. Die Flammen lodern, und wir brauchen unbedingt noch jemanden, der mit in die Berichterstattung einsteigt.«

»Ich werde erst in einer halben Stunde bei Ihnen sein.«

»Egal, das Ganze wird noch eine Weile dauern. Wir haben den Redaktionsschluss verlängert. Hier geht die Post ab.«

»Okay, ich starte durch.«

Luca tat es leid, dass er nicht noch mit Kai reden konnte.

»Die brauchen mich.«

»Nix wie los, wir können später noch miteinander reden.«

Luca verabschiedete sich. Er war sich nicht sicher, ob er Kai Moosburger trauen konnte. Es kam ihm so vor, als ob sich dieser Mann hinter einer rauen Maske versteckte. Gewiss, er sprach das aus, was er dachte. Das Misstrauen gegenüber seinem Bruder durfte berechtigt sein, nach all dem, was er bisher über ihn gehört hatte. Wer war Frank Moosburger? Luca musste Kontakt aufnehmen. Auf der Fahrt nach Marbach überlegte er, wie er das hinbekam.

19.

Rache, Rache, Rache dir! Grimmig beleidigter, entheiligter Greis! So zerreiß ich von nun an auf ewig das brüderliche Band! (Karl Moor, IV, 5)

Corinne hatte am späten Nachmittag einen Maklertermin im Marstall-Center. Sie nutzte die Zeit, um den vierten Akt der Räuber zu Ende zu lesen. Der alte Maximilian Moor ist wider Erwarten doch nicht vor Gram gestorben. Karl findet ihn in einer alten Gruft im Wald. Franz hat ihn dort einsperren lassen, nachdem der tot geglaubte Maximilian Moor beim Begräbnis im Sarg wachgeworden war. Das schmähliche Verhalten von Franz rechtfertigt den Sturm aufs Moor'sche Schloss, fand Corinne, die diese dramatische Zuspitzung von Schiller sehr gelungen fand und sich auf das Finale im fünften Akt freute.

Hervorragend gelaunt verließ Frank Moosburger die Anwaltskanzlei in der Solitudestraße. Er schlenderte am Platz der ehemaligen Synagoge vorbei, ohne auf die geschichtsträchtigen Ecken der Ludwigsburger Innenstadt zu achten. Zu frisch waren die Eindrücke, die er drei Stockwerke höher gewonnen hatte, als Dr. Wellmann ihn über das alleinige Erbe informierte. Das durfte der alte Notar zwar eigentlich nicht, er tat es aber trotzdem, denn nach vielen ihm übertragenen Rechtsfällen war er längst zu einem Teil von Moosburger &

Moosburger geworden. Deshalb konnte Wellmann die Bitte des Sohnes schlecht abweisen. Frank drängte auf Vorabinformationen zum Testament – aus dringenden betrieblichen Gründen.

Jetzt konnte nichts mehr schief gehen. Alles lag in seiner Hand, alles war so gekommen, wie er es wollte. Das Geschäft hatte sein Vater ihm allein vererbt. Kai, seinen Bruder, würde er auszahlen müssen, aber nur auf der Basis des Privatvermögens – und das war nicht hoch, dafür hatte er gesorgt und aus diesem Grund den Streit mit seinem Vater riskiert. Kein Wunder, dass der Alte so ausgeflippt war. Ich an seiner Stelle hätte auch versucht mich zu enterben, dachte Frank und lachte in sich hinein. Er hatte jedoch das juristische Netz eng geknüpft und auch sonst allerhand Sicherheitsvorkehrungen getroffen.

»Tja, wie würde Schiller sagen: Es kann der beste Geschäftsmann nicht in Frieden leben, wenn es seinem Partner nicht gefällt.«

Moosburger & Moosburger war endgültig nur noch in einer Hand, endlich hatte er sein Lebensziel erreicht. Jetzt würde er dem Spiel der Kräfte nur noch seinen Lauf lassen, dann würde auch Kai endgültig verschwinden. Noch hatte er ja nicht alle Trümpfe ausgespielt.

Frank Moosburger schlenderte durch die Innenstadt. Er sah an diesem sonnigen Nachmittag junge und alte Liebespaare, und es wurde ihm bewusst, dass er noch immer nicht die Frau erobert hatte, die er seit vielen Jahren liebte. Dass Emily ihm nun bald als seine Marketingleiterin persönlich zuarbeiten würde, erschien ihm ein gewisser Trost. Sie beide würden eine gute Partie abgeben, und er stellte sich vor, wie seine Geschäftspartner bei gesellschaftlichen Anlässen wie dem Neujahrsempfang der Industrie- und Handelskammer neidisch zu ihm blicken würden. Emily war vorzeigbar, sie brachte alles mit, was einem Geschäftsführer seiner Kategorie gut zu Gesicht stehen würde. Kaum zu fassen, dass sie immer noch auf diesen Kai stand. Er hätte nicht damit gerechnet, dass sie ihn aus dem Knast holte. Ihr zuliebe hatte er nachgegeben, aber er würde die beiden beobachten müssen. Und wenn Emily nicht nach seiner Pfeife tanzte, würde er sich für sie eine andere Lösung ausdenken. Notfalls eine endgültige. Auf keinen Fall sollte dieser Tunichtgut Kai die Frau bekommen, die er sich ausgesucht hatte. Frank lächelte grimmig in sich hinein, dann nahm er sein Handy und rief sie an.

»Hallo Emily, wo steckst du? Unterwegs in Ludwigsburg? Ja, da bin ich auch. Hast du Zeit auf einen kleinen Spaziergang? Du weißt schon, wir müssen mal die Lage besprechen.«

Wenig später trafen sie sich auf dem Markplatz.

»Toller Tag heute. Magst du ein bisschen mit mir durch die Stadt spazieren?« Frank fühlte sich in der Ludwigsburger City mit ihren liebenswerten kleinen Vierteln und Ecken ganz zu Hause.

»Gern«, erwiderte Emily, die an diesem Tag bereits einige Dinge in der Innenstadt erledigt hatte und nun meinte, eine Verschnaufpause verdient zu haben.

Ohne Ziel schlenderten die beiden hinter der katholischen Kirche an einer kleinen Trattoria und einem Antiquariat vorbei in Richtung Kaffeeberg. Frank beeilte sich, auf den Punkt zu kommen. »Emily, vielleicht hast du dich manchmal gefragt, wie es sein könnte, mit dem verheiratet zu sein, der bei Moosburger & Moosburger das Sagen hat.«

»Nein, das habe ich bewusst nicht«, antwortete Emily in bestimmendem Ton, »und wenn du dich mit mir getroffen hast, um mir einen Heiratsantrag zu machen, dann sollten wir unsere Begegnung abbrechen.«

»Nun mal langsam, Emily. Ich muss dir unbedingt etwas zeigen.« Frank führte sie zu einem kleinen Karussell. Es gehörte zu einem Zirkus, der auf dem Parkplatz des ehemaligen Walcker-Areals gastierte. »Das wollte ich dir zeigen, Emily. Siehst du, dieses Karussell ist rund – so rund wie das Leben. Manchmal dreht es sich, dieses Lebensrad, und es dreht sich so weit, dass man schon gar nicht mehr daran denkt, wie es am Anfang aussah. Und geht es uns nicht allen so, dass wir die Dinge nach einer gewissen Zeit anders betrachten? Mit Abstand. Und plötzlich merken, dass unser Blickwinkel ein ganz anderer geworden ist?«

»Mir ist nicht ganz klar, was du mir mitteilen willst, Frank.«

»Ist doch völlig logisch. Ich will dir sagen, Mädel, blick nicht zurück und starr deine alte Liebe Kai an, sondern sei ein bisschen offen für denjenigen, der dich mit seiner ganzen Kraft umwirbt.«

»Frank, das ist nett von dir gemeint, aber selbst wenn wir beide es versuchten, es würde nicht klappen.«

»Papperlapapp! Einfachheit ist das Resultat der Reife – hat das nicht schon der alte Schiller gesagt? Du solltest nicht so viel nachdenken und dir einen Ruck geben. Oder möchtest du als ewiger Single alt werden? Mensch Emily, du bist in den besten Jahren.«

»So kommen wir nicht weiter, Frank. Du und ich, wir

sind grundverschieden. Im Geschäft ist das bestimmt von Vorteil, da ergänzen wir uns. Aber in der Liebe, da fehlt uns etwas ganz Entscheidendes.«

»Also mir fehlt nichts. Mal von dir abgesehen. Also gut, ich sehe, du brauchst noch ein bisschen Zeit. Wir müssen ja auch nichts überstürzen. Ich möchte nur, liebste Emily, dass du weißt, mein Herz steht dir für immer offen.«

»Und ich fürchte, ich finde den Eingang nicht.« Sie verabschiedete sich mit einem festen Händedruck.

Frank versuchte nicht, sie festzuhalten. Er blieb wie angewurzelt stehen und blickte ihr lange nach. Sollte er sich das bieten lassen? Er würde sich vielleicht doch eine neue Marketingleiterin suchen. Vorher würde er aber noch um sie kämpfen. Was wäre, wenn es diesen Kai nicht gäbe? Er hatte gedacht, er hätte ihn besiegt, indem er ihn aus dem Unternehmen drängte. Aber dieser Kerl verfolgte ihn auch noch bis ins Letzte, bis in sein Liebesleben. Was hat er nur, das ich nicht habe? Ein Blick in den Spiegel genügte, sagte sich Frank. Während eine dicke Knollennase sein Gesicht zierte und er als Büromensch 20 Kilo zu viel auf die Waage brachte, konnte sich der sportliche und immer schön braungebrannte Kai an der frischen Luft fit halten. Das war also der Dank dafür, dass er sich für Moosburger & Moosburger aufrieb. Na, wenigstens war er seinem Bruder um den entscheidenden Kniff voraus, so leicht konnte ihn keiner übers Ohr hauen.

Zur selben Zeit blickte Peter Struve unkonzentriert aus seinem Büro auf die Bietigheimer Innenstadt. Er mochte die Silhouette der Stadt, die sich im Laufe der Zeit immer weiter zu ihrem Vorteil entwickelt hatte.

»Kochst du mir einen Tee?«, rief er ins andere Büro. Melanie Förster tippte dort den Bericht, den sie an diesem Nachmittag an Kottsieper senden musste.

»Wir haben keinen mehr, Peter.«

Struve schüttelte den Kopf. »Oh, der Einfall war kindisch, aber göttlich schön.«

»Aus Don Carlos, stimmt's?« Die Kollegin hatte das Schiller-Stück erst kürzlich gesehen. »Habt ihr nicht auch die Aufführung im Kronenzentrum besucht, Marie und du?«

»Ja klar. Jetzt brauchen wir nur noch ein bisschen Gedankenfreiheit, und unser Fall ist gelöst, Frau Kollegin.«

»Tja, dann geben Sie sich mal Gedankenfreiheit, Herr Kollege, und strengen sich an.«

»Haben wir mittlerweile die Fingerabdrücke und die DNA der beiden Jungs mit den Spuren an der Leiche abgeglichen?«

»Besold hat seine Hausaufgaben gemacht. Fehlanzeige.«

»Vermutlich ist er auch bei den anderen Verdächtigen nicht fündig geworden.«

»Du sagst es. Die Spuren am Tatort sind matt wie unsere Seelen.«

»Ah, aus Kabale und Liebe?«

»Kabale und Liebe! Woher weißt du das?«

»Halbwissen eines Studienabbrechers. Vielleicht sollten wir einfach mal ins Theater gehen und uns entspannen.«

»Bin dabei. Peter. Aber vorher lösen wir noch den Fall. Kottsieper hat schon wieder gemailt. Er hat den Pressebericht gelesen und ist beunruhigt.«

»Kann ich mir vorstellen. Der alte Opportunist! Sieht seine Planstelle im Innenministerium in Gefahr.«

»Mag sein, Peter. Aber uns fehlt bisher wirklich die spielentscheidende Schlusskombination, wenn du mich fragst.«

»Nun lass uns doch mal strategisch vorgehen. Wie lautet die Devise im Schach?«

»Keine Ahnung. Dem Gegner die Dame abnehmen, wenn du mich fragst. Aber das wollt ihr Mistkerle ja sowieso immer.«

»Knapp daneben. Alle Figuren auf den König – frag Littmann.«

»Was auf unseren Fall übertragen heißt?«

»Schach dem Hauptverdächtigen, Melanie!«

»Für mich ist das Frank Moosburger.«

»Genau. Was sind das eigentlich für Leute, die ständig mit dem Frank rumhocken? Haben wir die schon überprüft, ob das alte Bekannte aus unserer Kartei sind?«

»Strafrechtlich sind die noch nicht in Erscheinung getreten. Aber jede Menge Punkte in Flensburg. Na ja, das Übliche, wenn man einen Protzerschlitten fährt: Raserei und Falschparken.«

»Und womit verdienen die ihre Brötchen?«

»Unternehmensberatung – frag mich nicht für wen, keine Kundenreferenzen.«

»Eigentlich stehen die doch auf jeder Homepage«, wendete Peter Struve ein.

»Einen Internetauftritt haben die beiden nicht.«

»Spricht eher für griechisch-römische Mauscheleien als eine solide Unternehmenskultur. Jedenfalls würde ich zu einem Online-Auftritt raten.«

»Vielleicht lebt es sich leichter, wenn man Busenfreund eines Multimillionärs ist und für ihn die Drecksarbeit erledigt.«

»Mensch Melanie, du hältst uns Männer wohl alle für Schmarotzer.«

»Ich bin da nur Realistin.« Sie grinste ihn frech an.

Struve fand in seiner untersten Schublade einen alten Beutel Pfefferminztee und schwenkte ihn triumphierend hin und her. »Ich weiß zwar nicht, ob Kottsieper uns dafür den Arsch aufreißt. Aber ich möchte, dass Frank Moosburger und seine beiden Kerle ab sofort rund um die Uhr beschattet werden.«

»Aye, aye, Sir.« Melanie Förster informierte Littmann. Von ihm erfuhr sie auch, dass Emily Noller inzwischen wieder in ihre Wohnung zurückgekehrt war. Zwei Streifenpolizisten hatten ihren Wagen in der Innenstadt aufgestöbert, auf sie gewartet und sie bis zur Wohnung in den Favoritegärten verfolgt. Offenbar kam Emily Noller gerade in dem Augenblick nach Hause, als ihre Putzfrau ihren Arbeitsplatz verließ. »Beobachten Sie sie weiter«, wies Melanie Förster an. »Wir möchten wissen, wie sie sich verhält.«

Struve checkte währenddessen seine Mails. »Besolds Abschlussbericht liegt inzwischen vor.«

»Und?«, fragte seine Kollegin, die Struve einen Becher mit heißem Wasser brachte.

»Alles wie gehabt. Er hat noch etwas über den körperlichen Zustand von Moosburger geschrieben.«

Melanie Förster setzte sich und blickte ihn neugierig an.

»Er hätte nicht mehr lange zu leben gehabt. Ein Jahr noch, Besold hat beim Hausarzt nachgefasst.«

»Okay – ist das für uns wichtig?«

»Hm. Der Mann wollte seine Sachen regeln.«

»Ist klar, wer jetzt was bekommt?«

»Dagmar Weller hat sich beim Notar erkundigt. Es geht alles an Frank Moosburger. Sein Bruder bekommt nur den Pflichtanteil des Privatvermögens, und der ist wohl ziemlich niedrig, weil der Alte das Meiste in sein Geschäft gebuttert hatte.«

»Hätte mich auch schwer gewundert, wenn es anders wäre.« Melanie Förster kritzelte mit einem Kugelschreiber auf einem Stück Papier. »Sonst noch was Neues von Besold? Irgendwelche Spuren an der Kleidung oder am Körper? Kratzspuren unter den Nägeln, vielleicht hat er sich am Täter festgehalten, als er geschlagen wurde?«

»Nein, Wasserleichen sind meistens unergiebig. Der See hat alles weggewaschen.«

»Wir sollten die Enten befragen.« Die Kommissarin stand auf und ging unruhig auf und ab.

»Ich habe eine bessere Idee«, entgegnete Struve. »Wie wär's, wenn wir unsere Verhöre nochmals genau auswerten. Ich bin mir sicher, wir haben noch nicht alle Details berücksichtigt.«

»Woran denkst du?«

»Mir will eine Bemerkung von Kai Moosburger nicht aus dem Sinn: Er hat zugegeben, sich mit seinem Vater vor 20 Jahren zerstritten zu haben. Der Großvater hat damals mit den Nazis gemeinsame Sache gemacht und ein jüdisches Druckhaus geschluckt – und der Vater hat es jahrzehntelang unter den Teppich gekehrt.«

»Tatsächlich? Das hat Kai Moosburger aber im Revier nicht zu Protokoll gegeben«, wunderte sich Melanie Förster.

»Klar, das hätte ihn ja auch belastet. Er hat es mir bei der Verhaftung in der Höhle gestanden.«

»Das hat er dir aber nur geflüstert, weil es nicht sein Tatmotiv war.«

»Genau. Er hat es derart unbekümmert gebracht, dass ich es ihm abkaufe. Aber der Fakt ist natürlich immer noch bedeutsam. Wenn Papa Moosburger noch eine alte Rechnung offen hatte, bietet er kurz vor der Betriebsübergabe eine Angriffsfläche. Denk doch nur mal an die Ausgleichszahlungen der Industrie an die Opfer der NS-Zwangsarbeit. Da haben sich einige Unternehmen in der Zwischenzeit eine goldene Nase verdient, und erst viele Jahrzehnte später unter der rot-grünen Regierung ist dann endlich Geld geflossen. Wenn Moosburger & Moosburger so getan hat, als ob damals nichts geschehen wäre, schont das den Geldbeutel, wäre aber ein hochgradiger Skandal.«

Melanie Förster nahm sich eine Salbei-Lutschpastille. »Das mit dem jüdischen Druckhaus ist nur schon so verdammt lange her. Und eine Enteignung ist keine Zwangsarbeit. Ich bezweifle, dass man der Firma etwas anhängen kann. Und selbst wenn sich daran noch jemand stößt, ist es doch eigentlich Schnee von gestern.«

Schnee von gestern. Struve meditierte das Bild, er sah weiß gezuckerte Gipfel und einsame Winterlandschaften, die über Nacht pottschwarz wurden. Und nach einigen Sekunden fällte er eine intuitive Entscheidung. »Ich möchte mehr über diesen Hermann Moosburger, den Verlag und seine seltsame Vergangenheit wissen. Gibt es eine Akte im Staatsarchiv? Mensch, wir sitzen hier in Ludwigsburg mit der NS-Forschungsstelle doch an der Quelle! Sollte er tatsächlich Dreck am Stecken haben, müsste es in irgendeiner Form dokumentiert sein.«

»Das wird sich leicht feststellen lassen.« Melanie Förster, die gern in Akten forschte, griff zum Hörer und sprach mit dem Leiter des Staatsarchivs. Wenig später stiegen sie in den Wagen, um die Akte Hermann Moosburger einzusehen.

Erwartungsvoll betraten die Kommissare das Staatsarchiv. Melanie Förster war sich relativ sicher, dort etwas zu finden. Peter Struve hoffte auf kleine Anhaltspunkte. Er wusste, sie hatten kaum Beweise, und die Geschichtsforschung würde möglicherweise nur neue Blüten am Hypothesenbaum dieses Falles sprießen lassen. Aber waren es nicht die kleinen Hinweise, die oft zum Ziel führten? Struve fühlte sich wieder wie in einer seiner Schachpartien. Akribisch setzte er ein Puzzleteil ans andere. Stille Züge beeinflussten den Verlauf der Partie nachhaltig. Geduldig und wachsam bleiben musste er, um dann im geeigneten Augenblick zuzustoßen. Er fühlte sich in der Pflicht, den Wert einer gründlichen Recherche auch jüngeren Kollegen weiterzugeben. Vielleicht hätte er das Melanie nicht während der Fahrt von Bietigheim nach Ludwigsburg aufs Brot schmieren müssen. Sie hasste es, wenn er seinen Erfahrungsvorsprung geltend machte. Entsprechend gereizt wirkte sie im Archiv. Struve versuchte, die Aufmerksamkeit der Empfangsdame auf sich zu lenken.

»Entschuldigen Sie bitte, wir sind von der Kriminalpolizei und haben einen Termin mit Herrn Stettner von der NS-Forschungsstelle.«

»Ah ja. Warten Sie doch bitte einen kleinen Augenblick.«

Struve schaute sich um. Die Tür zum Lesesaal stand offen. Dort also konnten Gäste Einsicht in Akten nehmen. Tatsächlich sah er einige Personen, die mit dem Rücken zum Eingang in Dokumenten forschten. Seine Kollegin betrachtete unterdessen Bilder, die Schüler anlässlich einer Ausstellung gemalt hatten. Das Thema lautete: Aus der Geschichte lernen. Die Kinder und Jugendlichen hatten vor allem den Krieg mit all seinen Schrecken thematisiert – soweit das in dem Alter möglich ist.

Nach wenigen Minuten war Horst Stettner bei ihnen, ein etwa 60-jähriger, korpulenter Mann mit weißem Vollbart und kurz geschnittenen grauen Haaren, die seinem Gesicht einen markanten Ausdruck verliehen. »Was kann ich für Sie tun?«

Struve zog seinen Dienstausweis und stellte sich und seine Kollegin vor. »Wir brauchen eine Akte. Können Sie sie uns jetzt zeigen?«

»Aber natürlich lässt sich das machen. Kommen Sie doch bitte mit in mein Büro, da können wir ungestört reden. Es dauert immer ein bisschen, bis wir Akten gefunden haben.«

Ein Stockwerk höher bot ihnen Stettner Plätze an. »Sie verstehen, dass wir hier sehr diskret vorgehen müssen und unsere Vorschriften haben.«

Struve und seine Kollegin füllten ein Formular aus. Stettner rief im Archiv an, fünf Minuten später brachte eine Mitarbeiterin die gesuchte Akte. »Sie lag noch im Lesesaal.«

»Ach tatsächlich? Dann scheint sich jemand bereits für den Fall zu interessieren«, kombinierte Horst Stettner.

»Lässt sich herausfinden, wer es ist?« Struve witterte die Spur.

»Ja, natürlich. Es ist hier vermerkt. Der Name lautet Emily Noller.«

»Ach nee.« Struve schaute seine Kollegin mit hochgezogenen Augenbrauen an. »Wann hat sie zuletzt die Akte in der Hand gehabt?«

»Das ist noch gar nicht so lange her, Anfang der vergangenen Woche.«

»Am Dienstag?«

»Ja genau. Woher wissen Sie das?«

»Grobe Schätzung«, bemerkte der Kommissar trocken. Er nahm die Akte und überflog die einzelnen Seiten. Sie handelten von Hermann Moosburgers Vergangenheit, allerdings nahm der Getötete nur eine relativ bescheidene Nebenrolle ein. Die Hauptakte war auf den Namen seines Vaters angelegt. Hermann Moosburger senior war von den Alliierten beschuldigt worden, in seiner Druckerei Zwangsarbeiter unter unmenschlichen Bedingungen beschäftigt zu haben.

»Hermann Moosburger hatte also einen Vater, der drei Jahre im Knast saß«, stellte Struve fest.

»Wahrscheinlich kam er damit noch glimpflich weg«, kommentierte Stettner den Befund.

Der Kommissar nickte. »Ich stelle mir den gerade elfjährigen Pimpf vor, der drei Jahre ohne Vater aufwächst und dessen Mutter den Betrieb über Wasser halten musste. Von glücklicher Kindheit kann man da nicht reden.«

»Er muss früh selbstständig geworden sein. Aber was für Sie wichtig sein dürfte, Herr Kommissar. Aus den Akten geht hervor, dass der Verlag im Krieg gut lief. Die

Druckaufträge für die Partei garantierten regelmäßige Einkünfte. Wenn etwas nicht zum Erliegen kommen durfte, war es die Propagandamaschinerie mit ihren Durchhalteparolen.«

»Der Glaube stirbt zuletzt. Erstaunlich, dass Hermann Moosburger senior nicht eingezogen wurde.«

»Er war nicht tauglich, wir haben die Musterungsunterlagen in der Akte vorliegen. Wir vermuten, dass er Fürsprecher in der Partei hatte. Moosburger senior war selbst NSDAP-Mitglied. Aber es ist nirgendwo belegt, ob er nur ein Mitläufer oder ein Überzeugungstäter war.«

»Da ist ein riesiger Grauschleier, der uns hindert, das zu sehen, was damals ablief«, bedauerte der Kommissar. »Den Unterlagen zufolge ist Hermann Moosburger senior von den Alliierten verurteilt worden, weil er aktiv nationalsozialistisches Gedankengut verbreitet hatte.«

»Richtig«, antwortete Stettner. »Aber vielleicht interessiert Sie ein Folgeverfahren, in das Moosburger junior in den 70er-Jahren verwickelt war.«

»Ein Folgeverfahren – so spät noch nach dem Krieg?«

»Eine Französin hat die Familie Moosburger damals verklagt. Sie behauptete, die Moosburgers hätten das Druckhaus ihrer Eltern in der Nazi-Zeit an sich gerissen.«

»Von dem Sachverhalt hat uns Kai Moosburger erzählt«, erinnerte sich Struve.

»Wir haben uns gewundert, dass die Frau sich so lange nicht gemeldet hat«, berichtete Stettner, »schließlich war es stadtbekannt, dass Moosburger & Moosburger die jüdische Druckerei übernommen hatte. Freilich blieb völlig im Dunkeln, unter welchen Umständen der Deal in den 30er-Jahren zustande gekommen war.«

»Das war dann auch der Grund, warum die Alliierten dazu kein Verfahren eröffneten.«

»Exakt. Wo kein Kläger, da kein Richter. Es gab einfach niemanden mehr, der Besitzansprüche geltend machen konnte. Die Juden wurden ja …«

»Und dann kam nach fast 30 Jahren diese Frau?«, fragte Struve.

»Sie behauptete, die Tochter der damaligen jüdischen Besitzer zu sein. Die Deutschen marschierten 1940 in Paris ein, und die Eltern gaben aus reiner Verzweiflung ihr kleines Kind an eine französische Familie ab.«

»Warum hat es so lange gedauert, bis sich die Frau gemeldet hat?«

»Die Ziehfamilie hat ihr die Wahrheit vorenthalten.«

»Das war nicht besonders klug, es hätte ihrer Tochter jede Menge Geld bringen können.«

»Vielleicht wussten sie nichts von der Druckerei, oder sie wollten keine Scherereien. Es hätte ja auch nicht zur Rolle als eigener Tochter gepasst. Vielleicht hatte man auch Angst, mitten in der deutsch-französischen Aussöhnung in alten Geschichten zu rühren.«

»Nachvollziehbar.« Struve warf erneut einen Blick in die Akten. »Hier ist ein gewisser Jakub Rubinstein vermerkt. Ein Überlebender des Holocausts, der offenbar den früheren Besitzer der Druckerei gekannt hat.«

»Ja. Rubinstein hat Moshe Hirsch in einem weißrussischen Partisanenlager kennengelernt. Hirsch gehörte die Druckerei, bevor sie ihm die Nazis wegnahmen.«

»Hirsch muss Rubinstein die Geschichte von der Druckerei erzählt haben.« Struve blätterte weiter in der Akte, um noch mehr Informationen zu bekommen.

»Auf jeden Fall«, bestätigte Stettner. »Offenbar sind beide für kurze Zeit im Warschauer Getto gewesen, vermutlich um nach der Familie von Moshe Hirsch zu suchen. Dabei muss Hirsch deportiert worden sein.«

»Und Rubinstein kam mit dem Schrecken davon. Schon seltsam, er hat wohl als einziger überlebender Jude davon gewusst, dass eine Druckerei in Ludwigsburg einmal Juden gehört hatte.«

Stettner nickte. »Aber er hat sein Wissen ernst genommen, sonst hätte er nicht nach dem Krieg geforscht, was aus Hirschs Familie geworden ist.«

»Tatsächlich?«, fragte Struve.

»Ja, es muss ihm keine Ruhe gelassen haben«, war sich Stettner sicher. »Schauen Sie nur selbst, was in der Akte steht.«

Struve brauchte etwas Zeit, um sich in den umfangreichen Bericht einzulesen. Melanie Förster hatte sich neben ihn gesetzt und studierte die Akte eifrig mit.

»Alles schön und gut«, sagte Struve nach einigen Minuten des Lesens. »Mir stellt sich nur die Frage, was Emily Noller mit dieser ganzen Geschichte zu tun hat.« Der Kommissar blickte Stettner und seine Kollegin mit fragendem Blick an.

»Schau mal da unten Peter«, rief Melanie Förster, die sich die Akte genommen hatte und sie aufmerksam studierte. »Die junge Frau, die Jakub Rubinstein in den 60er Jahren in Frankreich als Tochter von Moshe Hirsch ausfindig machte, hieß Gundula Noller.«

»Hol mich doch der Teufel«, fluchte der Kommissar,

»bei Müller, Maier, Schmidt würde ich mir nichts denken, aber der Name Noller ist nicht so verbreitet.«

»Wenn du mich fragst, ist Gundula die Mutter von Emily Noller«, rief Melanie Förster.

»Möglich«, stimmte Struve zu. »Aber wie ist sie von Frankreich hierüber gekommen? Und vor allem, wusste sie über alles Bescheid oder hat die Mutter ihr Kind ähnlich in Unkenntnis gelassen wie die Ziehfamilie ihr Mündel?«

»Kann ich mir nicht vorstellen«, antwortete Melanie Förster. »Gundula Noller wird sauer gewesen sein, dass jahrzehntelang niemand etwas unternommen hat. Und sie wird ihre jüdischen Wurzeln auch vor ihrer Tochter nicht tabuisiert haben.«

»Wie auch immer, wir werden es herausfinden. Emily Noller ist uns einige Antworten schuldig.« Struve wollte die Akte beschlagnahmen.

»Sie bekommen die Akte, aber wir machen uns vorher noch eine Kopie«, wendete Horst Stettner ein. Er wies eine Mitarbeiterin an, die Dokumente zu vervielfältigen. Nach einiger Zeit kam die Dame mit einem beunruhigten Gesichtsausdruck zurück.

»Herr Stettner, wir haben festgestellt, dass jemand aus der Akte manipuliert worden ist.«

»Ja, wie kann das sein?«

»Es ist offensichtlich ein Dokument herausgerissen worden, die Halterung in der Akte ist nicht mehr in Ordnung. Wir haben daraufhin die Unterlagen mit der ursprünglichen Sicherheitskopie verglichen, die ein Stockwerk tiefer im Zentralregister gelagert wird.«

»Und welches Dokument fehlt?«

»Das ist es ja gerade, was uns wundert. Es fehlt

nichts. Aber es ist sicher, dass ein Blatt Papier herausgenommen wurde.«

»Das verstehe, wer will. Jedenfalls fehlt nichts, und damit ist alles in bester Ordnung. Haben Sie jetzt die Kopie für die Polizei?«

»Ja, hier. Bitte sehr.«

»Danke.«

Peter Struve schaute sich das Original noch einmal genau an. Da hatte tatsächlich jemand an der Akte etwas herausgerissen. Seltsam.

»Wie werden die Akten hier im Hause bewacht?«, fragte er Stettner.

»Unser Archiv gibt Akten im Normalfall nur heraus, wenn die Nutzer im Lesesaal mit ihnen arbeiten.«

»Und wer achtet im Lesesaal darauf, dass an den Akten nicht manipuliert wird?«

»Unser Aufsichtspersonal ist angewiesen, die Nutzer zu beobachten.«

»Kann es vorkommen, dass Nutzer etwas entwenden?«

»Das ist, solange ich hier tätig bin, noch nicht geschehen. Jedenfalls ist es noch zu keiner Strafanzeige gekommen.«

Struve sah ein, dass es schwer war, einen Eingriff in die Akte nachzuweisen. Er überlegte, ob er als Täter für eine Manipulation diesen Weg wählen würde. Die Nutzer wurden allesamt namentlich registriert, und Emily Noller hatte offenbar die Akte studiert, ohne sich die Mühe zu machen, ihre Identität zu verbergen. Welche Schlussfolgerung war daraus zu ziehen? Wieder dachte Struve an das Dreieck Emily, Kai und Frank Moosburger. Sicherlich hatte Frank Moosburger ein doppeltes Motiv, einen Keil zwischen Emily und seinen Vater zu treiben, dabei aber auch Kai auszustechen. War das durch Aktenmanipulation möglich? Falls ja, bliebe eigentlich nur ein Einbruch, um das Ziel zu erreichen.

»Gibt es Kameras in dem Gebäude?«, fragte der Kommissar den Archivleiter.

Horst Stettner nickte. »Ja, wir müssen neuerdings auch filmen. Das Innenministerium hat uns damit beauftragt, jeder Archivnutzer unterschreibt mit der Nutzungsordnung auch sein Einverständnis. Die Wenigsten lesen aber wohl das Kleingedruckte. Ich bin jedenfalls froh, dass im Lesesaal und im Gebäude Kameras installiert sind. Wissen Sie, das Risiko, dass hier wichtige Dinge verschwinden, ist einfach zu groß.«

»Und werten Sie die Aufnahmen auch aus?«

»Leider nein. Wir mussten diese Leistung aus Kostengründen outsourcen. Das macht ein Sicherheitsdienst, die liefern aber nur sporadisch Protokolle, in denen meistens das Gleiche steht. Schätze mal, die sparen beim Personal, ohne dass wir groß etwas dagegen unternehmen können.«

»Trotzdem. Es gibt die Chance, noch an Aufzeichnungen zu kommen. Hoffentlich sind sie noch nicht gelöscht worden. Frau Förster wird sich darum kümmern.«

20.

Du sollst mich mit allen Waffen widerlegen, die du in deiner Gewalt hast, aber ich blase sie weg mit dem Hauch meines Mundes. (Franz Moor, V, 1)

Corinne verfolgte gebannt den Sturm auf Schloss Moor. Das Unheil kündigt sich in einem Traum Franz Moors an. Er sucht daraufhin seltsamerweise Rat beim Pfarrer, den er als Atheist sonst immer verunglimpft. Vergeblich. Franz ist verzweifelt, wenig später brennt das Schloss, die Räuber dringen ein. Franz aber hat sich mit einer Hutschnur erdrosselt. Corinne findet Gefallen am Ende des Tyrannen. Sie fragt sich jedoch, warum Schiller den Helden Karl Moor nicht selbst den Bruder umbringen lässt. Stattdessen soll Schweizer, einer aus der Räuberbande, den Bruder lebendig bringen. Vermutlich soll sich der Held Karl nicht durch einen Rachemord auf eine Stufe mit dem Bösewicht begeben, mutmaßt Corinne und erinnert sich wieder an Schillers Konzept vom veredelten Menschen. Opfer dieser Konstruktion ist der treue Schweizer, der sich selbst umbringt, weil er es nicht geschafft hat, den fiesen Franz lebendig in die Hand zu bekommen. Corinne schüttelt den Kopf über so viel destruktive Treue und männliche Konsequenz. Am Ende dieser Szene ist sie gespannt, was Karl Moor nach dem Befreiungsschlag auf seinem elterlichen Schloss unternimmt.

Luca Santos verließ die Redaktion in Marbach, Zorn brauchte ihn nicht mehr. Der Volontär fuhr nach Ludwigsburg. Er trank im Blauen Engel eine Tasse Kaffee. Dabei erinnerte er sich an Mattse und Lars im Camp. Das ist Anarchie, sich die Freunde zu suchen, die zu einem passen und dann klarzukommen, hatte Lars getönt. Das hatte Luca nicht einordnen können. Damals noch nicht. Und heute? Eigentlich hatte er gehofft, verführbare Jugendliche aus dem rechten Lager aufzustöbern. Wohin gehörten die beiden? Luca war sich nicht sicher, welche Rolle die jungen Männer in dem Drama um Hermann Moosburger spielten. Vielleicht hatte sie jemand als Lockvogel für Kai Moosburger benutzt. Würden sie ihren Auftraggeber preisgeben, hätte man den Mörder. Vielleicht waren sich die jungen Männer aber gar nicht bewusst, dass sie zum Gelingen eines raffinierten Plans beitrugen. Lars und Mattse könnten ihn zu ihrem Mister X führen. Aber welche Anreize würde er setzen müssen?

Vielleicht wusste Struve mehr. Schließlich musste der Kommissar den Fall lösen. Luca wollte von ihm auf dem Laufenden gehalten werden. Der Journalist hatte die Nummer des Polizisten in sein Handy eingespeichert. Struve konnte stur sein. Es gab leichtere Gesprächspartner. Das Freizeichen beseitigte vorerst die Skrupel des Zeitungsvolontärs.

»Was gibt's?« Der Kommissar klang gestresst.

»Können wir uns kurz sprechen? Ich bin im Blauen Engel. Ich glaube, ich hab etwas für Sie.«

Struve verließ mit Melanie Förster das Staatsarchiv. Er war keine 100 Meter entfernt.

»Wir sind gleich bei Ihnen.«

Wenig später saßen sie zusammen.

»Also, dann schießen Sie mal los, Herr Santos.« Struve hatte es eilig. Er wollte Emily Noller auf den Zahn fühlen.

»Bestimmt fragen Sie sich, warum diese beiden Jungen, Mattse und Lars, dafür gesorgt haben, dass Kai Moosburger in der Mordnacht am Tatort war.«

»Wir wären einen großen Schritt weiter, wenn wir das wüssten.«

»Ich habe die Jungs kennengelernt. Ich glaube, die stecken da irgendwie drin.«

Struve schwieg, er rückte unruhig auf dem Stuhl umher.

»Wie meinen Sie das?«, fragte Melanie Förster.

»Na, es fielen Andeutungen, die mich an die linksautonome Szene in Großstädten wie Berlin oder Hamburg erinnern. Eigentlich hatte ich gedacht, dass diese Camps eher neonazistische Kreise anlocken, aber inzwischen scheinen paramilitärische Züge auch die andere Seite zu faszinieren.«

»Na dann, Che Guevara lebt!« Struve lachte, weil er daran nicht so recht glauben wollte. »Das kann auch pubertäres Imponiergehabe gewesen sein.«

»Möglich. Andererseits ist es das, was von denen bei mir hängen geblieben ist. Ich dachte mir, vielleicht können Sie damit etwas anfangen.«

»Ist das alles, was Sie zu bieten haben?« Struve blickte auf die Armbanduhr.

»Dachte, es wäre wichtig.« Luca Santos merkte, dass sein Gegenüber wenig Zeit hatte. Er musste das Treffen nutzen, um möglichst viele Informationen zu sammeln.

»Sind Sie immer noch davon überzeugt, dass Kai Moosburger seinen Vater umgebracht hat?«

»Überzeugt bin ich nie, solange ein Fall nicht abgeschlossen ist«, entgegnete Struve.

»Ich persönlich halte es für wahrscheinlicher, dass Sohn und Vater am See in eine Falle gelockt worden sind«, meinte Santos.

»Die Hypothese hat ihren Charme«, antwortete Struve. »Sie wissen, ich halte auch nichts von Zufälligkeiten, deshalb suchen wir wie Sie den Strippenzieher im Hintergrund.«

»Und wie weit sind Sie?«

Struve lächelte. Er durfte dem Journalisten nichts verraten. Jedenfalls jetzt nicht.

»Warten Sie noch ein wenig, Santos, dann werden Sie der Erste sein, der es erfährt.«

Mit einem solchen Versprechen konnte Luca leben. Er hatte das Gefühl, sich auf Struve verlassen zu können.

Der Kommissar schaute seine Kollegin an, die mit einem Blick zum Ausgang deutete. »Okay, wir müssen weiter. Vielen Dank und weiterhin alles Gute.« Struve bestellte nichts, er strebte der Tür entgegen.

Melanie Förster verabschiedete sich mit einem entschuldigenden Blick von Santos. »Viel Glück noch.«

»Ja, danke. Ciao.«

»Reine Zeitverschwendung.« Struves Blick schweifte kurz zu der Stelle, an der er seinen Porsche geparkt hatte – was seine miese Laune schlagartig potenzierte. »Wenn Journalisten fantasieren, wollen sie hören, wie toll sie sind.«

»Ach Peter, du wirst jetzt ungerecht. Santos ist okay, er hat uns doch auch schon geholfen.«

»Ja, damit er seine Schlagzeile bekommt.«
»Du weißt doch, es ist immer ein Geben und Nehmen.«
»Ja, weiß ich.« Wortlos liefen sie zum Wagen.

Struve nahm sein Handy, da griff ihm die Kollegin in den Arm. »Interessiert dich, wie ich über diese spätpubertären linksautonomen Wortbeiträge denke?«

Er schloss die Augen, gab sich dann aber einen Ruck. »Ja, schieß los.«

»Angenommen, die Jungs stecken wirklich in der Szene. Für uns wäre es ein Leichtes, das über unsere V-Männer oder den Verfassungsschutz herauszufinden. Die führen ordentlich Buch und sind kooperationsbereit, wenn's um Kapitaldelikte wie Mord geht.«

Peter Struve runzelte die Stirn. Er mochte es nicht, wenn viele Köche in seinem Brei rührten. Aber was hatte er zu verlieren, die Spur würde sowieso im Sand verlaufen. »Also gut, wir sprechen mit Littmann oder besser Dagmar Weller, sie ist diplomatischer. Das Ganze muss aber von Kottsieper abgesegnet sein, sonst gibt's wieder Haue von oben.«

»So gefällst du mir, Peter. Und wenn du mal an der Polizeihochschule einen Kurs in Recherche gibst, vergiss später nicht unser Beispiel zu erwähnen, wenn wir damit durchdringen.«

»Lass den Honig, Melanie. Wir müssen uns jetzt beeilen. Ich glaube, die ganze Sache spitzt sich langsam zu. Dieses Dreieck Frank, Kai und Emily wirkt auf mich wie der Schlund eines aktiven Vulkans. Aus der Tiefe heraus kann es jeden Moment zur Explosion kommen.«

Er nahm das Handy und wählte Dagmar Weller an.

»Was gibt's Neues von Frank Moosburger und seinen beiden Bluthunden?«

»Keine Verdachtsmomente. Er ist zu Hause, die beiden anderen spielen Pool-Billard im Bohnenviertel.«

»Okay. Wir nehmen uns Emily Noller vor.«

Die Beamten vor der Haustüre der Sekretärin hatten Struve und Förster bereits per Handy über neue Entwicklungen in den Favoritegärten unterrichtet. Die beiden Kommissare machten sich auf den Weg, um Emily Noller zu verhören. Damit konnten die observierenden Kollegen endlich Feierabend machen.

Emily Noller erwartete an diesem Abend Besuch. Für ihr Rendezvous mit Kai Moosburger hatte sie ein romantisches Candle-Light-Dinner vorbereitet. Ein weißes Tischtuch und ihr Sonntagsgeschirr im Schein der Kerzen verwandelten die Wohnung in eine Liebeslaube. Rote Rosen setzten eindeutige Signale.

»Du magst doch noch Rehkeule?«, fragte sie ihn, als sie ihm den Braten servierte.

»Deine Wildgerichte waren schon früher immer ein Genuss«, schwärmte Moosburger, der sich ein großes Stück auf den Teller nahm.

Später saßen sie gemeinsam auf dem Sofa und schauten sich alte Bilder aus gemeinsamen Tagen an.

»Sehnst du dich nicht danach zurück?«, hauchte Emily, als sie die Bilder von ihrem gemeinsamen Urlaub auf Sardinien im Foto-Album aufgeschlagen hatte. Sie öffnete leicht den Mund und neigte ihren Kopf nach hinten.

Die Einladung zum Kuss forderte ihn heraus, er hielt es aber für angemessen, auf Distanz zu bleiben. Er stand auf und goss sich ein Glas Mineralwasser ein.

»Weißt du, Emily, es ist wirklich viel Zeit vergangen. Ich muss sagen, es ist nicht einfach, ähnliche Gefühle wie vor 20 Jahren erleben zu dürfen – und gleichzeitig festzustellen, ein anderer Mensch geworden zu sein.«

»Ich weiß, Kai. Trotzdem gehören wir zusammen, die Liebe durchwirkt die Zeit und hält sie zusammen.« Sie stand auf und reichte ihm ein Weinglas mit dem 15 Jahre alten Bordeaux, den sie für diesen Abend ausgesucht hatte.

Kai nahm das Glas und blickte sie unsicher an. »Das hätte Goethe vermutlich kaum besser formulieren können. Du bist so unwahrscheinlich belesen, ich dagegen bin nur ein einfältiger Waldschrat.«

»Das bist du gewiss nicht. Du bist du – und außerdem viel vitaler als der gute Johann Wolfgang.« Sie stand auf, näherte sich ihm und schmiegte ihren Kopf an seine Brust. Erwartungsvoll schaute sie in seine Augen.

Moosburger ertrug die Nähe nicht. Er flüchtete sich in Worte. »Emily, ich ... kann nicht. Ich fühle mich deiner nicht würdig. Damals ... weißt du, ich bin gegangen ... und trage dafür die volle Verantwortung.«

»Nein, so darfst du das nicht sehen, Kai. Du hast dich vor zwei Jahrzehnten verabschiedet, weil du radikaler warst als ich.«

»Ja, bestimmt. Ich war ein sturer Esel.« Er lachte verständnisvoll und nahm sie in den Arm.

»Du bist ein Esel, aber ein verdammt lieber.« Sie kreiste zärtlich mit ihrer Hand auf seiner Brust. »Du wirst lachen, ich habe von dir damals gelernt. Deine Kraft ist bei mir geblieben. Wir waren zwar nicht mehr zusammen, aber du warst immer da.«

»Ich weiß, wie du es meinst, Emily. Ich habe es nicht

gewusst, aber ich habe dich überall auf der Welt gesucht, in jedem kanadischen Bachbett dein Ebenbild vermutet, auch wenn ich dachte, es nur zu tun, um einen Lachs fangen zu wollen.«

Er beugte sich über sie und küsste sie zart, sie überließ sich seinen schüchternen Zärtlichkeiten. Sie zogen sich aus, umarmten und liebkosten sich im Schein des warmen Kerzenlichts, ohne darauf zu achten, dass Kais elektronische Fußfessel im Sekundentakt piepste.

Nach dem Liebesakt saßen sie zusammen und rauchten eine ihrer französischen Zigaretten, eine Parisienne.

»Als du damals gingst, habe ich viel über Moosburger & Moosburger nachgedacht«, erzählte sie ihm.

»Und hast Karriere gemacht.« Er nahm sich ihre Zigarette und zog genussvoll an ihr.

»Was ich nach außen vorgab zu sein und was ich fühlte, waren komplett unterschiedliche Welten.«

»Aha, Miss undercover. So hast du also diesen schleimigen Frank und den Nazi-Profiteur die ganze Zeit ausgehalten.«

»Beide haben sich sehr um mich bemüht.«

»Bemüht. Na schön. Du hast sie aber nicht rangelassen.«

»Darum ging's gar nicht, Kai. Begreif es doch endlich.«

»Ja, klar. Es ging um Hochglanz-Broschüren, den neuesten Klatsch und Tratsch, und es ging um Wachstum und Marktanteile, errungen auf jüdischer Asche.«

Sie schwieg. Eine Träne rann ihr über die linke Wange.

»Was hast du denn, Liebste?«, fragte Kai besorgt, »entschuldige, wenn ich zu hart war, es galt ja nicht dir.«

Sie nahm einen tiefen Schluck des Bordeaux, dann setzte sie das Glas ab. »Kai, nur damit du es endlich weißt: Ich bin Jüdin.«

Erstaunt starrte er sie an. »Wie bitte?«

»Ja, du hast richtig gehört. Meine Mutter hat mich jüdisch erzogen. In Straßburg gab es eine deutsch-französische Gemeinde.«

»Aber davon hast du mir damals nichts erzählt. Warum hast du es verschwiegen?«

»Ich wollte nicht, dass es bekannt wird.«

»Wir haben uns doch aber geliebt, da redet man doch über so etwas.«

»Ja, gewiss. Liebende erzählen sich alles – wenn es an der Zeit ist. Uns hat der Streit zu früh auseinandergerissen. Ich wollte es dir damals nicht mitteilen, ich fand, es hätte dich zu stark beeinflusst. Ich wollte sehen, ob du auch so zu mir stehst.«

»Du hast mir nicht vertraut, Emily. Wenn du auch nur ein Wort gesagt hättest, dann …«

»Ja, was dann? Du hättest erst recht nicht verstanden, dass ich deinem Vater eine Chance geben wollte.«

Kai Moosburger verstummte. Hätte er seinem Vater eine Chance geben sollen? »Vermutlich hätte ich sie ihm nicht gegeben, ich war jung, ungestüm und in meinem Urteil wohl zu einseitig.«

»Na, siehst du, mein kleiner Esel.« Sie stupste ihm mit dem Zeigefinger an die Nase. »Jeder Mensch braucht eine zweite Chance.«

Kai Moosburger erinnerte sich an ihr Gespräch am Max-Eyth-See. »Was hast du über die Rolle meines Großvaters bei der Ermordung der jüdischen Familie in Frankreich herausbekommen?«

»Ich war im Staatsarchiv und habe mich überzeugt, es liegt doch nicht mehr gegen ihn vor, als du erzählt hast. Das hat mich sehr gewundert, denn ich war mir sicher, dass er es war, der unsere Familie aufstöbern ließ. Jedenfalls habe ich das noch in der vergangenen Woche gelesen. Aber das Papier ist nicht mehr da. Jetzt zweifele ich an meiner Zurechnungsfähigkeit.«

»Aber hattest du die Unterlagen nicht schon vor 20 Jahren eingesehen, als der Fall für uns alle akut war?«

»Doch hatte ich. Aber ich habe so vieles in der Zwischenzeit schon wieder vergessen, dass ich selbst nicht mehr weiß, ob der Vater deines Vaters die Gestapo auf die Familie gehetzt oder ob die Vernichtungsmaschinerie der Nazis einfach ihren Lauf genommen hatte.«

»Ach, Emily. Das Problem hättest du nicht gehabt, wenn wir zusammengeblieben wären. Dann hätte ich dir gleich sagen können, dass Hermann Moosburger junior ein ganz mittelmäßiger Durchschnittsindustrieller war, der am Ende des Monats seine Geldscheine zählte und ansonsten seine Augen vor der Wirklichkeit verschloss.«

Er nahm sie in die Arme und küsste sie entschlossen.

Die Türglocke läutete.

»Erwartest du jemanden?«, fragte Kai Moosburger.

»Nein, wer kann das sein?« Sie stand auf und sah Struve und Förster vor der Tür. »Es sind die beiden Schnüffler, dieser Struve und seine Kollegin. Geh schnell ins Gästezimmer, sie müssen dich hier nicht antreffen.«

Sie öffnete.

»Guten Abend, Frau Noller«, eröffnete Melanie Förster. »Wir möchten Sie gern sprechen. Dürfen wir eintreten?«

»Also so spät noch? Ich weiß nicht.«

»Es dauert nicht lange.«

Emily Noller führte die Beamten in ihr Wohnzimmer. Immer noch roch es dort nach gebratenem Wild.

»Nehmen Sie bitte Platz.«

»Oh, danke. Sie haben hier alles sehr schön dekoriert«, bemerkte die Kommissarin, die das weiche Kerzenwachs befühlte, während Peter Struve einen flüchtigen Blick auf die Garderobe warf, an der eine Männerjacke hing.

»Ja, ich hatte Besuch, er ist aber schon wieder weg«, log die Gastgeberin.

»Das ist aber nicht schön, da kocht man stundenlang und gibt sich Mühe, und der Gast haut dann so schnell wieder ab«, bemerkte Struve, um die Lügnerin zu weiteren Erklärungen zu provozieren.

»Ich wollte den Abend gern allein ausklingen lassen«, entgegnete Emily Noller.

»Tja, und dann kommen auch noch wir«, schob Melanie Förster Verständnis vor. »Frau Noller, es wird Zeit, dass Sie uns alles erzählen.«

»Aber ich habe doch schon alles zu Protokoll gegeben.«

»Sie haben uns jedoch nicht alles erzählt.«

»Also gut. Wenn Sie noch Fragen haben, dürfen Sie sie mir gern stellen.« Die Hausherrin zündete sich eine Parisienne an. »Stört es Sie, wenn ich rauche?«

»Ich glaube nicht, oder, Peter?« Melanie Förster

wusste, dass ihr Kollege Rauchschwaden fürchtete wie der Teufel das Weihwasser.

»Schon gut, wenn's denn der besseren Verständigung dient«, winkte der Kommissar ab, während er abschätzte, hinter welcher Tür sich Emily Nollers Gast versteckt hielt.

»Wer ist Gundula Noller?«, fragte Struves Kollegin unvermittelt.

»Das war meine Mutter.«

»Sie lebt nicht mehr?«

»Messerscharf kombiniert. Sie ist vor elf Jahren gestorben. Herzinfarkt, ganz plötzlich.«

»Verstehe. Ihre Mutter hat sich für den Prozess gegen Hermann Moosburger senior stark interessiert.«

»Ja, sie war eine direkte Nachfahrin der Familie, der das Druckhaus Hirsch in Ludwigsburg gehörte.«

»Vermutlich hat Ihre Mutter sehr darunter gelitten, dass sie keine Entschädigung für den erzwungenen Verkauf weit unter Wert bekommen hat.« Melanie Förster hatte in der Akte gelesen, dass der Kaufvertrag damals unter Druck abgeschlossen wurde.

»Ja, sie ging leer aus. Deshalb hat sie zivilrechtlich geklagt, aber vergeblich.«

»Und Sie finden das Urteil auch ungerecht?«

»Na klar. Aber ich wollte mich nicht reinsteigern. Ich hab es sowieso erst erfahren, als ich schon älter war. Ich habe versucht, eine andere Haltung zu entwickeln als meine Mutter. Ich wollte nicht nachtragend sein. Immerhin bin ich die dritte Generation seit damals. Es hat keinen Sinn, ewig dem Verlust von anno dazumal hinterher zu trauern und sich zu fragen, was wäre geworden, wenn.«

Peter Struve stand auf und warf einen Blick in die Küche. Er sah zwei Teller in der Spüle. »Ich würde mir gern mal die Hände waschen.«

»Bitte, die Gästetoilette ist hier vorn.«

Bleiben also nur noch drei Türen, dachte der Ermittler, der den Wasserhahn kurz laufen ließ und wieder zu den Frauen ging, um möglichst wenig von dem Gespräch zu verpassen.

»Und jetzt arbeiten Sie sogar in dem Betrieb, der die Firma Ihrer Großeltern damals geschluckt hat.«

»Das würden andere genauso machen«, versicherte Emily Noller. »Es gibt genügend Kleinbetriebe, die aufgekauft werden und in denen die ehemaligen Besitzer als Geschäftsführer eingesetzt werden. Letztlich ist es eine Frage, wo man sich am besten entfalten kann.«

»Sie haben sich als angehende Marketingleiterin gut entfalten können«, bestätigte ihr Melanie Förster.

»Danke für das Kompliment. Es war aber auch Hermann Moosburger junior, der mich stark gefördert hat. Ihm habe ich viel zu verdanken.«

»Wären Sie ihm auch so stark verbunden, wenn hundertprozentig feststünde, dass sein Vater direkt für die Vergasung Ihrer Vorfahren verantwortlich war und seinem Sohn dies keinen Cent an Entschädigung wert war?« Melanie Förster musterte sie mit durchdringendem Blick.

»Vermutlich nicht. Aber Sie sprechen Gerüchte an, die von Neidern schon wenige Jahre nach dem Krieg in die Welt gesetzt wurden und bis heute nicht verstummt sind.«

Peter Struve hielt die Antwort für ausweichend. »Sie können ruhig zugeben, empört gewesen zu sein, als Sie kürzlich wieder von der These gehört haben – jeder von uns wäre zutiefst verletzt, wenn er nach 20 Jahren des Schweigens vermuten müsste, mit einem duckmäuserischen Profiteur des Mordes an den Großeltern zusammengearbeitet zu haben.«

»Umso mehr, wenn man bedenkt, wie lange Sie selbst über alles hinweggesehen haben, weil Sie an das Gute in ihm geglaubt haben, Frau Noller«, unterstrich Struves Kollegin.

Die Befragte schluckte. »Wie gesagt, ich wollte den Moosburgers eine zweite Chance geben.«

»Hat Ihre Mutter Sie denn nie gewarnt, in dieses Unternehmen einzusteigen?«, hakte Melanie Förster nach.

»Nein. Meine Mutter war in dem Moment zufrieden, als Hermann Moosburger senior 1965 bei einem Fallschirmsprung in Nordfrankreich ums Leben kam. Er war dort im Krieg Soldat gewesen und in der Normandie in amerikanische Kriegsgefangenschaft geraten.«

»Das hat Ihre Mutter aber nicht davon abgehalten, noch in den 70er-Jahren einen Prozess gegen Moosburger & Moosburger anzustrengen.«

»Sie wollte Geld, bekam aber keins.«

»Was meinen Sie, warum Hermann Moosburger ausgerechnet Sie eingestellt hat? Wusste er um Ihre Identität?«, wollte Peter Struve wissen, der ein leises Piepsen aus einem der Nebenzimmer hörte. Ein Wecker? Er konzentrierte sich auf die Vernehmung und beachtete das Geräusch nicht weiter.

»Ich nehme an, er wollte etwas wiedergutmachen. Vielleicht hatte er vor, unsere Familie auf diese Weise zu entschädigen.«

»Späte Reue, aber besser spät als nie«, fasste Melanie Förster zusammen. »Erzählen Sie uns doch von der Nacht am Monrepos-See. Nachdem Sie im Staatsarchiv geforscht hatten, gab es vielleicht doch einigen Gesprächsbedarf zwischen Ihnen und dem alten Moosburger.«

Emily Noller errötete. Sie hatte nicht damit gerechnet, dass ihre Studien im Staatsarchiv bekannt würden.

Ein unheimliches Schweigen breitete sich im Raum aus. Nur das Piepsen aus dem Nachbarzimmer war zu hören.

»Möchten Sie Ihren Wecker nicht ausschalten?«, fragte Struve.

»Ach lassen Sie nur, das hört irgendwann von selbst auf.« Emily Noller hoffte, die beiden Polizisten würden bald ihre Wohnung verlassen.

»Es hat keinen Sinn, länger um den heißen Brei herumzureden, Frau Noller. Jemand hat Ihnen im Staatsarchiv einen Bären aufgebunden«, drängte der Kommissar. »Wir wissen, dass Sie dort geforscht haben, aber die Akte war manipuliert worden. Wollen Sie uns nicht erzählen, was Hermann Moosburger senior in Frankreich mit der Familie Ihrer Mutter angeblich gemacht hat?«

Emily Noller schüttelte energisch den Kopf. »Nein, das kann ich nicht. Offenbar wissen Sie es besser als ich, sonst würden Sie mir nicht solche Fangfragen stellen.«

»Genau, wir wissen es inzwischen. Obwohl es für uns nicht leicht war, das können Sie mir glauben.« Struve zückte einen USB-Stick und hielt ihn hoch. »Es hat uns einige Mühe gekostet herauszufinden, dass dieses offenbar gefälschte Dokument wieder entwendet wurde.«

»Ich erinnere mich nicht mehr genau an diese Papiere.« Emily Noller fasste sich mit beiden Händen an ihre Schläfen und schloss dabei die Augen.

»Dann will ich Ihnen auf die Sprünge helfen«, bot sich Struve an. »Das letzte Mal, als das Dokument noch da war, haben Sie es sich angesehen, das war am Tag vor der Zusammenkunft im Schlosshotel Monrepos. So steht's jedenfalls im Aufsichtsprotokoll des Lesesaals.«

»Ja, ich war dort.« Emily Noller rutschte unruhig auf dem Sofa hin und her.

»Sie waren übrigens nicht die Einzige aus dem Hause Moosburger & Moosburger, die das Archiv besucht hat.«

Emily Noller verschlug es die Sprache. Sie starrte den Kommissar an wie das Kaninchen die Schlange vor dem tödlichen Biss.

»Frank Moosburger war ebenfalls da – nur leider hat er nicht den Haupteingang genommen, sondern verbotenerweise die Tür für die Lieferanten. Aus gutem Grund: Er hatte etwas, das er anlieferte, nämlich das gefälschte Manuskript, auf das Sie hereinfallen sollten.«

»Warum sollte Frank so etwas tun?« Emily Nollers Blick verriet ungespielte Neugierde.

»Das fragen wir uns auch. Fakt ist, dass wir Kameraaufnahmen haben, in denen er eindeutig zu identifizieren ist. Die digitalen Bilder sind derart hochauflösend, dass wir sogar entziffern konnten, was im Detail auf dem Manuskript stand.« Triumphierend zeigte Struve auf den USB-Stick.

Emily Noller drückte die Zigarette aus. »Na schön. Frank wird Ihnen sicherlich eine Erklärung für seine Aktion liefern.«

»Ja, auf die freue ich mich schon jetzt. So ein Einbruch in eine Bundesbehörde nebst Urkundenfälschung ist kein Kavaliersdelikt. Der Mann muss sich von seiner Straftat einen Nutzen erhofft haben.«

Melanie Förster nickte. »Warum haben Sie ausgerechnet so kurz vor der Mordnacht in dem Archiv geforscht? Können Sie uns das bitte erklären, Frau Noller?«

»Ich habe einen anonymen Hinweis bekommen.«

»Aha. Und weiter?« Struve wäre am liebsten aufgesprungen, um sie durchzuschütteln.

»Na, dass der Vater von Hermann die Familie Hirsch ausradiert hat. Neu war für mich, dass Hermann senior mit der Gestapo in Frankreich zusammengearbeitet hat, um meine Vorfahren, die Hirschs, gezielt zu verfolgen.«

»Das deckt sich mit dem Inhalt des gefälschten Dokuments«, berichtete Struve. »Ich frage mich nur, warum Frank Sie so kurz vor der Klausurtagung mit dieser Falschinformation belastet hat. Er konnte sich doch an fünf Fingern abzählen, dass er sie damit total aufwühlen würde. Hat er das geschafft?«

Emily Noller spürte, dass sie in die Enge getrieben wurde. »Es hat mich beschäftigt, in der Tat.«

Melanie Förster trat näher an sie heran. »Bestimmt hat die plötzlich einberufene Klausurtagung Sie daran erinnert, dass Moosburger wie sein Vater in der NS-Zeit seine Macht kompromisslos ausübte.«

»Ja, das hat es, aber, mein Gott, Hermann war im Jahr

1940 gerade mal sechs Jahre alt und nicht viel älter, als unsere Familie umkam. Das alles kann man ihm nicht vorwerfen. Ich habe seinen Vater als Hauptschuldigen gesehen.«

»Sie machen uns doch was vor«, erwiderte Struve mit ärgerlichem Unterton. »Die ewig empathische Tour kaufe ich Ihnen nicht ab. Hermann Moosburger junior hat sich genauso wie sein Vater geweigert, Ihrer Mutter eine Entschädigung zu zahlen. Das hat Sie im tiefsten Innern rasend gemacht, auch nach 20, 30, 40 oder 60 Jahren, keine Geste der Entschuldigung, damit Moosburger & Moosburger die weiße Weste behält. Geben Sie zu, dass Sie das die ganzen Jahre mit sich herumgetragen haben. Vielleicht haben Sie nur auf einen günstigen Moment gewartet. Und jetzt ist durch diese gefälschte Darstellung bei Ihnen alles hochgekocht.«

Emily Noller senkte ihren Blick. »Um ehrlich zu sein, ja. Sein Verhalten hat mich sehr gekränkt.«

Peter Struve spürte, er durfte jetzt nicht lockerlassen.

»Sie waren nicht nur gekränkt, sondern zornig. Sie haben nach einer Gelegenheit gesucht und sie beim Treffen am Monrepos-See gefunden. Es fehlte Ihnen nur noch jemand, der sich die Hände schmutzig machte.«

»Nein, das stimmt nicht, das hängen Sie mir nicht an!«

»Dann sagen Sie uns endlich die Wahrheit. Sonst reimen wir sie uns zusammen. So schwer ist das nicht. Sie und Kai, das pfeifen die Spatzen doch vom Dach. Warum hätten Sie ihn sonst aus der U-Haft geboxt?«

»Nein. Kai hat mit der ganzen Sache nichts zu tun.« Emily Noller kämpfte mit den Tränen.

Struve und Förster schwiegen.

»Ich war tatsächlich wütend auf Hermann, auch an diesem Abend, und wie er mit Frank umgegangen ist, hat mich erschreckt.«

»Erzählen Sie uns, was passiert ist, Frau Noller«, insistierte Struve.

»Ich konnte nicht schlafen, also wollte ich an der Hotelbar noch etwas trinken gehen. Als ich an Hermanns Zimmer vorbeiging, brannte Licht. Ich klopfte, trat ein, aber niemand war da.«

»Das kam Ihnen seltsam vor«, vermutete der Kommissar.

»Ja, ich fand ihn nirgendwo und zog mir dann einen Mantel an, um ihn draußen zu suchen.«

Struve ließ sie weitererzählen.

»Ich ging hinüber zum Schloss, dort habe ich ihn getroffen, er starrte in den See.«

»Vermutlich dachte er darüber nach, wem er am Ende seiner Tage sein Lebenswerk übergeben sollte.« Der Kommissar blickte sie verständnisvoll an.

»Ja, natürlich.«

»Aber Sie waren immer noch sauer auf ihn. Da gab es etwas, was Ihnen keine Ruhe gelassen hat.«

Emily Noller kämpfte mit sich.

»Erzählen Sie es uns, wir werden uns vor Gericht für Sie einsetzen«, versprach Struve.

Sie blickte ihn hilflos an, schluchzte. »Ich habe Hermann beschimpft, ihn einen verdammten, selbstgerechten Feigling genannt – und als er mich daraufhin auslachte und mit ›dumme Judengöre‹ und ›scher dich doch zum Teufel‹ anbrüllte, habe ich ihn weggestoßen.«

Im Zimmer wurde es still. Nur das Piepsen im Nebenzimmer verstummte nicht.

Peter Struve und Melanie Förster blickten sich an. Ein wenig ratlos, wie sie mit dem Geständnis umgehen sollten.

»Was ist dann passiert?«, wollte Struve wissen.

»Hermann ist von der Treppe nach hinten gefallen und mit dem Hinterkopf aufgeschlagen. Er fiel dabei in den See und ging unter.«

»Haben Sie versucht, ihn aus dem Wasser zu ziehen?«

»Nein. Es ging alles so schnell.«

Ob sie ihm die volle Wahrheit erzählt hatte? Peter Struve glaubte nicht so recht daran. Vielleicht hatte sie gemeinsam mit einem der Söhne den Mord geplant.

»Wer sagt uns, dass Sie den alten Moosburger nicht gemeinsam mit Kai um die Ecke gebracht haben? Sie könnten ihn bestellt haben, damit er das Grobe für Sie erledigt.«

»Kai würde so etwas niemals tun.«

»Ja natürlich. Das sagen Sie uns, weil Liebe blind macht. Es würde mich nicht wundern, wenn Sie ihn dahinten in Ihrem Schlafzimmer verstecken. Wollen wir wetten?«

Plötzlich hörte Struve das Piepsen nicht mehr. Er stürzte auf die Tür zu, hinter der Moosburger stecken musste. Der Raum war leer, das Fenster stand offen.

»Mist, der Vogel ist ausgeflogen.«

Wütend schlug der Kommissar die Tür zu. Er ärgerte sich, so lange gezögert zu haben. »Es musste Kai Moosburger sein, das Piepsen war der Sender dieser elektronischen Fußfessel. Ich bin aber auch ein Idiot! Schnell, wir müssen ihn verhaften. Sagen Sie Littmann Bescheid, Melanie, sie sollen feststellen, wo er sich hinbewegt und ihn festnehmen.«

»Er wird vielleicht zu seinem Bruder flüchten«, gab Melanie Förster zu bedenken.

»Flüchten? Er wird ihn umbringen. Wir müssen das unbedingt verhindern. Schicken Sie einige Streifen zu der Villa in den Salonwald.«

Struves Magen knurrte. Der Beamte nahm sich ein Stück Rehkeule und biss zu.

»Liebe geht durch den Magen, Frau Noller. Jetzt mal zur Sache. Ich sehe Sie und Ihre alte Liebe Kai. Die Indizien sprechen doch für sich. Aufgestachelt durch Frank und Ihre Nachforschungen haben Sie Mordpläne entwickelt, die Sie mithilfe von Kai Moosburger umgesetzt haben. Sollten die beiden jungen Männer gegen Sie aussagen, weil sie von Ihnen und Kai Moosburger für dieses Bauerntheater auf der Insel bezahlt worden sind, werden Sie sich auf einen längeren Aufenthalt hinter Gittern gefasst machen müssen.«

»Sie fantasieren, Herr Kommissar.«

»Ich entwickele meine Theorien – und bisher äußerst erfolgreich, meine Gutste. Jedenfalls haben Staatsanwälte und Richter bisher keine meiner Beweisführungen abgelehnt. Da von Ihnen kein Praxisbericht kommt, zählt das, was ich kombiniere.«

»Sie haben keinerlei Beweise.«

»Beweisen Sie doch erst mal, dass Sie im Hotel waren. Soll Kai Moosburger beweisen, dass er zum Tatzeitpunkt woanders war. Ich sehe bisher nur ein Komplizenpaar und einen heimtückisch geplanten Mord.«

Melanie Förster war in den Nebenraum gegangen.

Sie telefonierte fieberhaft mit der Stuttgarter Polizei. Aus der Ferne waren wenig später die ersten Sirenen zu hören.

Kai Moosburger rannte die Favoritegärten hinunter. Genug hatte er gehört, er musste Frank finden. Er war entschlossen, ihn umzubringen. Die Chance, bis zu seiner Villa zu kommen, schätzte er gering ein. Aber er musste es versuchen. Warum hatte er nicht längst versucht, dieses piepsende Etwas abzustreifen? Hier an der Bundesstraße unmöglich. Er mied die kleine Brücke zum Blühenden Barock und flitzte über die Hauptstraße. Weg vom Präsentierteller. Hatten ihn die Bullen schon im Visier? Er hörte Sirenen, die lauter wurden. Moosburger erreichte die andere Straßenseite, an der das Blühende Barock begann. Vielleicht schaffte er es über den Zaun. Mit einiger Mühe kletterte er über das Hindernis. Der Garten war schwach beleuchtet, hier würde man ihn wahrscheinlich nicht vermuten. Er sah den Märchengarten und lief auf den buschigeren Teil zu. Höchste Zeit, den Peilsender loszuwerden. Am Kiosk an der Wasserbahn fand er eine Colaflasche. Er zerschlug sie, und es gelang ihm mit einer Scherbe die Fußfessel aufzutrennen. Den Sender warf er ins Wasser, in dem sonst die Touristen ihre Runden in kleinen Booten drehten. Vielleicht gab der Sender seinen Geist auf. Er brauchte ein Versteck, in dem er die nächsten Stunden abtauchen konnte. Stand oben nicht dieser Rapunzelturm? Wenig später hatte Moosburger ihn erreicht. Er kletterte an ihm hoch, ergriff den dicken blonden Zopf und gelangte schweißgebadet in den Turm. Na, wenn er etwas konnte, dann war es klettern. Er atmete tief durch, als er in die kleine Kammer im Obergeschoss eingestiegen war.

Von da oben konnte Kai Moosburger in einen Flügel des Residenzschlosses sehen. Der ehemalige Spielpavillon war hell erleuchtet, es hielten sich dort aber kaum Personen auf. Seitlich des Gebäudes erkannte Moosburger an der Straße die baden-württembergische Landesfahne, die im abendlichen Wind flatterte. Er stellte mit Unbehagen fest, dass die Polizeisirenen lauter wurden. Offenbar vermutete man ihn in dieser Gegend. Hoffentlich war der Sender ersoffen. Moosburger blieb ruhig. Er verfolgte das Geschehen in dem kleinen Zimmer. An einem Fenster sah er zwei Männer in feinen Anzügen. Aber war das nicht der Industrielle Adalbert Reger, der da das Sektglas schwang? Die Zeitungen hatten voller Empörung über seine bevorstehende Geburtstagsfeier im Schloss berichtet. Der Ministerpräsident Ludger Kleinschmidt höchstpersönlich hatte eingeladen, Reger wurde 100 Jahre alt, und der oberste Landesherr würdigte das Lebenswerk dieses ehemaligen Nazi-Militärrichters und Parteifreundes. Reger sollte Todesurteile gegen Deserteure verhängt haben und verteidigte sein Verhalten auch nachträglich. Nachforschungen von Historikern ergaben dagegen, dass Reger einen Ermessensspielraum hatte, als er die Todesurteile aussprach. Das aber hätte Zivilcourage erfordert, die der Militärrichter in einigen Fällen nicht aufbrachte. Schlimm genug, dass Reger jahrzehntelang als Industriellensprecher im Kreis Ludwigsburg das öffentliche Leben geprägt hatte. Aber offenbar konnte sich die Öffentlichkeit im Lande noch so sehr aufregen, der Skandal wurde munter ausgesessen. So wie das

Echo auf diese Feierlichkeiten, die von weiten Teilen der Bevölkerung als Affront gegen die Angehörigen der hingerichteten Kriegsdienstverweigerer aufgefasst wurden.

Kai Moosburger hatte längst gemerkt, dass er in die umstrittene Geburtstagsfeier hineingeraten war. Welch Ironie des Schicksals, ich werde vermutlich an dem Abend verhaftet, an dem ein alter Nazi gefeiert wird, dachte er.

»Na Rapunzel, dem hättest du dein Haar bestimmt nicht runtergelassen, hahaha …«

Wieder blickte er zum Fenster. Reger stand entspannt da und sprach mit einem Mann, der Moosburger bekannt vorkam. Das Gesicht habe ich doch schon mal in der Zeitung gesehen, erinnerte er sich und konnte die Person identifizieren. Golombek, richtig. Josef Golombek, der Landesvorsitzende der Partei der Neorepublikanischen Erneuerung. Na, da hatten sich die Richtigen gefunden. Aber, und jetzt sprangen Kai Moosburger fast die Augen aus dem Gesicht. Ein dritter Mann hatte sich den beiden genähert und stieß breit grinsend mit ihnen an: Frank Moosburger, sein Bruder!

»Der verdiente Verleger Frank Moosburger«, höhnte Kai im Rapunzelturm. »Bald wird er das Bundesverdienstkreuz bekommen.«

Plötzlich verließen die Männer den Raum.

Den Verfolgten hielt es nicht mehr in seinem Versteck. Er musste den Intriganten stellen und vor aller Augen mit der Wahrheit konfrontieren. Fieberhaft überlegte er, wie er ins Gebäude eindringen konnte. Er stieg am Haar von Rapunzel herab und tastete sich durch das Gebüsch in Richtung Hauptgebäude vor.

Moosburger bemerkte ein dichtes Netz von Wachmännern rund um das Schloss. Unmöglich durchzustoßen. Aber er war erfahren genug, um auch solche Situationen zu meistern, schließlich hatte er in Fort Worth mit alten Vietnamveteranen Dschungelkämpfe simuliert. Regungslos blieb er zwischen zwei Rosensträuchern liegen. Die Dornen rissen ihm bei der kleinsten Bewegung kleine Hautfetzen vom Leib. Stoisch hielt er den Schmerz aus. Er kannte die Architektur des Residenzschlosses. Falls es einen Empfang gab, würde er im Marmorsaal im Neuen Corps de Logis an der Südseite des Schlosses stattfinden. Er hatte kaum eine Chance, von außen dort hineinzukommen. Der Garten war im französischen Stil flach und geometrisch korrekt gehalten. Er würde entdeckt werden, zumal dort die Sicherheitskräfte massiv auftraten. Moosburger blieb flach liegen und überlegte minutenlang, wie er ins Schloss eindringen konnte. Seitlich vor ihm lagen der Kastellanbau und der Theaterbau. Wenn er es geschickt anstellte, könnte er durch das Theater und die Ahnengalerie in den Neuen Corps de Logis vordringen. Wieder hörte Moosburger Sirenen, sie klangen sehr nahe. Er sah, wie weitere Polizeistreifen auf der Hauptstraße auf und ab fuhren. Offenbar waren sie ihm auf den Fersen, konnten den Sender aber nicht genau orten.

Moosburger spürte das Ritzen der Dornen in der Hüfte. Die Wachleute waren etwa 30 Meter von ihm entfernt. Aber er musste warten. Wieder verrannen wertvolle Minuten. Endlich ließ die Aufmerksamkeit der Wachleute nach. Einige von ihnen unterhielten sich, andere liefen unkoordiniert herum. Sie fühlten sich sicher, das Bewachungsnetz wurde löchrig.

Kai stand wie in Zeitlupe auf und pirschte sich bis zu einem Mauervorsprung heran. Jetzt waren es nur noch wenige Meter bis zu der Tür, die ins Gebäude führte. Was erwartete ihn hinter diesem Eingang? Für den Empfang war er viel zu leger gekleidet. Aber er hatte keine Wahl. Früher oder später würde man ihn sowieso verhaften. Besser mit wehenden Fahnen untergehen als irgendwo zerzaust und in bemitleidenswertem Zustand aufgegriffen zu werden.

Er öffnete die Tür und blickte in einen schwach beleuchteten Gang. Er schmiegte sich an die Wand und rückte zentimeterweise vor. An einer Ecke blickte er sich vorsichtig um. Ein Uniformierter stand wenige Meter von ihm entfernt mit dem Rücken zu ihm. Moosburger überlegte kurz, dann streckte er ihn mit einem Handkantenschlag nieder. Er brauchte seine Jacke und die Mütze, und er holte sie sich, indem er den Mann in einen Abstellraum des Schlosstheaters verfrachtete und dort die Kleidung wechselte. Der Wachmann trug eine Waffe, die Moosburger an sich nahm. Er fesselte den Überwältigten mit diversen Staubsaugerkabeln und knebelte ihn mit einem Putzlappen, den er ebenfalls mit einem Kabel umwickelte. Das würde den Mann eine Weile aufhalten, wenn er aus dem Reich der Träume aufwachte.

Zurück auf dem Gang folgte Kai Moosburger den Klängen klassischer Musik. Tatsächlich war die Tür zur Ahnengalerie geöffnet. Es schien ihm, als ob ihn die früheren Schlossherren mit ihren grimmigen Blicken hinauswerfen wollten. Endlich erreichte er den Eingang zum Neuen Corps de Logis, dem Gebäudetrakt, in dem der König und die Königin residiert hatten. Er musste den Marmorsaal erreichen, der beide Flügel verband und auch heute noch für Empfänge genutzt wurde. Moosburger erkannte, dass sich am Fuß der Treppe Polizisten postiert hatten. Er musste vorsichtig sein und beschloss, in der Nähe der Toiletten so zu tun, als ob er dort als Wachmann eingeteilt wäre. Frank würde sich schon irgendwann sehen lassen. Eine quälend lange halbe Stunde verstrich, da sah er seinen Bruder um die Ecke biegen und im Toilettenraum verschwinden. Die Gelegenheit erschien Moosburger günstig, er drängte sich mit hinein.

»Entschuldigung.«

»Was fällt Ihnen ein?«, fauchte ein überraschter Frank Moosburger, der nicht verstand, weshalb ein Mann ihm den Platz in der Toilette mit einer Art Überholmanöver vor der Nase wegschnappen wollte.

»Komm rein, du miese Ratte.« Kai Moosburger drückte seinen verhassten Bruder in die Kabine. »Endlich habe ich dich.« Er hielt ihm die Waffe unter die Nase. »Und ja keinen Mucks, sonst knall ich dich ab.«

»Kai? Aber was willst du? Ich dachte, du genießt die Freiheit, die Emily und ich dir ermöglicht haben.«

»Freiheit, ha! Als ob du davon etwas verstehen würdest.«

»Also, na hör mal, du weißt, ich war immer fair zu dir.«

»Erzähl das anderen. Zum Beispiel der Polizei, die wird dich spätestens nach diesem widerlichen Gelage hier einsammeln.«

»Wie kommst du denn darauf?« Frank Moosburger lachte. »Arbeitest du jetzt für den Staatsbüttel?«

»Woher ich was habe, geht dich einen Dreck an. Die haben dich im Staatsarchiv gefilmt, als du Emily die gefälschten Dokumente untergeschmiert hast.«

»Was?« Frank Moosburger entglitten die Gesichtszüge.

»Ja, damit hast du nicht gerechnet, du Mistkerl.« Kai packte ihn am Kragen.

»Vorsicht, die Waffe.« Frank wich ängstlich zurück.

»Wenn ich daran denke, was für ein jämmerliches Spiel du mit Emily und unserem Vater getrieben hast, würde ich jetzt am liebsten abdrücken.«

»Wenn's so einfach wäre, hättest du es schon längst getan. Aber du traust dich nicht. Du bist doch bisher immer abgehauen, wenn es brenzlig wurde.«

Ein dumpfer Schlag in die Magengrube war die Antwort. Frank Moosburger klappte röchelnd zusammen und rutschte auf den Boden. Sein Bruder packte ihn am Kragen und zog ihn wieder hoch.

»Und du bist immer da geblieben und hast das getan, was du am besten kannst. Geld und Reichtümer horten, und alle sollen dir artig applaudieren, du Kanalratte.«

Frank atmete schwer. »Na, und wenn schon, einer musste den Laden ja weiterführen. Außerdem haben wir dich seit 20 Jahren gut versorgt. Was willst du Versager noch?«

»Die Wahrheit erfahren. Und verhindern, dass du mit einer ähnlich miesen Tour wie unsere Alten durchkommst.«

»Wenn du mich jetzt umbringst, kommst du für den Rest deines Lebens in den Knast.«

»Keine Sorge, an dir mache ich mir meine Finger

nicht schmutzig.« Kai öffnete die Tür und führte seinen Bruder im Polizeigriff vor sich her. Sie näherten sich dem Festsaal, in dem der Ministerpräsident mit der Laudatio begonnen hatte.

Kai zog die Waffe und bahnte sich einen Weg in den Saal. Die Polizisten wichen zurück und gaben den Weg frei. Moosburger schoss zweimal in einen Kronleuchter. Sofort machte sich Panik breit. Die Gäste legten sich flach auf den Boden.

»Alle mal herhören«, rief Moosburger in die Menge hinein. Er hielt die Waffe an die Schläfe seines Bruders und benutzte ihn als Schutzschild. Die Polizisten suchten hinter der Tür Deckung. Sie hatten ihre Waffen gezogen und zielten auf ihn. Auch der Ministerpräsident hatte sich auf den Boden gelegt.

»Komm, steh auf.«

Moosburger nahm auch ihn als Geisel und führte ihn mit seinem Bruder vor sich her. Am Kopf des Saals blieb er stehen.

»Entschuldigen Sie alle die kleine Störung hier«, rief Moosburger in den Saal, »ich kann verstehen, dass Sie sich den Abend anders vorgestellt haben. Ich möchte auch nicht lange stören.«

Er zeigte mit der Waffe auf Reger. »Du, da unten, Geburtstagskind. Um dich geht's heute. Wähntest du nicht auch, die Welt durch Gräuel zu verschönern und die Gesetze der Welt durch die Gesetze der Tyrannen aufrecht zu erhalten? – Keine Angst liebe Zuhörer, es bleibt das einzige Schiller-Zitat an diesem wundervollen Abend. Ich vertrete nur die schweigende Mehrheit eines Millionenpublikums, das leider nicht mehr unter uns sein kann, weil es standrechtlich erschossen, vergast, an den Fronten verheizt, durch Fliegerangriffe verbrannt und verschüttet oder in sonstigen Zerstörungsprojekten umgebracht wurde.«

Immer noch herrschte im Saal ängstliches Schweigen. Die Stimmen von Polizisten waren im Flur zu hören. Sie forderten aufgeregt per Handy Verstärkung an.

»Ich möchte meine Rede nicht so lange ausdehnen, liebe Freunde. Eigentlich sollte ja unser erster Landesherr, Ministerpräsident Kleinschmidt, hier sprechen und er wird es auch nachher noch weiter tun. Nur noch ein Satz zu diesem Festgast hier. Er heißt Frank Moosburger und ist mein Bruder. Wir mögen uns heiß und innig. Und vielleicht interessiert es Sie, dass Frank Moosburger jetzt ganz stolz darauf ist, unseren alten Herrn zu beerben, der morgen beerdigt wird. Wir beide werden leider nicht dabei sein, weil wir für die Taten unserer Vorfahren büßen müssen, und zwar jeder auf seine Weise. Ich möchte Sie bitten, uns jetzt festzunehmen. Wir wollen uns in die Hände der Justiz überliefern.«

Er legte die Waffe auf den Boden. Einige Sicherheitsbeamte rannten auf ihn zu, warfen ihn brutal auf den Boden und führten ihn schließlich ab. Wenig später traten Peter Struve und Melanie Förster auf den Plan. Sie nahmen auch Frank Moosburger fest. Die Geburtstagsfeier für Adalbert Reger nahm danach einen störungsfreien Verlauf.

21.

Man hat tausend Louisdore geboten, wer den großen Räuber lebendig liefert – dem Mann kann geholfen werden. (Karl Moor, V, 2)

Diese letzten Worte Karls in dem Drama spricht er, bevor er sich der Justiz übereignet. Für Karl Moor gibt es kein Happy End. Er findet weder zu seinem Vater noch zu Amalia zurück. Corinne Lennert hatte Schillers Werk längst gelesen, als im Mordfall Maximilian Moor das Urteil gefällt wurde. Die Maklerin hatte auch ihr Seminar an der Pädagogischen Hochschule Ludwigsburg inzwischen erfolgreich abgeschlossen. Ihre Hausarbeit schrieb sie über die Beziehung zwischen Karl und Amalia in Schillers Räuber. Und ihre Affäre mit Peter Struve hat sie einer mindestens genauso strengen Prüfung unterzogen, mit dem Ergebnis, dass es eine Affäre blieb.

»Kommst du, Peter?« Melanie Förster stand in der Tür ihres gemeinsamen Büros. Sie hielt den Autoschlüssel hoch und ließ ihn locker kreisen.

»Ach ja, der Gerichtstermin.« Ein Jahr war seit der Lösung des Moosburger-Falles vergangen. Widerwillig schnappte sich Struve seine alte Lederjacke. Schweigend saßen sie auf der Fahrt von Bietigheim-Bissingen nach Stuttgart nebeneinander. Was sollten sie auch groß bereden? Alles war zu diesem Fall längst gesagt, an diesem Tag sprachen die Richter das Urteil. Eigentlich kein Pflichttermin, aber die beiden Polizisten waren gespannt, wie ihre Ermittlungen juristisch bewertet wurden.

Am Eingang des Landgerichts wartete ein Pulk von Reportern. Der Fall hatte bundesweit für Schlagzeilen gesorgt. Struve erkannte Luca Santos, der als Zeuge hatte aussagen müssen.

»Was meinen Sie, Herr Santos? Was haben Emily Noller und Kai Moosburger zu erwarten?

»Schwer zu sagen, es hängt davon ab, ob die Richter den beiden glauben.«

»Klar. Die Linie der Verteidigung war leicht erkennbar. Emily Noller hat gestanden, den alten Moosburger weggestoßen zu haben, sodass er unglücklich fiel.«

»Sie war erregt, weil Frank Moosburger sie mit falschen Informationen gefüttert hatte.« Luca Santos nahm sich einen Kaugummi und bot Struve einen an, der aber dankend ablehnte.

»Allein das wird ihr mildernde Umstände einbringen, außerdem ist es kein Mord – jedenfalls nicht aus meiner Sicht. Und auch für einen Totschlag wird es nicht reichen, es fehlt meiner Meinung nach die Tötungsabsicht.«

»Es sei denn, sie hätte im Vorfeld mit jemandem wie Kai oder Frank Moosburger zusammengearbeitet.«

»Darauf deutet aber nichts hin«, erwiderte Struve. »Ich glaube nicht, dass der Staatsanwalt mit seiner Version durchkommt.«

»Einen Mord als fahrlässige Tötung zu tarnen, wäre zu riskant – wer hätte denn damit rechnen können, dass der alte Moosburger tatsächlich um diese Zeit um den See schleicht?«, meinte Santos und deutete auf die

Tür. Hinter der Glasfront blinkte bereits das Licht. Sie durften keine Zeit verlieren, um nicht ausgesperrt zu werden.

»Der Staatsanwalt geht davon aus, dass Emily Noller den alten Moosburger ganz bewusst zu dieser Zeit an den See gelockt hat«, meinte Melanie Förster. »Die ganze Anklage steht und fällt mit diesem Vorwurf.«

Im Saal herrschte gebanntes Schweigen, als die Richter eintraten und alle Anwesenden aufstanden. Struve sah Emily Noller, die ihr eng anliegendes elegantes schwarzes Kostüm trug, das sie schon bei ihrer ersten Vernehmung im Schlosshotel Monrepos angehabt hatte. Kai Moosburger saß mit einem eigenen Verteidiger nicht weit weg von ihr. Der Anwalt warf ihr einen beruhigenden Blick zu. Sie tupfte sich mit einem Taschentuch nervös auf der verschwitzten Stirn herum.

»Im Namen des Volkes ergeht folgendes Urteil«, begann der Richter seine Ausführungen. »Emily Noller wird von der Anklage des Mordes an Hermann Moosburger freigesprochen.« Ein Raunen ging durch die Zuschauerreihen. »Ich bitte um Ruhe«, mahnte der Richter. »Ebenfalls freigesprochen wird Kai Moosburger, der Staat trägt die Prozesskosten.« Wieder brach im Zuschauerraum Unruhe aus. »Wenn die Störungen nicht aufhören, lasse ich den Saal räumen!«, rief der Richter. Das Gemurmel verstummte.

»Das Gericht sieht es allerdings als erwiesen an, dass Hermann Moosburger durch das Einwirken von Emily Noller ums Leben kam. Es erkennt deshalb den Tatbestand der fahrlässigen Körperverletzung mit Todesfolge als gegeben an und verhängt eine sechsjährige Haftstrafe.«

»Das ist aber ganz schön heftig«, flüsterte Melanie Förster dem Kollegen zu.

»Hm, ja, ist eine vergleichsweise hohe Strafe, vermutlich auch, weil alles etwas undurchsichtig ist«, kommentierte Struve, der beobachtete, wie sich die Miene der Verurteilten zusehends versteinerte. Ihr Anwalt hatte wegen des manipulativen Vorgehens von Frank Moosburger und der daraus resultierenden Affekthandlung für ein geringeres Strafmaß plädiert. Vergeblich. Wie sich später herausstellte, hatte das Gericht ihr zwar kein vorsätzliches Vorgehen unterstellt, ihr aber negativ ausgelegt, dem zumindest Schwerverletzten, der möglicherweise hilflos im See trieb, nicht geholfen zu haben.

Der Richter verkündete weiter: »Was Kai Moosburger angeht, erkennt das Gericht auf Freispruch. Es haben sich zwar Verdachtsmomente ergeben, er könnte in das Tötungsdelikt verwickelt sein, doch kann ihm dies nicht nachgewiesen werden, zumal ihn die Zeugen Matthias Herwegen und Lars Kessel entlastet haben. Wohl aber stellt das Gericht verschiedene andere Straftatbestände fest. Hier sind zu nennen Hausfriedensbruch, vorsätzliche Körperverletzung in Tateinheit mit Freiheitsberaubung sowie Geiselnahme und der unerlaubte Gebrauch einer Schusswaffe beim Empfang für den ehemaligen Staatsminister Adalbert Reger. Alles in allem verurteilt das Gericht den Angeklagten Kai Moosburger zu einer Haftstrafe von drei Jahren.«

Der Richter forderte die Anwesenden auf, sich hinzusetzen. Er referierte den Gang der Ermittlungen und erwähnte die Manipulationen Frank Moosburgers, die bereits in den vergangenen Wochen verhandelt worden waren und dem Geschäftsführer von Moosburger &

Moosburger eine Geldstrafe von 130 Tagessätzen zu je 2000 Euro eingebracht hatten. Die Urkundenfälschung bewertete das Gericht als nicht schwerwiegend, weil von ihr keine direkte Anstiftung zum Tötungsdelikt ausgegangen sei. Emily Noller hatte die mutmaßlichen Vorfälle um ihre Vorfahren in verschiedene Richtungen interpretieren können. Mit anderen Worten: Franks Saat war zwar in der Nacht am See emotional aufgegangen, er konnte aber nicht sicher sein, dass Emily sich vorsätzlich an Hermann Moosburger vergehen würde.

Peter Struve verließ bald darauf den Saal. Er war enttäuscht, er hatte mit einem milderen Urteil für Kai Moosburger und Emily Noller gerechnet. Für ihn war Frank Moosburger der geistige Vater dieses Chaos am Monrepos-See, aber der Einbruch ins Staatsarchiv war offenbar weitaus großzügiger bewertet worden als der Auftritt von Kai Moosburger im Residenzschloss. Es gab Momente, in denen er seine Dienstmarke am liebsten abgegeben hätte. Dies war einer.

Für diesen Tag hatte Struve jedenfalls genug. Er stieg in seinen weißen Porsche. Der Wagen war tatsächlich abgeschleppt worden. Struve hatte 300 Euro bezahlt und einen Eintrag in die Verkehrssünderdatei in Flensburg kassiert. Den Porsche würde er aber auch weiterhin fahren. Der Museumsbesitzer in Horrheim hatte ihm einen fairen Preis gemacht. Aus den Augen verloren hatte der Kommissar Corinne Lennert. Sie war Anfang November aus dem Marstall-Center ausgezogen und lebte jetzt bei dem Immobilienmakler Helge Stoffner in einem schicken großen Haus in Stuttgart-Sillenbuch. Die Fellbacher Immobilienmesse hatte nicht nur ihr Arbeitsverhältnis stabilisiert, sondern auch auf der privaten Ebene Fakten geschaffen.

»Der Chef macht immer den Punkt«, sagte sich der Kommissar, als er die Tür seines Appartements im Marstall-Center aufschloss und kurz zur leer stehenden Nachbarwohnung blickte. Wenig später lag er auf seinem Sofa und hörte ein Stück von Charly Parker. Er würde diesen Tag nutzen, um seine CD-Sammlung zu entstauben. Marie würde er mit ihrem argentinischen Lehrer tanzen lassen. Er hätte nicht gedacht, dass sie den Kurs durchziehen, ihn aber ignorieren würde. Freunde hatten ihm gesteckt, dass es bei Marie und Batista nicht nur ums Tanzen ging. Ach, sollte sie doch mit diesem Latino ihren Spaß haben. Struve stand von seinem Sofa auf und legte eine CD mit dem Titel ›Tauch mit dem Tango in eine neue Welt ein‹ auf. Sehnsuchtsheischende Akkordeonklänge erfüllten sein Appartement. Ob er es probieren sollte, den Tanz zu erlernen? Er öffnete die Schranktüre und holte sich die Bettpuppe hervor, die er kürzlich in einem Sex-Shop preiswert erstanden hatte. Mit einer Standpumpe, die sonst dazu diente, seine Fahrradreifen mit Luft zu versorgen, blies er die Puppe auf. Noch ganz außer Atem nahm er Esmeralda, wie er sie nannte, und führte sie gekonnt von einem Zimmerende zum anderen.

»Na bitte, geht doch«, triumphierte er. Eines Tages würde er den ersten Tango in aller Öffentlichkeit tanzen – mit oder ohne Marie.

ENDE

Mein Dank gilt allen, die mit ihren Gedanken, Worten und Taten diesen Krimi gefördert und ermöglicht haben, insbesondere Birgit Klein, Carmen Wagner-Buhl, Christian Kempf, Dominik Thewes, Henning Maak, Iris Voltmann, Julia Spors, Kai Keller, Karin Götz, Klaus Teichmann, Martina von Schaewen, Melanie Braun, Monika Lesny-Ruoff, Oliver Lange, Sabine Willmann, Sandra Brock und Sascha Schmierer sowie den fleißigen Geistern von Gmeiner, allen voran Claudia Senghaas.

*Weitere Krimis finden Sie auf den
folgenden Seiten und im Internet:
www.gmeiner-verlag.de*

OLIVER VON SCHAEWEN
Schillerhöhe
....
274 Seiten, Paperback.
ISBN 978-3-89977-802-1.

TELLS APFEL Ein brisanter Fall für den Stuttgarter Kriminalkommissar Peter Struve. Der gebürtige Westfale – ein feinfühliger Einzelgänger, der sich mit Humor durch die Midlife-Crisis schleppt – wird mit einem Mord im Keller des Deutschen Literaturarchivs in Marbach konfrontiert.

Das Opfer ist Dietmar Scharf, Ehemann der ehemaligen DDR-Erfolgsautorin Erika Scharf, die am Abend zuvor im Marbacher Schlosskeller gelesen hatte. Struve steht vor einem Rätsel: Warum wurde Scharf mit Pfeilen aus einer Armbrust-Schussanlage getötet? Was soll der Apfel neben der Leiche? Und welche Rolle spielt diese offensichtliche Anspielung auf den Tyrannenmord in Schillers » Wilhelm Tell «?

MICHAEL KRUG
Bahnhofsmission
....
273 Seiten, Paperback
ISBN 978-3-8392-1091-8.

GROSSER BAHNHOF In Stuttgart erregt das Bahnhofsprojekt Stuttgart 21 die Gemüter. Als der Vorstandsvorsitzende der größten Bank des Landes in einem Kellerraum des Stuttgarter Hauptbahnhofs erschlagen aufgefunden wird, gerät der Bahn-Manager Norbert Hagemann unter dringenden Mordverdacht. Der karrierebesessene Finanzjongleur war nicht nur zur Tatzeit am Tatort. Bald wird auch bekannt, dass er ein Verhältnis mit der Frau des toten Bankers hat. Doch diese Lösung scheint dem erfahrenen Kriminalbeamten Herbert Bolz viel zu einfach ...

GMEINER
Wir machen's spannend

MARCUS IMBSWEILER
Butenschön
....
321 Seiten, Paperback.
ISBN 978-3-8392-1106-9.

BRANDHEISSES MATERIAL
Prof. Albert Butenschön, der fast hundertjährige Chemiker und Molekularbiologe aus Heidelberg, gilt als einer der wichtigsten deutschen Nachkriegswissenschaftler. Warum wird auf das Büro der Historikerin Evelyn Deininger, die an einer Promotion über sein Leben und Werk arbeitet, ein Brandanschlag verübt? Hat Butenschön etwas zu verbergen? Oder stecken rabiate Studenten dahinter? Bei seinen Ermittlungen gerät Max Koller nicht nur zwischen die Fronten universitärer Scharmützel, sondern erfährt auch einiges über das Verhältnis von Politik, Wissenschaft und Moral …

BERND FRANZINGER
Zehnkampf
....
368 Seiten, Paperback.
ISBN 978-3-8392-1086-4.

UNTER BESCHUSS Tannenbergs Neffe nimmt an einem Zehnkampf teil. Während des 100m-Laufs wird ein Sprinter von der Kugel eines Heckenschützen niedergestreckt. Am nächsten Tag entdeckt man in einer Weitsprunggrube einen Sportler, der ebenfalls mit einem Präzisionsschuss getötet wurde. Der heimtückische Killer hat sich offenbar zum Ziel gesetzt, innerhalb eines engen Zeitfensters zehn Menschen mit jeweils nur einem einzigen Schuss zu töten. Plötzlich gerät Kommissar Tannenberg selbst ins Fadenkreuz …

GMEINER

Wir machen's spannend

RICHARD LIFKA
Sonnenkönig
....
279 Seiten, Paperback.
ISBN 978-3-8392-1096-3.

IM MEDIENDSCHUNGEL Der Wiesbadener Privatdetektiv Ninus Hagen erhält den Auftrag, die Botschafter-Tochter Carla Cosian zu überwachen. Gleichzeitig bittet ihn die Journalistin Lena Rotmilch, Informationen über die Geschäftsführerin einer Medienagentur zu beschaffen.

Beide Aufträge werden durch mysteriöse Todesfälle jäh beendet, doch Ninus und Lena recherchieren auf eigene Faust weiter. Alle Spuren weisen in die Welt der Medienagenturen. Insbesondere der Chef eines großen Firmenimperiums, Andrej Rolozko, in der Branche als der »Sonnenkönig« bekannt, rückt immer deutlicher in den Fokus der Ermittlungen ...

CHRISTIAN GUDE
Kontrollverlust
....
274 Seiten, Paperback.
ISBN 978-3-8392-1083-3.

DIENSTMÜDE Zwanzig Jahre Mordkommission hinterlassen Spuren. Auch bei Hauptkommissar Karl Rünz, der sich neuerdings als Krimiautor versucht und deshalb überhaupt keinen Sinn für die Pläne seines karriereorientierten Vorgesetzten hat. Wie dumm, dass just zu diesem Zeitpunkt in einem Nachbarort Darmstadts ein toter Schmied in seiner Werkstatt gefunden wird und sich Rechtsmediziner Bartmann partout nicht dazu überreden lässt, eine natürliche Todesursache zu diagnostizieren. Was zunächst nach einem Routinefall aussieht, entwickelt sich bald zu einem ausgewachsenen Problem für Rünz, an dessen rascher Lösung nicht nur die US Air Force größtes Interesse hat ...

GMEINER
Wir machen's spannend

JAN BEINSSEN
Goldfrauen
....
*272 Seiten, Paperback.
ISBN 978-3-89977-1097-0.*

STRENG GEHEIM Die Nürnberger Antiquitätenhändlerin Gabriele Doberstein bekommt Besuch von einer Journalistin, die sie für den Stadtanzeiger interviewen will. Doch allem Anschein nach interessiert sich die Frau viel mehr für einen alten Biedermeiersekretär. Ebenso wie ein Geschäftsmann, der ein paar Tage später auftaucht. Als in derselben Nacht in den Laden eingebrochen wird, schwant Gabriele nichts Gutes. Zusammen mit ihrer Freundin Sina nimmt sie den Sekretär genauer unter die Lupe – und wird fündig. Unter einer Schublade entdecken die Frauen einen Umschlag mit geheimen Dokumenten, die in das Berlin der Vorwende-Zeit weisen ...

RAIMUND A. MADER
Schindlerjüdin
....
*319 Seiten, Paperback.
ISBN 978-3-8392-1105-2.*

ZWISCHEN DAMALS UND HEUTE Frühjahr 1948, kurz vor der Währungsreform. In Regensburg werden drei Männer auf brutale Art und Weise ermordet. Schnell ist klar, dass es sich bei den Opfern um ehemalige SS-Mitglieder handelt. Im Zuge der Ermittlungen taucht überdies ein bekannter Name auf: Oskar Schindler, wohnhaft in Regensburg.

Mehr als 50 Jahre später wird ein Zeuge der damaligen Taten, Paul Gemsa, ein schlesischer Heimatvertriebener und mittlerweile hochrangiger Bürger der Stadt, selbst ermordet. Kommissar Adolf Bichlmaier ist sich sicher, dass es einen Zusammenhang zwischen den Verbrechen geben muss ...

GMEINER

Wir machen's spannend

FRIEDERIKE SCHMÖE
Wieweitdugehst

227 Seiten, Paperback.
ISBN 978-3-8392-1098-7.

WIESN-MORDE Auf dem Münchner Oktoberfest wird ein 14-jähriger Junge in der Geisterbahn ermordet. Ghostwriterin und »Wiesn-Muffel« Kea Laverde begleitet ihren Freund Nero Keller, Hauptkommissar im LKA, bei den Ermittlungen. Dabei trifft sie auf Neta, die beruflich Kranken und Trauernden Geschichten erzählt, um deren Schmerz zu lindern. Als auf Neta ein Mordanschlag verübt wird, versucht Kea den Hintergründen auf die Spur zu kommen. Sie stößt auf einen Sumpf aus Gier, Lügen und unerfüllter Liebe …

SABINE THOMAS (Hrsg.)
Tod am Starnberger See

176 Seiten, Paperback.
ISBN 978-3-8392-1103-8.

MYTHOS STARNBERGER SEE Hier kam Märchenkönig Ludwig II. unter mysteriösen Umständen ums Leben, hier residieren hinter hohen Mauern in prachtvollen Villen die meisten Millionäre Deutschlands – und solche, die es werden wollen. Notfalls gehen sie dabei auch über Leichen … 12 Autoren haben sich zusammengetan und den bayerischen See zum Schauplatz ihrer Kurzkrimis gemacht. Ob ein Sommerfest in der geschichtsträchtigen Villa Waldberta, das zum Sommernachtsalbtraum gerät oder ein morbides Damenkränzchen im Seniorenheim, das sich Zeit mit bösen Spielchen vertreibt: Die Geschichten sind so unterschiedlich wie ihre Autoren und deren Protagonisten: bitterböse, spannend, beklemmend, literarisch, aber auch witzig oder skurril.

GMEINER

Wir machen's spannend

MARIJKE SCHNYDER
Matrjoschka-Jagd
....

275 Seiten, Paperback.
ISBN 978-3-8392-1092-5.

EISZEIT An einem nasskalten Herbstmorgen macht eine Millionärin an der Lenk, ein Kurort im Berner Oberland, ihren gewohnten Spaziergang zum See. Wenig später findet ein Wanderer ihre Leiche in der Nähe eines Kioskhäuschens. Kommissarin Nore Brand und Nino, der Assistent mit der elektronischen Schnüffelnase, fahren im Auftrag der Berner Polizei in das Simmental hinauf. Dort kämpfen sie gegen eine Mauer des Schweigens. Die Angst vor der Russen-Mafia, die sich im Tal eingenistet haben soll, lähmt die Talbewohner. Nach zwei weiteren Morden erahnt Nore Brand die Dimensionen dieses Falles. Sie beißt sich fest und wirft sich mit voller Kraft in die Ermittlungsarbeit.

PAUL LASCAUX
Gnadenbrot
....

227 Seiten, Paperback.
ISBN 978-3-8392-1087-1.

AUF DEM SCHLACHTFELD In dem mittelalterlichen Städtchen Murten wird die entscheidende Schlacht der Burgunderkriege von 1476, als die Eidgenossen gegen das Heer Karls des Kühnen kämpften, für Filmaufnahmen nachgestellt. Mit von der Partie ist die Berner Detektei Müller & Himmel. Als nach einem turbulenten Drehtag ein Toter auf dem Schlachtfeld zurückbleibt, kommt wieder Bewegung in das Quartett um Heinrich Müller, dessen aktuelle Auftragslage nicht gerade rosig ist. Ein gestohlener Wandteppich, beunruhigende Kornkreise und dunkle Geschichten aus der Zeit der Hexenverfolgungen geben den Ermittlern jedoch immer neue Rätsel auf …

GMEINER

Wir machen's spannend

VERENA WYSS
Blutrunen
....
367 Seiten, Paperback.
ISBN 978-3-8392-1104-5.

DUNKLE AHNUNG Die junge Pamela Thoma hat ihren Job als Werberin in Zürich aus »persönlichen Gründen« an den Nagel gehängt. Sie flüchtet in die scheinbar heile Welt des Château de Salms in der Westschweiz, um einen beruflichen Neuanfang als Bibliothekarin zu wagen. Doch von Anfang an beschleichen sie unheimliche Gefühle, die sich schon bald bewahrheiten sollen: Eine Reihe rätselhafter Morde erschüttert das altehrwürdige Anwesen. Erst als Pamela im Archiv des Schlosses auf geheime Dokumente aus der NS-Zeit stößt, kommt allmählich Licht ins Dunkel ...

KURT LEHMKUHL
Dreiländermord
....
267 Seiten, Paperback.
ISBN 978-3-8392-1095-6.

GNADENLOSE JAGD Der Journalist Thomas Geffert aus Düren wird tot aufgefunden, die Polizei geht von Selbstmord aus. Doch da ist sich Rudolf-Günther Böhnke, pensionierter Leiter der Aachener Mordkommission, nicht so sicher. Was hatte der Tote, der in einer Reihe mysteriöser Todesfälle im deutsch-belgisch-niederländischen Dreiländereck recherchiert hatte, herausgefunden?

Ehe sich Böhnke versieht, steckt er mitten in einem Strudel aus ungeklärten Morden, vermeintlichen Unfällen und fingierten Selbstmorden. Seine Ermittlungen führen ihn bis nach Fuerteventura, wo er die schwerste Entscheidung seines Lebens treffen muss ...

GMEINER

Wir machen's spannend

Das neue KrimiJournal ist da!

**2 x jährlich das Neueste
aus der Gmeiner-Krimi-Bibliothek**

In jeder Ausgabe:

- Vorstellung der Neuerscheinungen
- Hintergrundinfos zu den Themen der Krimis
- Interviews mit den Autoren und Porträts
- Allgemeine Krimi-Infos
- Großes Gewinnspiel mit ›spannenden‹ Buchpreisen

*ISBN 978-3-89977-950-9
kostenlos erhältlich in jeder Buchhandlung*

KrimiNewsletter

Neues aus der Welt des Krimis

Haben Sie schon unseren KrimiNewsletter abonniert?
Alle zwei Monate erhalten Sie per E-Mail aktuelle Informationen aus der Welt des Krimis: Buchtipps, Berichte über Krimiautoren und ihre Arbeit, Veranstaltungshinweise, neue Krimiseiten im Internet, interessante Neuigkeiten zum Krimi im Allgemeinen.
Die Anmeldung zum KrimiNewsletter ist ganz einfach. Direkt auf der Homepage des Gmeiner-Verlags (www.gmeiner-verlag.de) finden Sie das entsprechende Anmeldeformular.

Ihre Meinung ist gefragt!

Mitmachen und gewinnen

Wir möchten Ihnen mit unseren Romanen immer beste Unterhaltung bieten. Sie können uns dabei unterstützen, indem Sie uns Ihre Meinung zu den Gmeiner-Romanen sagen! Senden Sie eine E-Mail an gewinnspiel@gmeiner-verlag.de und teilen Sie uns mit, welches Buch Sie gelesen haben und wie es Ihnen gefallen hat. Alle Einsendungen nehmen automatisch am großen Jahresgewinnspiel mit ›spannenden‹ Buchpreisen teil.

GMEINER

Wir machen's spannend

Alle Gmeiner-Autoren und ihre Romane auf einen Blick

ANTHOLOGIEN: Tatort Starnberger See • Mords-Sachsen 4 • Sterbenslust • Tödliche Wasser • Gefährliche Nachbarn • Mords-Sachsen 3 • Tatort Ammersee • Campusmord • Mords-Sachsen 2 • Tod am Bodensee • Mords-Sachsen 1 • Grenzfälle • Spekulatius **ARTMEIER, HILDEGUND:** Feuerross • Drachenfrau **BAUER, HERMANN:** Verschwörungsmelange • Karambolage • Fernwehträume **BAUM, BEATE:** Weltverloren • Ruchlos • Häuserkampf **BAUMANN, MANFRED:** Jedermanntod **BECK, SINJE:** Totenklang • Duftspur • Einzelkämpfer **BECKER, OLIVER:** Das Geheimnis der Krähentochter **BECKMANN, HERBERT:** Mark Twain unter den Linden • Die indiskreten Briefe des Giacomo Casanova **BEINSSEN, JAN:** Goldfrauen • Feuerfrauen **BLATTER, ULRIKE:** Vogelfrau **BODE-HOFFMANN, GRIT / HOFFMANN, MATTHIAS:** Infantizid **BOMM, MANFRED:** Kurzschluss • Glasklar • Notbremse • Schattennetz • Beweislast • Schusslinie • Mordloch • Trugschluss • Irrflug • Himmelsfelsen **BONN, SUSANNE:** Die Schule der Spielleute • Der Jahrmarkt zu Jakobi **BODENMANN, MONA:** Mondmilchgubel **BOSETZKY, HORST (-KY):** Promijagd • Unterm Kirschbaum **BOENKE, MICHAEL:** Gott'sacker **BÖCKER, BÄRBEL:** Henkersmahl **BUEHRIG, DIETER:** Schattengold **BUTTLER, MONIKA:** Dunkelzeit • Abendfrieden • Herzraub **BÜRKL, ANNI:** Ausgetanzt • Schwarztee **CLAUSEN, ANKE:** Dinnerparty • Ostseegrab **DANZ, ELLA:** Schatz, schmeckt's dir nicht • Rosenwahn • Kochwut • Nebelschleier • Steilufer • Osterfeuer **DETERING, MONIKA:** Puppenmann • Herzfrauen **DIECHLER, GABRIELE:** Glaub mir, es muss Liebe sein • Engpass **DÜNSCHEDE, SANDRA:** Todeswatt • Friesenrache • Solomord • Nordmord • Deichgrab **EMME, PIERRE:** Diamantenschmaus • Pizza Letale • Pasta Mortale • Schneenockerleklat • Florentinerpakt • Ballsaison • Tortenkomplott • Killerspiele • Würstelmassaker • Heurigenpassion • Schnitzelfarce • Pastetenlust **ENDERLE, MANFRED:** Nachtwanderer **ERFMEYER, KLAUS:** Endstadium • Tribunal • Geldmarie • Todeserklärung • Karrieresprung **ERWIN, BIRGIT / BUCHHORN, ULRICH:** Die Gauklerin von Buchhorn • Die Herren von Buchhorn **FOHL, DAGMAR:** Die Insel der Witwen • Das Mädchen und sein Henker **FRANZINGER, BERND:** Zehnkampf • Leidenstour • Kindspech • Jammerhalde • Bombenstimmung • Wolfsfalle • Dinotod • Ohnmacht • Goldrausch • Pilzsaison **GARDEIN, UWE:** Das Mysterium des Himmels • Die Stunde des Königs • Die letzte Hexe – Maria Anna Schwegelin **GARDENER, EVA B.:** Lebenshunger **GEISLER, KURT:** Bädersterben **GIBERT, MATTHIAS P.:** Schmuddelkinder • Bullenhitze • Eiszeit • Zirkusluft • Kammerflimmern • Nervenflattern **GRAF, EDI:** Bombenspiel • Leopardenjagd • Elefantengold • Löwenriss • Nashornfieber **GUDE, CHRISTIAN:** Kontrollverlust • Homunculus • Binärcode • Mosquito **HAENNI, STEFAN:** Brahmsrösi • Narrentod **HAUG, GUNTER:** Gössenjagd • Hüttenzauber • Tauberschwarz • Höllenfahrt • Sturmwarnung • Riffhaie • Tiefenrausch **HEIM, UTA-MARIA:** Totenkuss • Wespennest • Das Rattenprinzip • Totschweigen • Dreckskind **HERELD, PETER:** Das Geheimnis des Goldmachers **HUNOLD-REIME, SIGRID:** Schattenmorellen • Frühstückspension **IMBSWEILER, MARCUS:** Butenschön • Altstadtfest • Schlussakt • Bergfriedhof **KARNANI, FRITJOF:** Notlandung • Turnaround • Takeover **KAST-RIEDLINGER, ANNETTE:** Liebling, ich kann auch anders **KEISER, GABRIELE:** Gartenschläfer • Apollofalter

GMEINER

Wir machen's spannend

Alle Gmeiner-Autoren und ihre Romane auf einen Blick

KEISER, GABRIELE / POLIFKA, WOLFGANG: Puppenjäger **KELLER, STEFAN:** Kölner Kreuzigung **KLAUSNER, UWE:** Die Bräute des Satans • Odessa-Komplott • Pilger des Zorns • Walhalla-Code • Die Kiliansverschwörung • Die Pforten der Hölle **KLEWE, SABINE:** Die schwarzseidene Dame • Blutsonne • Wintermärchen • Kinderspiel • Schattenriss **KLÖSEL, MATTHIAS:** Tourneekoller **KLUGMANN, NORBERT:** Die Adler von Lübeck • Die Nacht des Narren • Die Tochter des Salzhändlers • Kabinettstück • Schlüsselgewalt • Rebenblut **KOHL, ERWIN:** Flatline • Grabtanz • Zugzwang **KOPPITZ, RAINER C.:** Machtrausch **KÖHLER, MANFRED:** Tiefpunkt • Schreckensgletscher **KÖSTERING, BERND:** Goetheruh **KRAMER, VERONIKA:** Todesgeheimnis • Rachesommer **KRONENBERG, SUSANNE:** Kunstgriff • Rheingrund • Weinrache • Kultopfer • Flammenpferd **KRUG, MICHAEL:** Bahnhofsmission **KURELLA, FRANK:** Der Kodex des Bösen • Das Pergament des Todes **LASCAUX, PAUL:** Gnadenbrot • Feuerwasser • Wursthimmel • Salztränen **LEBEK, HANS:** Karteileichen • Todesschläger **LEHMKUHL, KURT:** Dreiländermord • Nürburghölle • Raffgier **LEIX, BERND:** Fächertraum • Waldstadt • Hackschnitzel • Zuckerblut • Bucheckern **LIFKA, RICHARD:** Sonnenkönig **LOIBELSBERGER, GERHARD:** Reigen des Todes • Die Naschmarkt-Morde **MADER, RAIMUND A.:** Schindlerjüdin • Glasberg **MAINKA, MARTINA:** Satanszeichen **MISKO, MONA:** Winzertochter • Kindsblut **MORF, ISABEL:** Schrottreif **MOTHWURF, ONO:** Werbevoodoo • Taubendreck **MUCHA, MARTIN:** Papierkrieg **NEEB, URSULA:** Madame empfängt **OTT, PAUL:** Bodensee-Blues **PELTE, REINHARD:** Kielwasser • Inselkoller **PUHLFÜRST, CLAUDIA:** Rachegöttin • Dunkelhaft • Eiseskälte • Leichenstarre **PUNDT, HARDY:** Friesenwut • Deichbruch **PUSCHMANN, DOROTHEA:** Zwickmühle **RUSCH, HANS-JÜRGEN:** Gegenwende **SCHAEWEN, OLIVER VON:** Räuberblut • Schillerhöhe **SCHMITZ, INGRID:** Mordsdeal • Sündenfälle **SCHMÖE, FRIEDERIKE:** Wieweitdugehst • Bisduvergisst • Fliehganzleis • Schweigfeinstill • Spinnefeind • Pfeilgift • Januskopf • Schockstarre • Käfersterben • Fratzenmond • Kirchweihmord • Maskenspiel **SCHNEIDER, BERNWARD:** Spittelmarkt **SCHNEIDER, HARALD:** Wassergeld • Erfindergeist • Schwarzkittel • Ernteopfer **SCHNYDER, MARIJKE:** Matrjoschka-Jagd **SCHRÖDER, ANGELIKA:** Mordsgier • Mordswut • Mordsliebe **SCHUKER, KLAUS:** Brudernacht **SCHULZE, GINA:** Sintflut **SCHÜTZ, ERICH:** Judengold **SCHWAB, ELKE:** Angstfalle • Großeinsatz **SCHWARZ, MAREN:** Zwiespalt • Maienfrost • Dämonenspiel • Grabeskälte **SENF, JOCHEN:** Kindswut • Knochenspiel • Nichtwisser **SEYERLE, GUIDO:** Schweinekrieg **SPATZ, WILLIBALD:** Alpenlust • Alpendöner **STEINHAUER, FRANZISKA:** Gurkensaat • Wortlos • Menschenfänger • Narrenspiel • Seelenqual • Racheakt **SZRAMA, BETTINA:** Die Konkubine des Mörders • Die Giftmischerin **THIEL, SEBASTIAN:** Die Hexe vom Niederrhein **THÖMMES, GÜNTHER:** Der Fluch des Bierzauberers • Das Erbe des Bierzauberers • Der Bierzauberer **THADEWALDT, ASTRID / BAUER, CARSTEN:** Blutblume • Kreuzkönig **ULLRICH, SONJA:** Teppichporsche **VALDORF, LEO:** Großstadtsumpf **VERTACNIK, HANS-PETER:** Ultimo • Abfangjäger **WARK, PETER:** Epizentrum • Ballonglühen • Albtraum **WICKENHÄUSER, RUBEN PHILLIP:** Die Seele des Wolfes **WILKENLOH, WIMMER:** Poppenspäl • Feuermal • Hätschelkind **WYSS, VERENA:** Blutrunen • Todesformel **ZANDER, WOLFGANG:** Hundeleben

GMEINER

Wir machen's spannend